OITO ASSASSINATOS PERFEITOS

Peter Swanson

OITO ASSASSINATOS PERFEITOS

Tradução
Thereza Christina Rocque da Motta

JANGADA

Título do original: *Eight Perfect Murders – A Novel*.

Copyright © 2020 Peter Swanson.

Publicado mediante acordo com Sobel Weber Associates, Inc.

Copyright da edição brasileira © 2022 Editora Pensamento-Cultrix Ltda.

1ª edição 2022. / 4ª reimpressão 2024.

Todos os direitos reservados. Nenhuma parte desta obra pode ser reproduzida ou usada de qualquer forma ou por qualquer meio, eletrônico ou mecânico, inclusive fotocópias, gravações ou sistema de armazenamento em banco de dados, sem permissão por escrito, exceto nos casos de trechos curtos citados em resenhas críticas ou artigos de revistas.

Os direitos morais do autor foram assegurados.

A Editora Jangada não se responsabiliza por eventuais mudanças ocorridas nos endereços convencionais ou eletrônicos citados neste livro.

Esta é uma obra de ficção. Todos os personagens, organizações e acontecimentos retratados neste romance, são também produtos da imaginação do autor e usados de modo fictício.

Editor: Adilson Silva Ramachandra
Gerente editorial: Roseli de S. Ferraz
Preparação de originais: Danilo Di Giorgi
Gerente de produção editorial: Indiara Faria Kayo
Editoração eletrônica: Join Bureau
Revisão: Luciane H. Gomide

Dados Internacionais de Catalogação na Publicação (CIP)
(Câmara Brasileira do Livro, SP, Brasil)

Swanson, Peter
  Oito assassinatos perfeitos / Peter Swanson; tradução Therez Christina Rocque da Motta. – 1. ed. – São Paulo: Editora Jangada, 2022.

  Título original: Eight perfect murders
  ISBN 978-65-5622-026-0

  1. Ficção policial e de mistério (Literatura norte-americana) I. Título.

21-92261 CDD-813.0872

Índices para catálogo sistemático:
1. Ficção policial e de mistério: Literatura norte-americana 813.0872
Maria Alice Ferreira – Bibliotecária – CRB-8/7964

Jangada é um selo editorial da Pensamento-Cultrix Ltda
Direitos de tradução para o Brasil adquiridos com exclusividade pela
EDITORA PENSAMENTO-CULTRIX LTDA., que se reserva a
propriedade literária desta tradução.
Rua Dr. Mário Vicente, 368 — 04270-000 — São Paulo, SP
Fone: (11) 2066-9000
http://www.editorajangada.com.br
E-mail: atendimento@editorajangada.com.br
Foi feito o depósito legal.

Para aqueles que também são reis, rainhas e príncipes – Brian, Jen, Adelaide, Maxine, Oliver e Julius.

UMA BIOGRAFIA

Advertência: Embora a narrativa que irá ler seja, em grande parte, verdade, eu recriei alguns fatos e conversas a partir das minhas lembranças. Alguns nomes e aspectos foram alterados para proteger pessoas inocentes.

Capítulo 1

A porta da frente se abriu e ouvi os passos da agente do FBI entrando na livraria. Tinha começado a nevar, e o vento soprou de modo pesado e elétrico. A porta se fechou atrás da agente. Ela devia estar perto quando me ligou, pois se passaram somente cinco minutos desde o momento em que concordei em encontrá-la.

Eu estava sozinho na loja. Não sei ao certo por que resolvi abrir a livraria naquele dia. A previsão do tempo alertara que haveria uma tempestade com mais de meio metro de neve, começando de manhã até a tarde do dia seguinte. As escolas públicas de Boston já haviam anunciado que fechariam mais cedo e cancelaram todas as aulas do dia seguinte. Liguei para meus dois funcionários – Emily, que fazia o turno da manhã até o início da tarde, e Brandon, que cobria os turnos da tarde e da noite – e disse-lhes para que ficassem em casa. Entrei na conta do Twitter da Livraria Old Devils e estava prestes a enviar um tuíte dizendo que estaríamos fechados durante a tempestade, mas algo me impediu.

Talvez o pensamento de passar o dia todo no meu apartamento sozinho. Além disso, eu morava a menos de um quilômetro da loja.

Decidi ir. Ao menos, passaria algum tempo com Nero, arrumaria algumas estantes, e talvez até mesmo empacotaria alguns dos pedidos enviados *on-line*.

Um céu cinzento ameaçava nevar enquanto eu destrancava as portas da frente na Rua Bury, em Beacon Hill. A Old Devils não fica em uma área de grande movimento, porém somos especializados em livros de mistério – novos e usados – e a maioria dos clientes nos procuram, ou fazem seus pedidos diretamente no *site*. Eu não me surpreenderia se o número total de clientes mal chegasse a vinte pessoas em uma quinta-feira qualquer em fevereiro, a menos, é claro, que tivéssemos um lançamento marcado. Mesmo assim, sempre havia trabalho a ser feito. E Nero, o gato da livraria, que detestava ficar o dia todo sozinho, estava lá. Além disso, eu não conseguia me lembrar se havia deixado comida extra para ele na noite anterior. Descobri que provavelmente não, porque, quando entrei, ele veio correndo me cumprimentar cruzando o assoalho de madeira. Era um gato ruivo de idade indefinida, perfeito para a livraria por causa de sua disponibilidade (na verdade, de sua ansiedade) de aceitar carinho de desconhecidos. Acendi as luzes da loja, dei a ração a Nero e, em seguida, fiz café para mim.

Às onze horas, Margaret Lumm, uma cliente habitual, entrou:

– O que está fazendo aberto hoje? – ela perguntou.

– O que está fazendo na rua hoje?

Ela ergueu as duas sacolas de compras de uma mercearia de luxo da rua Charles.

– Mantimentos – ela respondeu, com seu tom de voz aristocrático.

Conversamos sobre o último romance de Louise Penny.* Foi ela quem falou a maior parte do tempo. Fingi que já tinha lido a obra. Hoje

---

* Louise Penny CM (1958-), autora canadense de romances de mistério ambientados na província canadense de Quebec, focados no inspetor-chefe Armand Gamache da Sûreté du Québec. (N. da T.)

em dia, finjo que li muitos livros. Leio as resenhas das principais publicações comerciais, é claro, e acesso alguns *blogs*. Um deles, *O Spoiler de Livros de Ficção*, publica resenhas de lançamentos, e discute o fim dos livros. Não tenho mais estômago para romances de mistério contemporâneos – às vezes, releio algum título favorito que li na infância – e acho os *blogs* literários indispensáveis. Acho que poderia ser honesto, e dizer às pessoas que perdi o interesse por romances de mistério, e que hoje leio, na maioria das vezes, livros de História e poesia antes de dormir, porém prefiro mentir. As poucas pessoas a quem contei a verdade sempre querem saber por que eu desisti de ler policiais, e esse não é um assunto que eu queira debater.

Margaret Lumm foi embora com um exemplar usado de *Sinistra Obsessão*, de Ruth Rendell,* que, segundo ela, havia noventa por cento de certeza de ela nunca ter lido. Então, engoli o almoço que trouxe comigo – um sanduíche de salada de frango – e estava pensando em encerrar o expediente, quando o telefone tocou.

– Livraria Old Devils.

– Malcolm Kershaw está? – perguntou uma voz feminina.

– É ele que está falando – respondi.

– Que bom. Sou a agente especial Gwen Mulvey, do FBI. Queria falar com você por alguns minutos para lhe fazer algumas perguntas.

– Ok – concordei.

– Agora seria um bom momento para você?

– Claro – respondi, pensando que ela quisesse falar por telefone, mas, em vez disso, me informou que logo chegaria e desligou.

---

* Ruth Barbara Rendell (Baronesa Rendell de Babergh – 1930-2015), que também assinava sob o pseudônimo Barbara Vine, é escritora inglesa de obras de mistério e psicologia criminal. *Shake Hands Forever*, traduzido para o português como *Sinistra Obsessão*, foi publicado em 1975. (N. da T.)

Fiquei por um instante parado com o telefone na mão, imaginando como seria uma agente do FBI chamada Gwen. Sua voz era rouca, e por isso imaginei que fosse alguém próximo de se aposentar, uma mulher imponente e mal-humorada, envergando uma capa de chuva bege.

Poucos minutos depois, a agente Mulvey abriu a porta, bem diferente de como a imaginei. Tinha em torno de 30 anos, se tanto, e usava jeans enfiados por dentro de botas verdes escuras, um sobretudo de inverno felpudo e uma boina de tricô branca com um pompom. Ela pisou no tapete da entrada, tirou a boina e se aproximou do caixa. Dei a volta para recebê-la e ela me estendeu a mão. Seu cumprimento era firme, mas a palma da mão estava úmida.

— Agente Mulvey? — perguntei.

— Sim, olá.

Os flocos de neve começaram a derreter no casaco verde, deixando-o manchado. Ela moveu a cabeça de leve — as pontas finas dos seus cabelos loiros estavam molhadas.

— Estou surpresa de que a livraria ainda esteja aberta — disse ela.

— Na verdade, eu estava quase fechando.

— Ah! — ela disse.

A agente Mulvey carregava uma bolsa de couro no ombro. Passou a alça por cima da cabeça e abriu o zíper da jaqueta.

— Mas tem tempo para uma conversa, não?

— Sim. E estou curioso. Podemos sentar no meu escritório, nos fundos?

Ela se virou e olhou para a porta da frente. Os músculos do pescoço se tensionaram sob a pele branca.

— Dá para ouvir se um cliente entrar? — ela perguntou.

— Não acho que isso vá acontecer, mas, sim, dá para ouvir. Por favor, é por aqui.

Meu escritório era mais um canto escondido no fundo da loja. Puxei uma cadeira para a agente Mulvey se sentar, contornei a mesa e me sentei na minha poltrona de couro com o estofamento que saía pelas costuras. Fiquei em uma posição que me permitia vê-la entre as duas pilhas de livros em cima da mesa.

– Me desculpe – disse. – Esqueci de perguntar se quer tomar alguma coisa. Ainda tem um pouco de café na cafeteira.

– Não, obrigado – disse ela, tirando o casaco e colocando no chão a bolsa de couro, que, na verdade, era mais uma pasta.

Ela vestia um suéter preto de gola redonda sob o casaco. Agora que conseguia vê-la direito, percebi que não somente a pele era pálida. Tudo nela era claro: a cor dos cabelos, dos lábios, das pálpebras quase translúcidas, até seus óculos de aro fino quase desapareciam. Era difícil saber exatamente como ela era, como se um pintor tivesse borrado os traços do seu rosto.

– Antes de começar, preciso lhe pedir que não diga nada a ninguém sobre o que vamos conversar. Algumas coisas são de conhecimento público, porém outras não.

– Agora estou realmente curioso – respondi, sentindo o coração acelerar. – E, sim, não vou contar nada a ninguém, de jeito nenhum.

– Ótimo, obrigada – ela disse.

Ao se acomodar na cadeira, ela baixou os ombros, e me encarou.

– Já ouviu falar a respeito de Robin Callahan? – perguntou.

Robin Callahan era a âncora do jornalismo que, há um ano e meio, fora morta a tiros em sua casa, em Concord, a cerca de quarenta quilômetros a noroeste de Boston. Tinha sido a principal notícia dos jornais locais desde o homicídio e, apesar de seu ex-marido ser um dos suspeitos, ele não foi preso.

– O assassinato? – perguntei. – Claro que sim.

– E Jay Bradshaw?

Pensei um pouco e balancei negativamente a cabeça.

– Acho que não.

— Ele morava em Dennis, no Cabo. Em agosto, foi encontrado morto na garagem, vítima de espancamento.

— Não — respondi.

— Tem certeza?

— Absoluta.

— E Ethan Byrd?

— Esse nome me soa familiar.

— Era estudante da UMass Lowell* e desapareceu há mais de um ano.

— Ok, certo.

Eu me lembrava desse caso, embora não me recordasse dos detalhes.

— O corpo foi encontrado enterrado em um parque estadual em Ashland,** em sua cidade natal, cerca de três semanas após seu desaparecimento.

— Sim, claro. Foi uma notícia bem divulgada. Esses três assassinatos estão ligados?

Ela se inclinou para a frente na cadeira de madeira, esticou a mão para pegar a bolsa, porém desistiu de repente, como se tivesse mudado de ideia.

— No início, não pensamos nisso, exceto o fato de que nenhum desses casos foi resolvido. Mas alguém reparou nos nomes das vítimas.

Ela fez uma pausa, como se esperasse que eu a interrompesse. Então, prosseguiu:

— Robin Callahan. Jay Bradshaw. Ethan Byrd.

Pensei mais um pouco.

— Acho que fui reprovado nesse teste — respondi.

— Pode pensar à vontade — ela comentou. — Ou posso apenas lhe dizer.

---

* Universidade de Massachusetts Lowell. (N. da T.)

** Cidade americana no estado do Oregon. (N. da T.)

– Os nomes estão relacionados a pássaros? – perguntei.

Ela meneou a cabeça.

– Correto. Robin, Jay e Byrd. É um exagero, concordo, mas... sem entrar em muitos detalhes, depois de cada assassinato, a delegacia de polícia mais próxima dos locais dos crimes recebeu... um tipo de mensagem do assassino.

– Então, os crimes estão relacionados?

– Parece que sim. Mas também podem estar ligados de outro modo. Os assassinatos o lembram de alguma coisa? Estou perguntando, porque você é especialista em ficção policial.

Olhei para o teto do escritório por um instante e disse:

– Ou seja, soa como ficção, como um romance de *serial killer*, ou como um livro de Agatha Christie.

Ela se endireitou na cadeira.

– Algum livro de Agatha Christie em particular?

– O que me ocorreu, por alguma razão, é *Um Punhado de Centeio*.* Havia pássaros?

– Não sei. Mas não foi nesse livro que eu pensei.

– Acho que também lembra *Os Crimes A.B.C.*** – acrescentei.

A agente Mulvey sorriu, como se eu tivesse acertado a resposta.

– Certo. Foi nesse que pensei.

– Porque nada relaciona as vítimas, exceto seus nomes.

– Exatamente. E, não só isso, tem ainda as mensagens enviadas para as delegacias. No livro, Poirot recebe cartas do assassino assinadas como A.B.C.

---

* No original, *A Pocket Full of Rye*, romance policial de Agatha Christie, publicado em 1953. A história conta com a detetive amadora Miss Marple. (N. da T.)

** No original, *The A.B.C. Murders*, romance policial de Agatha Christie, publicado no Reino Unido e nos EUA, em 1936. Estão presentes Hercule Poirot, seu amigo Major Hastings e o Inspetor Japp, da Scotland Yard. (N. da T.)

– Você leu o livro, então?

– Aos 14 anos, sim. Li praticamente todos os livros de Agatha Christie, então, provavelmente, devo ter lido esse também.

– É um dos melhores livros dela – respondi, depois de uma breve pausa.

Nunca me esqueci desse enredo de Agatha Christie. Há uma série de assassinatos, ligados pelos nomes das vítimas. Primeiro, alguém com nome de inicial A é morto em uma cidade que começa com a letra A. Depois, alguém com a inicial é morto em uma cidade que começa com a letra B. Dá para entender a ideia. Acontece que o assassino só queria, de fato, matar uma das vítimas, mas fez com que parecesse que os crimes foram cometidos por um assassino em série.

– Você acha isso? – perguntou a agente.

– Sim. Com certeza é uma de suas melhores narrativas.

– Estou planejando ler o livro novamente, mas apenas consultei a Wikipédia para me lembrar da história. No livro, há um quarto assassinato.

– Acredito que sim – ponderei. – Alguém com um nome que começa com a letra D foi a última vítima. E descobriu-se que o assassino queria simular que um louco seria o autor dos crimes, quando ele só queria matar uma pessoa. Então, os demais foram cometidos apenas para encobrir esse assassinato.

– Esse é o resumo que está na Wikipédia. No livro, a pessoa, cujo nome e sobrenome começavam com a letra C, era quem ele desejava matar.

– Ok – eu disse.

Comecei a me perguntar por que a agente havia me procurado. Só porque eu era dono de uma livraria de livros de mistério? Ela precisava comprar um exemplar desse livro? Mas, se fosse o caso, então por que queria falar comigo, especificamente? Se estivesse procurando apenas alguém que trabalhasse em uma livraria de livros de mistério, poderia ter falado com qualquer pessoa.

– Pode me dizer mais alguma coisa sobre esse livro? – ela perguntou. Em seguida, acrescentou:

– Você é o especialista.

– Eu sou? – perguntei. – Na verdade, não, mas o que quer saber?

– Não sei. Qualquer coisa. Esperava que você me dissesse.

– Bem, além do fato de um estranho entrar na loja todos os dias e comprar um novo exemplar de Os Crimes A.B.C., não sei mais o que dizer.

A agente olhou para cima por um momento, até perceber que eu havia contado uma piada. Pelo menos, era essa minha intenção. Ela, então, sorriu de volta ao compreender o que eu quis dizer.

Perguntei:

– Acredita que esses assassinatos estejam relacionados ao livro?

– *Sim* – respondeu. – É fantástico demais para não estarem.

– Acha que alguém esteja imitando os livros para se livrar de um assassinato? Que alguém queria matar Robin Callahan, por exemplo, mas depois matou as outras pessoas para fingir ser um assassino em série obcecado com pássaros?

– Talvez – disse a agente Mulvey, passando o indicador da ponta do nariz até bem perto do olho esquerdo.

Até suas mãos diminutas eram pálidas, as unhas sem esmalte. Ela se calou de novo. Era uma conversa estranha, recheada de pausas. Acho que esperava que eu quebrasse o silêncio. Decidi não dizer nada.

Por fim, ela prosseguiu:

– Você deve estar se perguntando por que vim falar com você.

– Sim, exatamente – respondi.

– Antes de dizer qualquer coisa, gostaria de lhe perguntar sobre outro caso recente.

– Ok.

– Provavelmente, nunca ouviu falar de um homem chamado Bill Manso. Foi encontrado em cima dos trilhos em Norwalk, Connecticut, na primavera. Era um passageiro habitual de uma linha de trem e, a princípio, pensou-se que tivesse pulado, mas agora parece que foi assassinado em outro lugar e levado até os trilhos dessa linha de trem.

– Não – respondi, meneando a cabeça. – Nunca ouvi falar dele.

– Isso faz com que se lembre de alguma coisa?

– *O que* me lembra?

– O tipo de morte dele.

– Não – disse, mas isso não era totalmente verdade.

Eu me lembrei de algo, mas não conseguia saber exatamente do quê.

– Acho que não – respondi.

Ela fez novamente uma pausa, e acrescentei:

– Quer me dizer por que está me fazendo essas perguntas?

Ela abriu o zíper da bolsa de couro e tirou uma folha de papel.

– Você se lembra da lista que escreveu para o *blog* da livraria em 2004? Uma lista chamada "Oito Assassinatos Perfeitos?".

Capítulo 2

Trabalhei em livrarias desde que terminei a faculdade em 1999. Primeiro, uma passagem rápida pela Borders, no centro de Boston, depois trabalhei como gerente assistente e gerente sênior em uma das poucas livrarias independentes que restavam em Harvard Square. A Amazon acabara de ganhar sua guerra pelo domínio total e a maioria dos independentes estava se dobrando como tendas frágeis em meio a um furacão. Mas a Livraria Redline resistia, em parte, graças a uma clientela mais velha que ainda não tinha o hábito de fazer compras *on-line*, mas, principalmente, porque seu dono, Mort Abrams, era o proprietário do sobrado de tijolinhos onde a livraria estava instalada e não precisava pagar aluguel. Fiquei na Redline por cinco anos: dois, como gerente assistente e três como gerente sênior e comprador de livros em meio período. Minha especialidade era ficção e, em especial, romances policiais. Durante o período em que fiquei na loja, também conheci aquela que se tornaria minha mulher, Claire Mallory, contratada como livreira logo depois de abandonar a Universidade de Boston. Casamos no mesmo ano em que Mort Abrams perdeu a esposa com quem ficou casado por trinta e cinco anos, de câncer de mama. Mort e Sharon, que moravam a duas ruas da livraria, tinham se tornado amigos íntimos, pais postiços, na verdade, e a morte de Sharon foi difícil, pois tirou de Mort qualquer entusiasmo pela vida. Um ano depois que ela morreu, ele me disse que iria fechar a livraria, a menos que eu a comprasse, assumindo a empresa. Tive vontade de fechar negócio, mas Claire nessa época já havia saído da Redline, e fora trabalhar no canal de TV a cabo local, e eu não queria assumir o trabalho duro nem correr o risco financeiro envolvidos na administração de minha própria livraria.

Entrei em contato com a Old Devils, uma livraria de mistério de Boston, e John Haley, o dono na época, me contratou. Eu seria o gerente de eventos, mas também criaria conteúdo para o próspero *blog* da loja, um *site* para os amantes de mistério. Meu último dia na Redline foi também o último dia de existência da livraria. Mort e eu trancamos a porta juntos e eu o acompanhei até o escritório, onde bebemos um pouco de uísque de uma garrafa empoeirada de *single malt* que lhe fora dada de presente por Robert Parker. Lembro-me de pensar que Mort, sem a esposa e, agora, sem a livraria, não sobreviveria ao inverno, mas eu estava errado. Ele atravessou o inverno e a primavera, no entanto, morreu no verão seguinte, em sua casa do lago em Winnipesaukee, uma semana antes da que Claire e eu havíamos nos programado para visitá-lo.

"Oito Assassinatos Perfeitos" foi o primeiro artigo que escrevi para o *blog* da Old Devils. John Haley, meu novo chefe, me pediu para fazer uma lista dos meus romances de mistério favoritos, mas, em vez disso, lancei a ideia de criar uma lista de assassinatos perfeitos na ficção policial. Não sei ao certo por que eu relutei em compartilhar meus livros favoritos, mas me lembro de ter pensado que escrever sobre assassinatos perfeitos geraria mais acessos. Isso foi bem na época em que vários *blogs* estavam decolando, tornando seus autores ricos e famosos. Lembro-me de alguém que tinha um *blog* sobre como preparar uma receita de Julia Child por dia, que se transformou em livro e, depois, em filme. Acho que devo ter tido alguns delírios de grandeza de que meu *blog* poderia me transformar em um famoso aficionado por ficção policial. Claire pôs lenha na fogueira, dizendo-me várias vezes que achava que o *blog* poderia bombar, e que eu encontraria minha vocação – ser um crítico literário de ficção policial. A verdade é que eu já havia encontrado minha vocação, pelo menos, eu achava que tinha, de ser um livreiro, feliz com as centenas de interações que compõem o dia a dia de uma livraria. E o que eu mais amava na vida era ler – esta era minha verdadeira vocação.

Apesar disso, comecei a considerar meu artigo sobre "Assassinatos Perfeitos" – ainda não escrito – mais importante do que ele realmente era. Eu estaria definindo o tom do *blog*, apresentando-me ao mundo. Queria que ele fosse impecável, não apenas a redação, mas a própria lista. Os livros deveriam ser uma mistura do que era conhecido e do obscuro. A idade de ouro deveria estar representada, mas também haveria um romance contemporâneo. Eu me dediquei a isso por dias a fio, mexendo na lista, acrescentando títulos, tirando títulos, pesquisando livros que ainda não havia lido. Acho que só consegui finalizar a lista, porque John começou a reclamar que eu ainda não tinha postado nada no *blog*.

– É um *blog* – ele disse. – Basta fazer uma lista dos malditos livros e postar. Isso não é um exame!

Fiz a postagem, de forma bastante adequada, no dia de Halloween. Lê-la agora me provoca arrepios. É exagerada, às vezes, por demais pretensiosa. Quase dá para sentir minha necessidade de aprovação. Foi isto o que eu postei:

OITO ASSASSINATOS PERFEITOS
por *Malcolm Kershaw*

Nas palavras imortais de Teddy Lewis, em *Corpos Ardentes*,* o subestimado *neo-noir* de Lawrence Kasdan de 1981: "Sempre que se tenta cometer um crime decente, há cinquenta formas de ele dar errado. Se conseguir pensar em 25 delas, então, você é um gênio... e, na verdade, não é gênio nenhum". Palavras verdadeiras, mas a história da ficção policial está repleta de criminosos, a maioria mortos ou presos, que tentaram o quase impossível: o crime perfeito. E muitos deles tentaram cometer o crime perfeito supremo praticando um homicídio.

As sugestões a seguir são as minhas escolhas para os assassinatos mais inteligentes, mais engenhosos, mais infalíveis (se é que eles existem) na história da ficção policial. Esses não são os meus livros favoritos do gênero, nem afirmo que sejam os melhores. São simplesmente aqueles em que o assassino chega mais próximo de realizar aquele ideal platônico de cometer um assassinato perfeito.

Então, essa é uma lista pessoal de "assassinatos perfeitos". Aviso, com antecedência, que, embora eu tenha tentado não fazer grandes *spoilers*, isso não aconteceu em cem por cento dos casos. Se ainda não leu nenhum desses livros e não quer saber o final, sugiro que leia primeiro o livro e, depois, a minha lista.

---

* No original, *Body Heat* é um filme americano de 1981, suspense *neo-noir*. Filme de estreia do diretor Lawrence Kasdan, que também escreveu o roteiro em que Kathleen Turner contracena com William Hurt. O filme é inspirado em *Pacto de Sangue (Double Indemnity)*, de 1944, de Billy Wilder e *Out of the Past*, de 1947, de Jacques Tourneur. Teddy Lewis é vivido pelo ator Mickey Rourke. (N. da T.)

O Mistério da Casa Vermelha (1922), de A. A. Milne*

Muito antes de Alan Alexander Milne criar o seu legado permanente – O Ursinho Pooh, caso ainda não o conheça –, ele escreveu um romance policial perfeito. É um mistério que ocorre no interior. Um irmão desaparecido há muito tempo reaparece de repente para pedir dinheiro a Mark Ablett. Uma arma dispara em uma sala trancada e o irmão é assassinado. Mark Ablett desaparece. Há alguns truques absurdos nesse livro – incluindo personagens disfarçados e uma passagem secreta – mas os fundamentos básicos que sustentam o plano do assassino são extremamente bem urdidos.

Malícia Premeditada (1931), de Anthony Berkeley Cox**

Famoso por ser o primeiro romance policial "invertido" (sabemos quem são o assassino e a vítima logo na primeira página), trata-se, essencialmente, de um estudo de como envenenar a esposa e sair impune. É claro que ajuda o fato de o assassino ser um médico que vive no interior, com acesso a drogas letais. Sua insuportável esposa é apenas a primeira vítima, porque, uma vez que alguém comete um homicídio perfeito, a tentação é tornar a matar.

---

* No original, *The Red House Mystery*, de A. A. Milne (1882-1956), foi o único romance de mistério do escritor e dramaturgo inglês. Ele ficou mais conhecido pelos livros infantis de *Winnie-the-Pooh* (*O Ursinho Pooh*), que acabou por ofuscar seus trabalhos anteriores. (N. da T.)

** No original, *Malice Aforethougth*, de Anthony Berkeley Cox (1893-1971), assinado como Francis Iles. Além desse pseudônimo, também se assinou como Anthony Berkeley e A. Monmouth Platts. (N. da T.)

Os Crimes A.B.C. (1936), de Agatha Christie*

Poirot está investigando um "louco", que, ao que parece, é obcecado pela ordem alfabética, ao matar Alice Ascher, em Andover, em seguida, Betty Barnard, em Bexhill etc. Esse é o exemplo clássico de como ocultar um assassinato premeditado entre vários homicídios em série para que os detetives acreditem de que se trata da ação de um maníaco.

Pacto de Sangue (1943), de James M. Cain**

É meu Cain favorito, principalmente, por causa do fim fatalista e sombrio. Mas o assassinato no meio do livro – um agente de seguros e a mulher fatal, Phyllis Nirdlinger, conspiram para matar o marido dela – é brilhantemente executado. É um clássico de assassinato premeditado; o marido é morto em um vagão e depois é colocado sobre os trilhos para dar a impressão de ter caído do vagão de fumantes, no final do trem. O amante e agente de seguros, Walter Huff, embarca e se faz passar por ele para que as testemunhas confirmem a presença do marido assassinado no trem.

---

* Agatha Christie (1890-1976), escritora inglesa, criou Hercule Poirot, um detetive belga que aparece em 33 de suas obras e que se tornou um dos personagens mais célebres da ficção policial. Agatha Christie foi a maior escritora de mistério de todos os tempos. Escreveu 93 títulos e 17 peças teatrais. (N. da T.)

** No original, *Double Indemnity*, baseado no livro, chamou-se *Pacto de Sangue*, filme de Billy Wilder, com Fred MacMurray e Barbara Stanwyck. James M. Cain (1892-1977), escritor e jornalista americano, é considerado um dos criadores do *roman noir*, cujos livros se transformaram em filmes famosos. (N. da T.)

Pacto Sinistro (1950), de Patricia Highsmith*

Minha escolha para o mais engenhoso de todos os romances. Dois homens, que desejam, cada um, matar uma pessoa, planejam trocar as vítimas, para que o outro tenha um álibi no momento do assassinato. Como não há ligação entre os dois - eles conversam rapidamente em um trem -, os assassinatos se tornam insolúveis. Em teoria, é claro. E Highsmith, apesar do brilhantismo do enredo, estava mais interessada nas ideias de coerção e culpa, no fato de um deles exercer sua vontade sobre o outro. O romance é, ao mesmo tempo, fascinante e revoltante em essência, como grande parte da obra de Highsmith.

A Afogadora (1963), de John D. MacDonald**

MacDonald, o subestimado mestre da ficção policial de meados do século XX, raramente se envolvia com enigmas. Ele se interessava demais pela mente criminosa para conseguir manter seus vilões ocultos até o fim da história. *A Afogadora* é um livro peculiar, um ponto fora da curva e, portanto, é bom. A assassina inventa um modo de afogar as vítimas de uma forma que faz parecer ter sido um acidente.

---

* No original, *Strangers on a Train*. Patricia Highsmith (1921-1995) cria um drama psicológico em que dois desconhecidos se encontram em um trem, planejam cometer dois assassinatos e combinam nunca mais se encontrar. O plano parece perfeito, mas um trai o outro. (N. da T.)

** No original, *The Drowner*. John D. MacDonald (1916-1986) escreveu esse e vários outros livros de ficção de detetive. Um deles deu origem a duas versões do filme *Cabo do Medo*: em 1962, com Gregory Peck e Robert Mitchum, que também participaram, em 1991, da nova filmagem, com Robert de Niro e Nick Nolte. (N. da T.)

Armadilha Mortal (1978), de Ira Levin*

Não é um romance, é claro, é uma peça de teatro, embora eu recomende, com ênfase, ler o texto e assistir ao excelente filme, feito em 1982. Você nunca mais verá Christopher Reeve do mesmo modo. É um *thriller* teatral brilhante e divertido, que consegue ser genuíno e satírico ao mesmo tempo. O primeiro assassinato – da esposa que tem problemas cardíacos – é inteligente em sua trama, mas também infalível. Infartos são exemplos de morte natural, mesmo quando não são.

A História Secreta (1992), de Donna Tartt**

Assim como em *Malícia Premeditada*, trata-se de outro mistério de assassinato "invertido", em que um pequeno grupo de alunos de uma universidade na Nova Inglaterra mata um dos colegas. Sabemos quem cometeu o assassinato muito antes de saber o motivo. O assassinato em si é simples na execução: Bunny Corcoran é empurrado em um precipício durante sua caminhada habitual aos domingos. O que se destaca é a explicação do crime pelo líder Henry Winter – eles "permitem que Bunny escolha a circunstância de sua própria morte". Não têm nem mesmo certeza do trajeto planejado para aquele dia, mas esperam

---

* No original, *Deathtrap*, peça teatral de Ira Levin, de 1978, apresenta muitas reviravoltas, como uma peça dentro de outra. Tem dois atos divididos em três cenas cada um e cinco personagens. Depois do sucesso na Broadway, foi adaptado para o cinema com Michael Caine, Dyan Cannon e Christopher Reeve, em 1982. (N. da T.)

** Em inglês, *The Secret History*, romance de estreia de Donna Tartt (1963-), que se tornou um *best-seller*. Foram impressos 75 mil exemplares para a 1ª edição (em vez de 10 mil para um livro de estreia), que se chamou *O Deus das Ilusões*, título trocado na 2ª edição. (N. da T.)

em um local provável, querendo que a morte pareça ocasional em vez de premeditada. O que acontece a seguir é uma exploração arrepiante de remorso e culpa.

Para dizer a verdade, foi uma lista difícil de montar. Achei que seria mais fácil encontrar exemplos de assassinatos perfeitos na ficção, mas minha missão não era tão simples assim. Por isso incluí *Armadilha Mortal*, apesar de ser uma peça de teatro e não um romance. Eu nunca tinha lido o roteiro original de Ira Levin, nem mesmo assistido à encenação da peça, era apenas fã do filme. Além disso, rememorando a lista agora, é claro que *A Afogadora*, um livro que eu adoro, não deveria estar ali. A assassina se esconde debaixo d'água em um lago com um tanque de oxigênio e puxa a vítima para o fundo. É uma ideia curiosa, mas altamente improvável e dificilmente infalível. Como ela sabe onde deverá esperar? E se houver outra pessoa no lago? Acho que, depois que o corpo é retirado, a morte parecerá acidental, porém acredito que incluí o livro porque amo John D. MacDonald. Acho que também queria incluir algo um pouco desconhecido e que não tivesse sido transformado em filme.

Depois que postei o texto, Claire me disse que adorou, e John, meu chefe, ficou aliviado, porque o *blog* fora iniciado. Esperei pelos comentários, permitindo-me breves fantasias de que o artigo iria principiar um frenesi *on-line*, com leitores de *blogs* entrando na conversa para debater sobre seus assassinatos favoritos. A NPR ligaria e me pediria para falar sobre o tema. No fim, o artigo do *blog* recebeu apenas dois comentários. O primeiro de um SueSnowden, que escreveu: "Uau! Agora tenho um monte de livros novos para acrescentar à minha pilha!", e o segundo veio de ffolliot123, que escreveu: "Qualquer pessoa que escreva uma lista de assassinatos perfeitos sem incluir, pelo menos, um livro de John Dickson Carr, obviamente, não sabe nada".

O problema com John Dickson Carr é que eu simplesmente não consigo ler os livros dele, embora o comentarista provavelmente estivesse certo ao dizer que eles deveriam estar na lista. Carr se especializou em mistérios de assassinatos em salas fechadas, crimes impossíveis. Parece ridículo agora, mas, na época, o comentário me incomodou, provavelmente, porque, de certa forma, concordei com ele. Cheguei até a considerar uma continuação da postagem – talvez como "Oito Assassinatos Mais Perfeitos". Mas não: meu *post* seguinte foi uma lista dos meus romances de mistério favoritos do ano anterior, e escrevi tudo em uma hora. Também descobri como criar um *link* dos títulos dos livros para nossa livraria *on-line* e John se sentiu extremamente grato por isso.

– Estamos apenas tentando vender livros aqui, Mal – ele comentou –, e não iniciar um debate.

Capítulo 3

A agente Mulvey estava segurando uma folha impressa. Eu a peguei, olhei a lista que eu fiz, e disse:
— Lembro-me disso, mas já foi há muito tempo.
— Você se lembra dos livros que escolheu?
Olhei novamente a folha, e meus olhos procuraram imediatamente *Pacto de Sangue* e, de repente, entendi por que ela estava ali.
— Ah! – eu disse. – O homem na linha do trem. Você acha que isso se baseou em *Pacto de Sangue*?
— Acho que sim, com certeza. Ele viajava de trem regularmente. Embora tenha sido morto em outro lugar, fizeram de forma a parecer que ele se jogou do trem. Quando ouvi o caso, me lembrei imediatamente de *Pacto de Sangue*. Quero dizer, do filme. Eu não li o livro.
— E veio falar comigo porque eu li o livro? – perguntei.
Ela piscou várias vezes, e sacudiu a cabeça.

– Não, eu vim falar com você, porque, quando me dei conta de que, talvez, esse crime estivesse imitando o filme, ou o livro, fiz uma pesquisa no Google e coloquei *Pacto de Sangue* e *Os Crimes A.B.C.* juntos. E foi assim que encontrei sua lista.

Ela ficou me observando com ar ansioso, me encarando, e instintivamente eu desviei o olhar, fixando-me em sua testa ampla, com sobrancelhas quase invisíveis.

– Eu sou um suspeito? – perguntei, rindo em seguida.

Ela se encostou na cadeira.

– Oficialmente, você não é um suspeito, de forma alguma. Se fosse, eu não estaria aqui, sozinha, fazendo perguntas. Mas estou investigando a possibilidade de que todos esses crimes tenham sido cometidos pela mesma pessoa, e que o criminoso esteja imitando os crimes da sua lista.

– A minha lista não é a única que inclui *Pacto de Sangue* e *Os Crimes A.B.C.*, é?

– Para dizer a verdade, sim. Bem, a sua é a lista mais curta, que contém os dois livros. Os dois estavam em outras listas, mas eram muito longas, como as "100 Histórias de Mistério que Você Precisa Ler Antes de Morrer", esse tipo de coisa, mas a sua me chamou a atenção. Trata-se de cometer o assassinato perfeito. Oito livros estão listados. Você trabalha em uma livraria de romances de mistério em Boston. Todos os crimes aconteceram na Nova Inglaterra. Veja, provavelmente seja apenas uma coincidência, mas achei que valia a pena investigar.

– Entendo que está claro que alguém está imitando *Os Crimes A.B.C.*, mas um corpo encontrado nos trilhos do trem? É um pouco demais achar que isso tenha saído de *Pacto de Sangue*.

– Você se lembra bem do livro?

– Sim. É um dos meus romances favoritos.

Isso era verdade. Li *Pacto de Sangue* quando tinha uns 13 anos e fiquei tão emocionado que procurei a versão cinematográfica de 1944, com Fred MacMurray e Barbara Stanwyck. Ele me fez vasculhar os filmes *noir*, gastando toda a minha adolescência procurando lojas de vídeo que tivessem filmes clássicos no catálogo. De todos os filmes *noir* a que assisti graças a *Pacto de Sangue*, nenhum conseguiu superar a sensação daquela primeira sessão. Às vezes, parece que a trilha sonora de Miklós Rózsa para esse filme ficará gravada para sempre no meu cérebro.

– No dia em que o corpo de Bill Manso foi encontrado nos trilhos, uma das janelas de emergência do trem estava aberta, perto de onde o corpo foi encontrado.

– Então, é possível que ele tenha de fato saltado?

– De forma alguma. Os policiais que analisaram a cena do crime afirmaram que ele tinha sido assassinado em outro lugar e levado até os trilhos. E o legista confirmou que ele morreu por causa de uma pancada na cabeça, provavelmente com algum tipo de revólver.

– Ok – respondi.

– Isso significa que alguém, possivelmente quem o matou, ou o cúmplice, estava a bordo do trem e abriu a janela de emergência para fazer parecer que ele saltou.

Pela primeira vez desde o começo da conversa, senti-me inquieto. No livro, e também no filme, um corretor de seguros se apaixona pela mulher de um empresário do setor do petróleo e eles conspiram para matá-lo. Fazem isso para ficarem juntos, mas também pelo dinheiro. O corretor de seguros, Walter Huff, falsifica uma apólice de acidentes para Nirdlinger, o homem que pretendem assassinar. Na apólice, há uma cláusula que dobra o valor do seguro se a morte ocorrer em um trem. Walter e Phyllis, a esposa infiel, estrangulam o marido no carro, depois Walter se faz passar por Nirdlinger e embarca no trem. Ele coloca um gesso na perna e caminha com muletas, porque o verdadeiro Nirdlinger havia quebrado a perna pouco antes. Ele imagina que a ideia do gesso seja perfeita, pois os outros passageiros se lembrarão de tê-lo visto, mas não se lembrarão necessariamente de seu rosto. Ele vai até o vagão para fumantes, no final do trem, e desembarca. Em seguida, Walter e Phyllis colocam o corpo próximo aos trilhos, para parecer que ele caiu.

– Então, está me dizendo, que, de fato, foi simulado para imitar o assassinato de *Pacto de Sangue*? – perguntei.

– Estou – ela respondeu. – No entanto, eu sou a única que está convencida dessa ligação.

– Como são essas pessoas? – perguntei. – As que morreram?

A agente Mulvey olhou para o teto baixo da saleta nos fundos da livraria e disse:

– Pelo que se sabe, não há como relacioná-las, além do fato de todas as mortes terem acontecido na Nova Inglaterra e imitarem assassinatos de romances policiais.

– Da minha lista – completei.

– Exato. A sua lista é uma das ligações. Mas também há outra conexão... não de fato uma conexão, é mais uma intuição minha, de que todas as vítimas... não fossem pessoas exatamente más, porém também não eram exatamente boas. Não tenho certeza de que fossem benquistas.

Pensei por um momento. Estava escurecendo na saleta dos fundos da livraria e, instintivamente, olhei o relógio, mas ainda era o meio da tarde. Olhei para trás, em direção à sala do estoque, onde duas janelas se abriam para o quintal. A neve começara a se acumular nos caixilhos, e o céu estava bem escuro, apesar do horário. Acendi a lâmpada em cima da mesa.

– Por exemplo – ela continuou –, Bill Manso era corretor de ações e divorciado. Os detetives que entrevistaram os filhos já adultos disseram que não o viam há dois anos, que ele não era um tipo muito paternal. Ficou claro que não gostavam dele. E Robin Callahan, como deve ter lido, era bastante polêmica.

– Refresque minha memória – pedi.

– Creio que, há alguns anos, ela foi a causa do divórcio de um de seus colegas de trabalho. E, em seguida, ela se divorciou. Depois, escreveu um livro atacando a monogamia, há algum tempo. Muita gente não gosta dela. Se pesquisar o nome dela no Google...

– Bem... – eu disse.

– Certo. Todo mundo tem inimigos hoje em dia. Mas, para responder à sua pergunta, acho que é possível que todos os que foram assassinados até agora não fossem muito benquistos.

– Acredita que alguém tenha lido minha lista de assassinatos – eu disse – e decidiu imitar cada um deles? E que escolheu como vítimas pessoas que merecessem morrer? É essa a sua teoria?

Ela comprimiu os lábios, fazendo com que quase perdessem a cor, e disse:

– Sei que parece ridículo...

– Ou pensa que escrevi essa lista e depois decidi comprovar os homicídios?

– Igualmente ridículo – ela respondeu. – Sei que é. Mas também é improvável que alguém imitasse o enredo de um romance de Agatha Christie e, ao mesmo tempo, recriasse a morte no trem de um...

– De um romance de James Cain – completei.

– Exato – ela respondeu.

A minha luminária lançava uma luz amarela sobre o rosto da agente Mulvey e indicava que, provavelmente, ela estava há três dias sem dormir.

– Quando fez a ligação entre esses crimes? – perguntei.

– Quer dizer, quando encontrei a sua lista?

– Sim, acho que é isso.

– Ontem. Já encomendei todos os livros, e li todas as resenhas, mas decidi vir direto falar com você. Eu esperava que você tivesse um *insight*, que associasse outros crimes recentes não solucionados à sua lista. Sei que isso é pouco provável...

Olhei a lista que ela me passou, pensando nos oito livros escolhidos.

— Alguns desses homicídios — eu disse — não teriam como ser imitados. Ou até poderiam ser, mas seria difícil determinar a ligação.

— O que quer dizer? — ela perguntou.

Eu cotejei a lista.

— *Armadilha Mortal*, peça teatral de Ira Levin. Você conhece?

— Sim, mas refresque minha memória.

— A mulher morre literalmente de medo, pois tem um infarto. É armado pelo marido e um amigo. É um assassinato perfeito, evidente, pois não se pode provar que alguém que morreu do coração tenha, na realidade, sido assassinado. Mas vamos imaginar que queiram reproduzir esse modo. Primeiro, é muito difícil provocar um infarto, e seria ainda mais difícil determiná-lo. Não creio que tenha uma vítima que sofreu um ataque cardíaco suspeito, tem?

— Para dizer a verdade, tenho — ela respondeu.

Pela primeira vez, desde que chegara à livraria, percebi um brilho de satisfação em seu olhar. Ela realmente acreditava que havia algo suspeito.

— Não conheço muito bem esse caso — ela continuou —, mas uma mulher chamada Elaine Johnson, de Rockland, Maine, morreu do coração, em casa, em setembro do ano passado. Devido ao seu problema cardíaco, a morte parece ter sido natural, mas havia sinais de que a casa fora invadida.

Toquei o lóbulo da orelha.

— Como um roubo?

— Foi o que a polícia disse. Alguém entrou para assaltar a casa, ou para atacá-la, mas ela teve um infarto ao ver o ladrão, e ele fugiu.

— Nada foi levado da casa?

— Nada. Nada foi levado da casa.

– Não sei, não... – respondi.

– Fico pensando nisso – disse ela, desencostando da cadeira. – Vamos imaginar que ele quisesse que alguém morresse do coração. Primeiro, ele escolhe uma pessoa que teve um infarto e, nesse caso, Elaine Johnson teve um. Então, ele entra na casa onde ela mora sozinha, veste uma fantasia horrorosa e sai de dentro do armário saltando em cima dela. Ela cai morta e, assim, cometeu-se um assassinato exatamente como nesse livro.

– E se não desse certo?

– O assassino fugiria e ela não poderia identificá-lo.

– Mas ela registraria a ocorrência.

– Com certeza.

– Alguém registrou algum tipo de ocorrência como essa?

– Não que eu saiba. Mas só quer dizer que deu certo da primeira vez.

– Certo – respondi.

Ela ficou em silêncio por um instante. Ouvi o som das patinhas de Nero vindo em nossa direção pelo assoalho de madeira. A agente Mulvey, que também ouvira o barulho, virou-se e olhou para o gato da livraria. Ela o deixou cheirar sua mão e, em seguida, fez carinho em sua cabeça. Nero deitou-se de lado no chão, ronronando.

– Tem gatos em casa? – perguntei.

– Dois. Seu gato vai para casa com você, ou fica o tempo todo na livraria?

– Ele fica somente aqui. Para ele, o universo se resume a duas salas cheias de livros alinhados e um monte de gente desconhecida, e alguns também lhe dão comida.

– Parece uma vida boa – ela comentou.

– Acho que ele vive bem. Metade das pessoas que aparece aqui vem apenas para vê-lo.

Nero levantou-se de novo, esticou as patas de trás, uma de cada vez, e voltou para a frente da livraria.

– Então, o que precisa de mim? – perguntei.

– Bem, se alguém está de fato usando sua lista como guia para cometer assassinatos, então, você é o especialista.

– Não sei nada sobre isso.

– Quero dizer, você é o especialista em relação aos livros da lista. São seus livros favoritos.

– Acho que sim – respondi. – Escrevi esta lista há muito tempo, e alguns desses livros eu conheço melhor que outros.

– Mesmo assim, ouvir sua opinião não vai fazer mal. Gostaria que olhasse alguns casos que apurei, uma lista de homicídios não resolvidos nos últimos anos, na Nova Inglaterra. Reuni essas informações rapidamente ontem à noite. É apenas um resumo, para dizer a verdade – ela disse, pegando algumas folhas grampeadas da pasta –, e queria que lesse e me dissesse se algum deles tem a ver com qualquer coisa dos livros da sua lista.

– Claro – respondi, pegando as folhas da mão dela. – Esses casos também são... confidenciais?

– Grande parte da informação que resumi é de conhecimento público. Se qualquer um dos crimes chamar a sua atenção, irei analisá-lo melhor. Para ser honesta, estou apenas tentando encontrar indícios entre esses casos. Eu já os examinei. É que, como você já leu os livros...

– Terei que reler alguns deles também – respondi.

– Então, você vai me ajudar.

Ela se endireitou na cadeira e abriu um meio sorriso. Seu lábio superior e a parte inferior do nariz era estreita e dava para ver sua gengiva quando ela falava.

– Vou tentar ajudá-la – eu disse.

– Obrigada. E tem mais uma coisa: encomendei todos os livros, mas, se tiver algum deles aqui, poderia começar a ler antes.

Cheguei o estoque no computador. Ali mostrava que tínhamos vários exemplares de *Pacto de Sangue*, *Os Crimes A.B.C.*, *A História Secreta*, e mais um exemplar de *O Mistério da Casa Vermelha*. Também tínhamos um de *Pacto Sinistro*, mas era uma primeira edição de 1950, em perfeito estado, que valia pelo menos US$ 10 mil. Tínhamos uma estante de vidro perto do caixa com todos os livros avaliados em US$ 50 ou mais, mas ele não estava ali. Estava no meu escritório, também em uma estante de vidro trancada, onde coloco as edições de que ainda não quero me desfazer. Eu tinha um lado de colecionador, não exatamente uma boa característica para um dono de livraria, cujas estantes em seu pequeno apartamento estavam abarrotadas de livros. Quase disse à agente Mulvey que não tinha o livro de Patricia Highsmith, mas decidi que eu não deveria mentir, ao menos não sobre algo sem importância, para uma agente do FBI. Disse o preço do livro, e ela respondeu que esperaria pela edição que havia comprado. Restava *A Afogadora*, que eu certamente tinha em casa, e *Malícia Premeditada*, que também deveria estar comigo. Com certeza, eu não tinha um exemplar da peça *Armadilha Mortal*, nem na livraria, nem em casa, mas sabia que poderia ser encontrado em algum lugar. Disse tudo isso à agente.

– Eu não consigo ler oito livros em uma noite, de qualquer forma... – ela disse.

– Você vai voltar para...?

– Vou passar esta noite aqui, no Hotel Hill. Imaginei que, depois que analisasse a lista, talvez, de manhã... nós poderíamos nos ver novamente para ver se encontrou alguma coisa.

– Claro – respondi. – Não sei se vou abrir a livraria amanhã, não com esse tempo...

– Você poderia ir até o hotel. O FBI lhe paga o café da manhã.

– Acho uma ótima ideia – disse.

Antes de sair, a agente Mulvey disse que pagaria pelos livros que iria levar.

– Não se preocupe com isso – eu disse. – Poderá devolvê-los depois de ler.

– Obrigada – ela respondeu.

Ao abrir a porta, entrou uma rajada de vento da rua Bury. Estava nevando, enquanto o vento cortava as esquinas da cidade.

– Tome cuidado aí fora – recomendei.

– Não é longe daqui – ela disse. – Amanhã, às dez, certo? – acrescentou, confirmando o horário da nossa reunião no café da manhã.

– Certo – respondi, e fiquei na porta, esperando seu vulto desaparecer em meio à neve.

Capítulo 4

Eu morava sozinho do outro lado da rua Charles, subindo a ladeira, em um apartamento no sótão de um prédio de pedras de arenito, que aluguei de uma brâmane que vive em Boston, e que não tem a menor ideia do valor real do seu imóvel. Pagava um aluguel ridiculamente baixo e me preocupava, de forma egoísta, apenas com o dia em que ela morresse e um dos filhos, financeiramente mais esperto, passasse a administrar o apartamento.

Em geral, eu levava menos de dez minutos para ir da livraria até meu apartamento, mas estava caminhando em meio àquela tempestade com um par de sapatos velhos. A neve machucava meu rosto e o vento dobrava as árvores e sibilava nas ruas vazias. Na rua Charles, pensei em passar na Seven's e ver se estavam abertos para tomar um drinque, mas decidi entrar na loja de queijos e vinhos, onde comprei um pacote de seis garrafinhas de cerveja Old Speckled Hen e uma baguete de queijo e presunto para servir de jantar. Planejava cozinhar as costeletas de porco que tirara do *freezer* de manhã, mas estava ansioso para ler a relação de crimes da agente Mulvey naquela noite.

Ao chegar ao prédio, subi os degraus cobertos de neve até a pesada porta de nogueira da entrada, com maçanetas de ferro fundido. Sacudi a neve dos sapatos e entrei. Outra inquilina, provavelmente Mary Ann, já separara a correspondência e colocara na mesinha lateral no saguão. Peguei a fatura de cartão de crédito úmida, enquanto a água pingava no chão de ladrilhos rachados, e subi os três lances de escada até o sótão onde eu morava.

Como sempre acontecia no inverno, ficava abafado dentro do apartamento. Tirei a jaqueta e o suéter e abri as janelas, uma de cada lado do teto inclinado, para que entrasse um pouco de ar frio. Coloquei cinco cervejas na geladeira e abri a sexta garrafa. Mesmo que meu apartamento fosse um estúdio, havia espaço suficiente para uma sala de visitas. Estiquei-me no sofá, pus os pés em cima da mesa de centro e comecei a ler a lista da agente Mulvey.

Estava organizada por ordem cronológica, com os resumos formatados do mesmo jeito, um cabeçalho com data, local e nome da vítima. Embora fosse um resumo feito às pressas, tinha frases completas e parecia uma resenha de jornal. A agente Mulvey provavelmente nunca recebeu menos que dez na faculdade. Fiquei me perguntando o que a teria levado ao FBI. Parecia alguém mais adequada à academia, talvez como professora de inglês ou pesquisadora. Ela me lembrou um pouco Emily Bersanian, minha funcionária extremamente estudiosa, que não conseguia me encarar enquanto conversávamos. A agente Mulvey não parecia tão estranha, talvez fosse apenas jovem e inexperiente. Era impossível eu não me lembrar de Clarice Starling (outro nome de pássaro) de *O Silêncio dos Inocentes*. Era a associação que, em geral, eu fazia, entre livros e filmes. Sempre fazia isso, desde que começara a ler. E Mulvey, como sua contraparte fictícia, parecia dócil demais para aquele trabalho. Era difícil imaginá-la puxando uma arma do coldre, ou interrogando agressivamente um suspeito.

No entanto, ela interrogara um suspeito: eu.

Afastei esse pensamento da cabeça, dei um gole na cerveja e olhei para a lista que ela me entregou, conferindo os itens antes de ler cada resumo. Soube, de cara, que ali não tinha muita coisa, ao menos, não me ocorreu nada óbvio. Muitos dos assassinatos não resolvidos foram cometidos com armas de fogo. Jovens que viviam em centros urbanos, na maioria. Uma das vítimas, morta com um tiro, pareceu uma possibilidade, mas não havia muitos detalhes no resumo. Um homem chamado Daniel Gonzalez fora assassinado com uma arma enquanto passeava com o cão em Middlesex Fells. Acontecera bem cedo em uma manhã de setembro no ano passado, e a agente Mulvey fez uma anotação de que, naquele momento, não havia indícios para o caso. A única razão por que esse crime me chamou a atenção foi o assassinato em *A História Secreta*.

Os assassinos adolescentes do livro de Donna Tartt decidem que precisam se livrar do amigo Bunny Corcoran para ele não revelar o que sabe sobre um homicídio quando os alunos de cultura clássica simularam um bacanal dionisíaco na floresta e acidentalmente (ou não) mataram um fazendeiro. Bunny não participou do ritual, mas descobriu a verdade e começou a usar essa informação para obter favores – jantares em restaurantes, viagens à Itália – de seus amigos ricos. Também se preocupam com a possibilidade de ele beber demais e contar o que aconteceu. Por esse motivo, decidem matá-lo. Henry Winter, o mais inteligente do grupo, finaliza o plano. Sabem que Bunny faz longas caminhadas nos domingos à tarde, e esperam em um lugar por onde acreditam que ele vá passar, por uma trilha junto a uma ravina profunda. Quando ele aparece, empurram-no no precipício, fazendo com que pareça um acidente.

Poderia o caso de Daniel Gonzalez, morto durante sua caminhada matinal, estar ligado? O fato de ter levado um tiro tornava a hipótese improvável, mas talvez a ideia por trás da imitação desse assassinato fosse matá-lo durante uma atividade previsível. Peguei meu *laptop* e pesquisei o obituário. Ele fora professor assistente de espanhol em uma faculdade comunitária local. Embora não fosse professor de latim ou grego, lecionava línguas. Era uma possibilidade, e decidi que iria contar isso à agente Mulvey na manhã seguinte.

Dei uma olhada nos demais crimes. Procurei um afogamento, pensando no livro de John D. MacDonald, *A Afogadora*. Mas, é claro, se alguém tivesse se afogado daquele modo para fazer parecer um acidente, o caso não estaria em uma lista de homicídios não solucionados.

Também não havia casos de overdoses acidentais, o estilo de assassinato de *Malícia Premeditada*. O assassino, um médico, vicia a esposa com morfina. Então, é apenas uma questão de fazer com que outras pessoas saibam do seu vício, e se torne uma fofoca local. Assim, ele a mata com uma overdose. Claro, deve ter havido centenas, senão milhares, de overdoses por drogas na Nova Inglaterra nos últimos anos. Poderia uma dessas ter sido um assassinato premeditado? O que acontece com minha lista é que, quando a criei, no início, queria reunir assassinatos tão inteligentes que o criminoso jamais seria descoberto. Com isso em mente, se alguém imitasse, com sucesso, alguns desses homicídios, eles seriam indetectáveis.

Dei duas mordidas no sanduíche e depois bebi outra cerveja. O apartamento estava muito silencioso e não queria assistir televisão, então coloquei uma música do álbum *24 Postcards in Full Colour*, de Max Richter. Deitei no sofá e olhei para o teto de pé-direito alto, para uma fenda fina que ziguezagueava sob a moldura; aquele teto era uma visão familiar. Pensei no que diria à agente Mulvey no dia seguinte durante o café da manhã. Falaria sobre Daniel Gonzalez, é claro, e como isso poderia estar relacionado com A História Secreta. Iria sugerir que ela pesquisasse afogamentos por acidente, em especial, em lagos ou lagoas, e que também investigasse mortes por overdose, principalmente aquelas em que o falecido usou uma seringa.

A música terminou e coloquei o CD de novo, voltando a me deitar no sofá. Minha mente se movia em várias direções, então decidi desacelerar e fazer uma lista mental. Concentrei-me primeiro nas suposições. A primeira suposição era que alguém estava usando a minha lista para matar pessoas ao acaso. Bem, talvez não fosse ao acaso. Talvez as vítimas, de alguma forma, merecessem morrer, pelo menos, na opinião do assassino. A segunda suposição era que, embora provavelmente eu fosse um suspeito, isso não estava sendo levado a sério. Como a própria agente Mulvey destacou, ela não viria sozinha, se esse fosse o caso. O objetivo daquela conversa à tarde fora me conhecer, descobrir quem eu era. Se ela desconfiar do meu envolvimento, creio que da próxima vez que nos encontrarmos – amanhã, no café da manhã, ou algum tempo depois disso – ela estará com outro agente do FBI. Terceira suposição: quem fez isso não está apenas usando a minha lista. O assassino também me conhece. Talvez não muito, mas um pouco.

O motivo por que pensei nisso – o motivo por que eu *sabia* disso – foi o fato de conhecer a quinta vítima mencionada pela agente Mulvey, a mulher que morreu de infarto em casa, em Rockland, Elaine Johnson. Não muito, mas, assim que ouvi o nome dela, soube tratar-se da mesma Elaine Johnson que morava em Beacon Hill, que costumava vir à livraria e que compareceu a todos os lançamentos dos autores que recebemos nos últimos tempos. Eu sabia que deveria ter dito isso à agente Mulvey antes, mas não disse, e, até achar que devesse dizer, não tinha intenção de lhe contar.

Sabia que ela estava escondendo informações de mim, e resolvi não passar esse fato a ela. Eu tinha que começar a me garantir de alguma forma.

Capítulo 5

Eu estava começando a pegar no sono no sofá, por isso me levantei, passei água nas garrafas de cerveja, joguei fora o resto do sanduíche, escovei os dentes e vesti o pijama. Fui até a estante e encontrei o livro que estava procurando, *A Afogadora*. Era a edição original em brochura de 1963. Trazia uma daquelas capas com ilustrações sinistras que enfeitam quase todas as brochuras de meados do século de John D. MacDonald. Nesta, uma mulher de cabelos escuros com um biquíni branco está sendo levada para as profundezas verde-escuras por mãos que puxam uma de suas belas pernas. Prometia, como todas essas capas, duas coisas: sexo e morte. Folheei o livro, e aquele cheiro forte de mofo tocou minhas narinas. Sempre adorei esse cheiro, embora meu lado de colecionador de livros soubesse ser um sinal de que o exemplar fora guardado de modo incorreto, em uma caixa de papelão no chão úmido, em um porão por um longo tempo. Mas o odor me levou imediatamente de volta à "Troca de Livros da Annie", onde comecei minha coleção, no sexto ano. Cresci em Middleham, a cerca de 45 minutos a oeste de Boston. Quando fiz 11 anos, tive permissão para andar de bicicleta por 2,5 quilômetros ao longo da Estrada Dartford, até o centro da cidade. Havia apenas três lojas: uma loja de conveniência chamada Middleham General, em uma tentativa de parecer com algo mais estranho do que realmente era, uma loja de antiguidades no antigo prédio dos Correios e uma "Troca de Livros da Annie", uma franquia de um inglês chamado Anthony Blake, que vendia principalmente livros populares – aquelas brochuras que cabiam no bolso de trás – e foi lá que comprei os romances de Ian Fleming, Peter Benchley e Agatha Christie que li na juventude. Foi ali que, com certeza, eu comprei *A Afogadora*, depois de já ter comprado todos os livros de Travis McGee, a famosa série policial de John D. MacDonald. Era raro encontrar um livro não seriado de MacDonald, mas algum fã de romances policiais que vivia perto de mim em Massachusetts deve ter morrido na época em que comecei a ir de bicicleta até o centro da cidade, pois a loja de Annie subitamente foi inundada com pilhas de romances populares, não apenas de John D. MacDonald, mas de Mickey Spillane e Alistair MacLean, e os romances do 87º Distrito de Ed McBain. Eu me permitia comprar três livros a cada expedição, o que quase esgotava a minha mesada. Naquela época, eu levava menos de uma semana para ler esses três livros – por vezes, apenas três dias –, mas sempre ficava feliz em reler os que já possuía. Possivelmente, não relia *A Afogadora* desde quando era pré-adolescente, mas o enredo básico ficara entranhado em mim.

A vilã – e ela era uma boa vilã – era uma secretária muito religiosa, que sublimava toda a sua energia sexual reprimida fazendo exercícios físicos. Ela matava os pecadores à sua volta, incluindo uma mulher casada que era amante do seu chefe. Ela a afogou, espreitando-a, usando equipamento de mergulho, no fundo do lago onde a mulher costumava nadar. Agarrou-a pela perna puxando-a até o fundo do lago. Nunca me esqueci desse assassinato. Quando fiz minha lista de homicídios perfeitos, esse me veio à mente. Eu não reli o livro, mas havia se tornado familiar para mim.

Levei *A Afogadora* para reler na cama. Li o primeiro parágrafo, e as palavras me soaram extremamente conhecidas. Os livros nos fazem viajar no tempo. Todos os leitores de verdade sabem disso. Mas os livros não nos levam para o momento em que foram escritos. Eles nos fazem lembrar de nós mesmos em outra época. Da última vez que abri esse livro, provavelmente tinha 11 ou 12 anos. Acho que estávamos no verão e eu ficava acordado até tarde no meu quarto entulhado, sob o lençol, com um mosquito zunindo em um canto. Meu pai tocava seus LPs bem alto, na sala, dependendo de quanto já tivesse bebido. As noites terminavam do mesmo jeito, com minha mãe desligando a música – em geral, *jazz*, embora algumas vezes ouvisse Frank Zappa ou Weather Report – e meu pai se queixava de ela não compreendê-lo. Mas isso era apenas um ruído de fundo. Porque, na verdade, eu não estava naquele quarto. Estava na Flórida, em 1963, saindo com empreendedores imobiliários obscuros, mulheres divorciadas e sensuais, e bebendo uísque caro. E ali estava eu de novo – com quase 40 anos de idade – e meus olhos percorriam as mesmas palavras, segurando o mesmo livro que segurei há vinte e oito anos, o mesmo livro que algum empresário ou dona de casa segurara há cinquenta anos. Uma viagem no tempo.

Terminei de ler às quatro da manhã. Quase levantei da cama para pegar outro da lista, mas, em vez disso, decidi tentar dormir. Deitei-me de bruços, pensando no livro, em como me sentiria ao nadar em um lago onde alguém me agarra e puxa para baixo até me afogar. Então, como sempre, quando comecei a ficar sonolento, lembrei-me da minha mulher. Mas não sonhei com ela e não sonhei com *A Afogadora*. Sonhei que estava correndo e que alguém estava me perseguindo.

O mesmo sonho que tive todas as noites da minha vida.

Ainda nevava quando saí do prédio de manhã, porém caía uma neve fina e esvoaçante, soprada pelo vento forte. Já havia meio metro de neve na calçada. As ruas já estavam limpas, mas ninguém saíra para remover a neve das calçadas, então caminhei pelo meio da rua, descendo a ladeira com cuidado até a rua Charles. Embora estivesse nublado, o dia estava claro, talvez por causa daquela neve recém-caída. Eu carregava no ombro a mochila que sempre usava para fazer entregas de livros de bicicleta.

Cheguei cedo ao hotel. O Flat of the Hill era uma adição recente à minha região em Boston, um hotel-butique dentro de um armazém reformado próximo à rua Charles. Tinha um restaurante sofisticado e um belo bar, que, por vezes, eu frequentava, às segundas à noite, quando cobravam US$ 1 a ostra.

– Estou esperando alguém para o café da manhã – informei à atendente solitária, uma moça de olhos tristes por trás do balcão da entrada.

Ela me conduziu, passando pelo bar, até uma saleta com oito mesas.

Não havia ninguém ali para me indicar um lugar, então me sentei a uma mesa de canto próximo a uma grande janela que dava para uma parede de tijolos. Como estava sozinho no refeitório, me perguntei se havia alguém para me atender, ou se a equipe não teria conseguido chegar para trabalhar devido à tempestade de neve. Enquanto pensava nisso, um homem de camisa branca e calça preta impecáveis passou pelas portas vaivém e a agente Mulvey surgiu na entrada do salão. Ela me viu e se aproximou, no momento em que o garçom me entregava os cardápios. Pedimos café e suco.

– O FBI tem um orçamento de viagens bastante satisfatório – comentei.

Ela pareceu não ter compreendido meu comentário e, em seguida, disse:

– Ah! Fiz a reserva neste hotel para ficar mais perto da livraria. Com sorte, eles vão me reembolsar.

– Dormiu bem? – perguntei.

Ela estava com olheiras.

– Muito pouco. Fiquei lendo.

– Eu também. Que livro você leu?

– *O Mistério da Casa Vermelha*. Resolvi começar pelo início.

– O que achou? – perguntei.

Tomei um gole de café, que me queimou a ponta da língua.

– Foi bom. Inteligente, creio eu, mas não consegui adivinhar o final.

Ela pegou a xícara de porcelana, inclinando-a em direção aos lábios, e bebericou o café. Esse movimento me lembrou o modo de beber dos pássaros.

– Sinceramente – eu disse –, sei que o incluí na minha lista, mas não me lembro dos detalhes. Eu já o li há muito tempo.

– É bem como você descreveu. É um mistério em uma casa de interior, que parece um tanto ridículo. Fiquei pensando no jogo *Detetive*...

– Coronel Mostarda na biblioteca.

– Exato. Mas é melhor que isso.

Ela descreveu a trama central e comecei a me lembrar. Há um homem rico chamado Mark Ablett, que vive em uma casa de campo, daquelas casas inglesas típicas, que parecem perfeitas para um assassinato. Ele recebe uma carta de seu irmão mau-caráter, dizendo que virá da Austrália para visitá-lo. Quando chega, pedem-lhe que espere no escritório pelo sr. Mark Ablett. Então, ouve-se um tiro. O irmão que veio da

Austrália está morto e Mark Ablett desaparece. Parece claro que Mark matou o próprio irmão e fugiu.

O detetive da história é, na verdade, apenas um conhecido de um dos hóspedes na casa de campo. Chama-se Tony Gillingham e, com seu amigo Bill, começam a investigar. Acontece que há um túnel secreto que sai do escritório e passa por baixo da casa até um campo de golfe e, é claro, há vários suspeitos.

– O irmão não existe, não é? – perguntei, interrompendo-a.

– Exatamente isso. O verdadeiro irmão morreu há muitos anos, e não chegou na casa. Mark Ablett é convencido a se passar por ele, e então é assassinado. Mas essa não foi a parte do homicídio que achei inteligente. Você achou?

Ela falava rápido e, só depois que parou de falar, percebi que esperava uma resposta.

– Creio que coloquei na lista porque o assassino arranjou um corpo e um assassino ao mesmo tempo. Eram a mesma pessoa, mas somente o assassino sabia disso.

– Posso ler um trecho que sublinhei ontem à noite?

– Claro – eu disse.

Ela pegou o exemplar da bolsa e começou a folheá-lo. Pude ver, de onde eu estava sentado, que ela havia sublinhado várias passagens. Pensei na minha mulher, no jeito como ela sempre lia, com a caneta na mão, pronta para escrever em qualquer livro que lesse. Súbito, fiquei feliz por não ter dado a primeira edição caríssima de *Pacto Sinistro* à agente Mulvey.

– Certo. Entendi – ela disse, abrindo o livro na mesa e inclinando-se para ler. – "O inspetor chegou lá"... acho que ele está falando da casa, "onde havia um homem morto e outro desaparecido" – ela começou. – "Parece bem provável que o homem desaparecido tivesse atirado no morto. Mas era mais do que bem provável; era quase certo que o inspetor partiria da ideia de que essa solução bem provável seria a única verdadeira e que, por consequência, estaria menos propenso a considerar sem suspeitar de qualquer outra solução."

Ela parou de ler e fechou o livro.

– Isso me fez pensar – ela continuou. – Se fosse cometer um assassinato baseado nesse livro, como você o faria?

Devo ter feito uma cara de incredulidade, porque ela acrescentou:

– Atiraria em alguém em um escritório em uma casa de campo?

– Não – respondi. – Acho que mataria duas pessoas e esconderia um dos corpos, para fazer parecer que o assassino fugira.

– Exatamente – ela respondeu.

Como o garçom estava próximo, fizemos o pedido. A agente Mulvey quis ovos à florentina. Eu não estava com fome, mas pedi dois ovos poché com torrada e salada de frutas.

Depois de pedir, ela disse:

– Isso me fez pensar sobre as regras.

– O que quer dizer com "regras"?

– Muito bem – ela disse, parando um instante para pensar. – Se decidisse cometer os oito assassinatos indicados em sua lista, precisaria estabelecer alguns parâmetros. Algumas regras. Imitaria os assassinatos de forma exata? Ou a ideia geral por trás deles? Qual seria o grau de semelhança?

– Acha que as regras determinam que o assassino deve seguir ao máximo possível os assassinatos cometidos nos livros?

– Não, não os detalhes dos assassinatos, mas a filosofia por trás deles. É quase como se o assassino estivesse testando esses livros na prática. Se a ideia fosse apenas imitar os livros, poderia simplesmente atirar em alguém na biblioteca em uma casa de campo e ficar por aí. Ou, para *Os Crimes A.B.C.*, ele imitaria com exatidão. Encontrar alguém chamada Abby Adams que vive em Acton e matá-la primeiro etc. Mas não se trata apenas disso, trata-se de fazer tudo certo. Existem regras.

— Então, para O *Mistério da Casa Vermelha*, trata-se de fazer com que a polícia procure um suspeito que nunca vão encontrar e jamais irão interrogar.

— Sim, precisamente – disse a agente Mulvey. – De fato, é inteligente. Estava pensando nisso tudo ontem à noite. Vamos imaginar que eu queira matar alguém... meu ex-namorado, por exemplo.

— Ok – respondi.

— Se apenas o matasse, então eu seria a suspeita. Mas, digamos, que eu matasse duas pessoas: meu ex-namorado e sua nova namorada, e garantisse que o corpo dela não fosse encontrado. Assim poderia fazer parecer que o assassino tinha fugido. A polícia não procuraria o assassino, por acreditar já saber quem era.

— Isso não seria fácil – eu disse.

— Ah! – ela respondeu. – Eu não estava falando sério.

— Porque o assassino teria de matar duas pessoas.

— Certo.

— E esconder um corpo não é fácil.

— Você não está falando a partir de sua própria experiência, está? – ela perguntou.

— Já li muitos romances de mistério.

— Acho que preciso procurar um crime em que o principal suspeito tenha sumido.

— Isso é comum? – perguntei.

— Não, não é. Não é fácil sumir hoje em dia. A maioria deixa pistas muito óbvias. Mas pode acontecer.

— Acho que você está no caminho certo – eu disse. – Basta procurar duas vítimas, quem sabe, criminosos, em que uma tenha morrido e a outra tenha sumido. Ou seja, se a sua teoria estiver certa, esse... como devemos chamar seu suspeito? Precisamos de um nome para ele.

— Por que não o chamamos...

Ela fez uma pausa.

– Algo a ver com pássaros.

– Não, fica confuso. Vamos chamá-lo Charlie – ela disse.

– Por que Charlie?

– Apenas me ocorreu. Mas isso não é verdade. Eu pensei em *copycat*, que quer dizer cópia em inglês, o que me lembrou gato, o que me fez lembrar de meu primeiro gato quando eu era menina, e ele se chamava Charlie.

– Pobre Charlie! Ele merece que seu nome seja usado para isso?

– Na verdade, sim. Ele era um assassino. Todo dia, nos trazia um rato ou um pássaro morto.

– Perfeito – respondi.

– Então, será Charlie.

– O que eu estava dizendo? Ah, sim, procure duplas de vítimas suspeitas. Charlie não gosta de matar alguém inocente.

– Não sabemos se isso é verdade, mas é uma probabilidade – ela disse, afastando-se um pouco da mesa para deixar que o prato fosse colocado à sua frente. – Obrigada – ela disse ao garçom e, em seguida, pegou o garfo. – Importa-se se eu comer enquanto falo? Não jantei ontem à noite, e estou morta de fome.

– Não, tudo bem – respondi.

Meus ovos poché haviam chegado, e a visão das bordas das claras ligeiramente translúcidas me revirou o estômago. Espetei um cubo de melão com o garfo.

– E talvez eu esteja enganada – disse a agente Mulvey, depois de dar a primeira garfada. – Isso poderia ter a ver com você, é claro. Alguém querendo chamar a sua atenção, talvez alguém que queira incriminá-lo.

Ela arregalou os olhos ao dizer isso. Projetei o lábio inferior para a frente, como se estivesse pensando sobre essa possibilidade.

— E, se esse for o caso — respondi, finalmente —, então tem sentido fazer com que os assassinatos se baseiem nos livros dessa lista.

— Certo — ela disse. — Por isso, quero investigar o que aconteceu com Elaine Johnson, que morreu de infarto...

— Que pode ter sido assassinada por Charlie, ou não... — eu disse.

— Mas, se foi, preciso ver a cena do crime. Pode haver algo que ligue o homicídio à *Armadilha Mortal*.

— Tenho uma confissão a fazer — eu disse.

O rosto da agente Mulvey corou de antecipação.

— Nunca assisti à peça, nem mesmo a li. Mas assisti ao filme, e tenho certeza de que é bastante fiel. De qualquer forma, sinto-me envergonhado.

— Você deveria se sentir — ela disse, rindo em seguida.

Suas bochechas não estavam mais coradas.

— Então, *no filme*, pelo que vi — eu disse —, a vítima morre do coração quando vê um homem que pensa que já está morto surgir no quarto e matar seu marido. Elaine Johnson foi encontrada morta no quarto?

— Terei que checar — ela respondeu. — Não me lembro desse detalhe. Sabe, quando disse que tinha uma confissão a fazer, pensei que fosse dizer outra coisa.

— Achou que eu confessaria que era Charlie — respondi, fazendo piada.

— Não — ela disse —, pensei que fosse dizer que já conhecia Elaine Johnson.

Capítulo 6

Eu hesitei e, em seguida, disse:
– É a mesma Elaine Johnson que vivia em Boston?
– Ahã...
– Então, eu a conheci. Não muito bem, mas ela costumava frequentar a livraria e a vir aos lançamentos.
– Não quis me dizer isso ontem à tarde?
– Na verdade, não me ocorreu que fosse a mesma pessoa. O nome me soou familiar, mas esse é um nome comum.
– Está bem – ela disse, mas sem olhar para mim. – Como ela era, essa Elaine Johnson?
Fingi pensar, apenas para ganhar um pouco de tempo, mas, na realidade, Elaine era uma pessoa inesquecível. Tinha óculos de lentes bem grossas – como fundos de garrafa –, cabelo ralo e sempre se vestia com suéteres que ela mesma tricotava, mesmo no verão, mas não era isso o que a tornava uma pessoa inesquecível. Ela era uma dessas pessoas que

aproveitam a natureza vulnerável dos vendedores em livrarias, cercando-os e fazendo-os ouvir discursos intermináveis, mais parecidos com diatribes, sobre seus assuntos favoritos. Seus assuntos favoritos eram os autores de livros policiais – os gênios, os bons e os maus ("uma atrocidade" era a expressão que ela mais usava) – e costumava vir à livraria todos os dias e pegar o vendedor que visse primeiro. Era exaustivo e incômodo, mas sempre dávamos um jeito para lidar com ela, continuando a trabalhar enquanto ela falava, deixando-a falar sozinha por dez minutos, depois dizer-lhe, de forma assertiva, que o tempo dela havia acabado. Parece grosseria, mas Elaine Johnson também era grosseira. Ela falava barbaridades sobre os autores de que não gostava. Era um tanto racista, abertamente homofóbica e, surpreendentemente, adorava fazer comentários sobre a aparência das pessoas, embora a sua não fosse nada agradável. Acho que qualquer um que trabalhe em uma livraria, ou em qualquer loja, provavelmente esteja habituado a lidar com clientes difíceis todos os dias. A outra questão é que Elaine Johnson também comparecia a todos os lançamentos, e era sempre a primeira a levantar a mão para fazer uma pergunta, que, sutilmente ou não, insultava o pobre autor ali presente. Sempre preveníamos os autores, com antecedência, mas também avisávamos que ela toda vez comprava um exemplar para pedir um autógrafo, mesmo se fossem, de acordo com ela, "uma fraude sem talento". A maioria dos autores, pelo que sei, costuma aguentar um leitor antipático se ele comprar um livro, especialmente os de capa dura.

Eu sabia que Elaine Johnson se mudara para Rockland, Maine, porque ela comentou isso todos os dias durante um ano antes de finalmente se mudar. A irmã morrera e deixara-lhe uma casa. No dia em que ela finalmente se mudou, meus funcionários e eu fomos beber para comemorar.

– Ela era bastante incisiva – eu disse à agente Mulvey. – Vinha à livraria todos os dias e pegava um de nós para falar sobre o livro que estivesse lendo. Lembro-me agora de que ela se mudou para o Maine, mas não associei esse caso a ela quando o mencionou. Eu a conhecia apenas como Elaine, e não Elaine Johnson.

– Ela merecia morrer? – ela perguntou.

Eu ergui as sobrancelhas.

– Se ela merecia morrer? Está me perguntando pessoalmente? Não, claro que não.

– Não, desculpe. Quero dizer, você disse que ela era muito incisiva. Fica claro, pelo menos para mim, que todas as vítimas, até agora, eram pessoas muito pouco simpáticas. Ela era esse tipo de pessoa?

– Ela, de fato, não era simpática. Certa vez, me disse que as lésbicas eram péssimas escritoras por não passarem tempo suficiente com os homens, que intelectualmente eram superiores a elas.

– Nossa!

– Ela dizia essas coisas apenas para provocar as reações, creio eu. No final das contas, Elaine era uma pessoa muito mais triste e solitária do que má.

– Sabia que ela sofria do coração?

Após a cirurgia, lembro-me de ela puxar o colarinho do suéter para me mostrar a cicatriz no peito. Lembro-me de ter dito a ela:

– Por favor, nunca mais me mostre isso.

Ela riu. Às vezes, achava que Elaine Johnson agia de modo rude porque queria que reagissem de modo rude com ela.

– Acho que sim – respondi à agente Mulvey. – Lembro-me de que ficou algum tempo sem vir à livraria, e ficamos todos animados, mas depois ela voltou a frequentar a loja. Lembro-me de ter sido por razões médicas.

O garçom se aproximou. O prato da agente Mulvey estava limpo e eu ainda não havia tocado nos ovos poché. Ele me perguntou se estava tudo bem.

– Desculpe-me – respondi. – Está tudo bem. Ainda não terminei.

O garçom levou o prato da agente e ela pediu mais um café. Tentei comer os ovos, pois iria parecer estranho se eu não os comesse. A agente Mulvey olhou para o relógio e me perguntou se eu iria abrir a livraria.

– Eu vou até lá – respondi. – Duvido que venham clientes, mas vou dar uma olhada no Nero.

– Ah, o Nero... – ela disse, em tom carinhoso.

Lembrei-me de que ela tinha gatos e perguntei:

– Quem está cuidando dos seus gatos?

Assim que fiz a pergunta, percebi que fora bastante invasivo. Deu a impressão de que queria descobrir se ela era solteira ou não. Fiquei pensando se imaginou que eu estivesse dando em cima dela. Eu não era muito mais velho que ela – dez anos, talvez –, embora meus cabelos, prematuramente brancos, me fizessem parecer ter um pouco mais de idade do que tenho.

– Eles estão ótimos – ela respondeu, esquivando-se da pergunta. – Eles se fazem companhia.

Continuei comendo. Ela olhou o celular, e colocou-o na mesa depois, virado para baixo.

– Preciso lhe perguntar onde estava em 13 de setembro à noite, quando Elaine Johnson morreu.

– Claro – respondi. – Que dia era?

– Dia 13.

– Não, qual o dia da semana?

– Deixe-me ver.

Ela pegou de novo o celular, passou as mensagens por dez segundos, e disse:

– Foi um sábado à noite.

– Eu estava viajando – eu disse. – Estava em Londres.

Todo ano, faço a mesma viagem de férias, e passo duas semanas em Londres, em geral, no início de setembro. É um período de baixa temporada, pois as crianças já voltaram às aulas, porém o tempo ainda está bom. Além disso, é uma boa época para deixar a livraria.

– Sabe exatamente quando fez essa viagem? – ela perguntou.

– Se dia 13 caiu num sábado, eu voltei no dia seguinte, no domingo, dia 14. Posso lhe enviar o número dos voos, se quiser. Sei que foram nas duas primeiras semanas de setembro.

– Está bem, obrigada – ela respondeu, o que me fez entender que ela gostaria que eu lhe enviasse a informação exata sobre meus voos.

– Se Charlie matou Elaine Johnson... – acrescentei.

– Sim?

– Então, fica ainda mais evidente que Charlie está usando minha lista.

– Sim. E significa que ele, não apenas conhece você, como também quem convive com você. Deduzo que não seja uma coincidência que uma das vítimas é alguém que você conhecesse pessoalmente.

– Creio que não – respondi.

– Lembra de alguém que tivesse algum ressentimento ou raiva de você, talvez, um ex-funcionário, alguém que soubesse que Elaine Johnson frequentava a Livraria Old Devils?

– Não que eu saiba – eu disse. – A livraria não tem muitos ex-funcionários. Preciso apenas de duas pessoas, e os dois atuais estão comigo há mais de dois anos.

– Pode me dizer como eles se chamam? – ela perguntou, tirando um bloco de anotações da bolsa.

Dei-lhe os nomes completos de Emily e Brandon, e ela os anotou.

– O que sabe sobre eles? – ela perguntou.

Disse-lhe o que eu sabia, o que não era muito. Emily Bersanian havia se formado no Winslow College, nos arredores de Boston, há cerca de quatro anos, e conseguira um estágio no Boston Athenaeum, uma famosa e histórica biblioteca independente. Ela complementava o salário trabalhando na Old Devils vinte horas por semana. Quando terminou o estágio, aumentou seu horário e está comigo desde então. Eu não sabia quase nada sobre a vida pessoal dela, pois raramente ela falava e, quando falava, era apenas sobre livros, ou, às vezes, filmes. Suspeitava que também escrevesse, mas nunca confirmei isso. Brandon Weeks era meu funcionário amigável e social. Ainda morava com a mãe e as irmãs em Roxbury, e Emily e eu provavelmente sabíamos tudo sobre ele, de certo tudo sobre a família dele e a atual namorada. Quando o contratei, como auxiliar extra durante as férias, há dois anos, admito que tive dúvidas se ele apareceria para trabalhar com regularidade. Mas continuou trabalhando e nunca faltou um dia sequer, nem nunca se atrasou.

– E isso é tudo? – perguntou a agente Mulvey.

– Quanto aos funcionários atuais, sim. Eu trabalho todos os dias. E quando saio de férias, contratamos um balconista temporário, ou Brian, meu sócio, vem e fica em alguns dos períodos. Se quiser, farei uma lista dos ex-funcionários e mandarei para você.

– Brian é Brian Murray? – ela perguntou.

– Sim, você o conhece?

– Vi o nome dele no *site*. Já ouvi falar dele, sim.

Brian é um escritor pouco famoso que vive no South End, e escreve a série de romances de Ellis Fitzgerald. Já deve ter publicado uns 25 livros até agora, que não vendem tão bem quanto costumavam vender, mas Brian os publica, de qualquer forma, mantendo Ellis, sua detetive feminina, com eternos 35 anos, e a moda e os avanços tecnológicos fora de suas narrativas. Os enredos acontecem em Boston, no final da década de 1980, como o seriado de televisão chamado *Ellis* apresentado por dois anos, que deu a Brian o apartamento que ele comprou no South End, a casa no lago ao norte do estado do Maine e bastante reserva de dinheiro para investir na Livraria Old Devils.

— Inclua outras pessoas em sua lista, se lembrar delas. Fregueses aborrecidos. Há algumas ex-mulheres que deveríamos considerar?

— Será uma lista curta — eu disse. — Minha única ex é minha mulher, que faleceu.

— Ah, perdão — ela respondeu, mas ficou claro, pela sua expressão, que ela já soubesse disso.

— E vou continuar pensando sobre os livros da lista.

— Muito obrigada — ela disse. — Não omita nada. Diga qualquer coisa que pensar, mesmo que pareça insignificante ou improvável. Não fará mal me dizer.

— Está bem — respondi, dobrando o guardanapo e colocando-o sobre o prato cobrindo o resto do meu desjejum. — Vai sair do hotel ou continuará aqui?

— Vou sair — ela disse. — A não ser, por alguma razão, que o trem seja cancelado e, nesse caso, terei que passar mais uma noite aqui. Mas não vou embora agora. Você ainda não me disse se olhou a lista de crimes não solucionados que lhe dei ontem à noite.

Disse-lhe que nenhum deles me chamou a atenção, exceto o de Daniel Gonzalez, que levou um tiro enquanto corria.

— Como esse crime se ligaria à sua lista? — ela perguntou.

— Provavelmente, não está ligado, mas me lembrou do livro de Donna Tartt, *A História Secreta*. Nele, os assassinos esperam a vítima em um lugar por onde eles presumem que ela vá passar.

— Li esse livro na faculdade — ela disse.

— Então, lembra-se do livro?

— De alguma coisa. Pensei que matassem alguém durante um ritual sexual na floresta.

— Esse é o primeiro homicídio. Eles matam um fazendeiro. O segundo é o assassinato a que me referi em relação à lista. Eles empurram um amigo no despenhadeiro.

– Daniel Gonzalez levou um tiro.

– Eu sei. É um chute. Tem mais a ver com o fato de ele estar passeando com o cachorro. Talvez fosse um caminho que ele percorresse todos os dias, ou uma vez por semana. Talvez não tenha nada a ver.

– Não, pelo contrário, já me ajuda. Vou olhar melhor. Havia várias pessoas suspeitas no caso de Daniel Gonzalez, incluindo um ex-aluno que ainda está sendo investigado. Mas parece uma possibilidade.

– Daniel Gonzalez... era um babaca, por falta de expressão melhor? – perguntei.

– Não sei, mas vou checar. Parece que sim, porém, havia uma série de suspeitos do assassinato. Então, esse foi o único caso, o do Gonzalez?

– Sim – respondi. – Acho, no entanto, que deveria olhar além dos assassinatos não solucionados. Cheque afogamentos e também overdoses acidentais. O que me faz lembrar...

Abri a bolsa e tirei os dois livros que eu tinha trazido, a edição de *A Afogadora* que reli na noite anterior, mais um exemplar de *Malícia Premeditada* que encontrara na minha biblioteca pessoal naquela manhã. Era uma brochura barata e bem gasta, com a capa quase rasgada. Dei os dois livros à agente Mulvey.

– Obrigada – ela disse. – Faço questão de devolvê-los depois.

– Não se preocupe com isso – respondi. – Nenhum deles é insubstituível. E eu li *A Afogadora* ontem à noite. Quer dizer, eu reli, pois faz algum tempo que li pela primeira vez.

– Ah, sim – ela concordou. – Teve algum *insight*?

– Há dois homicídios. Uma mulher morre quando vai nadar. É puxada para o fundo, como mostra a ilustração na capa. Mas há um segundo homicídio, muito perturbador. O assassino, que é uma mulher fisicamente muito forte, quase sobrenatural, mata um homem provocando um ataque cardíaco apenas usando a mão. Ela o aperta assim – eu mostrei com os dedos estendidos – e o empurra lentamente para cima sob a caixa torácica, até sentir o coração pulsando e então o torce.

– Nossa! – disse a agente, fazendo cara de horror.

– Nem sei se isso é possível – eu disse. – E, mesmo que fosse, tenho certeza de que uma autópsia revelaria o ocorrido.

– Creio que não – ela respondeu. – Ainda penso que temos que procurar por afogamentos. Acho que nosso Charlie gostaria de imitar o afogamento, especialmente por ser o título desse livro.

– Certo – respondi.

– Achou qualquer outra coisa no livro?

Eu não disse a ela que não me lembrava de quanto as mortes eram sexualizadas. Aquela Angie, a louca assassina, criara duas personalidades, um lado Joana D'Arc, em que a pureza a tornava imune à dor, mas havia outro, a "égua parda", em que arqueava o dorso e os mamilos se endureciam. Ela sentia essas duas personalidades quando matava. Isso me fez pensar se todos os assassinos fazem isso, se eles desassociam na hora em que matam, transformando-se em outra pessoa. Charlie seria assim?

No entanto, eu disse à agente Mulvey:

– Não é um grande livro. Gosto de John D. MacDonald, mas, exceto pela sua personagem Angie, não é um de seus melhores livros.

Ela deu de ombros e colocou os livros na bolsa. Percebi que minha análise crítica sobre aquele romance não fora exatamente relevante. Mesmo assim, ela ergueu o olhar e comentou:

– Você me ajudou muito. Importa-se se eu o consultar sobre qualquer outro aspecto que considere relevante? E se continuar a reler os livros...

– Claro – respondi.

Trocamos *e-mails*. Em seguida, levantei-me, e ela me acompanhou até a recepção do hotel.

– Quero ver como está o tempo – ela disse, saindo comigo.

Estava nevando um pouco, mas a cidade estava diferente, com neve empilhada nas esquinas, as árvores inclinadas, mesmo as paredes de tijolinhos dos prédios em volta guardavam resquícios de neve.

– Boa viagem de retorno – eu disse.

Apertamos as mãos. Despedi-me, chamando-a de agente Mulvey e ela me disse para chamá-la de Gwen.

Enquanto eu me afastava devagar, andando entre os montículos de neve, entendi que era um bom sinal ela ter me pedido para chamá-la pelo primeiro nome.

Capítulo 7

Quando cheguei à livraria vinte minutos depois, Emily Barsamian estava sob o toldo, olhando o celular.

— Há quanto tempo está aqui? — perguntei.

— Vinte minutos. Como você não disse nada, imaginei que iríamos abrir no horário normal.

— Desculpe. Você deveria ter me mandado uma mensagem — eu disse, mesmo sabendo que, em quatro anos, ela nunca me enviou nenhuma mensagem e provavelmente nunca enviaria.

— Não achei ruim esperar — ela disse, enquanto eu abria a porta, entrando logo atrás dela. — A culpa é minha por ter esquecido as chaves.

Nero se aproximou e miou, nos cumprimentou, e Emily se abaixou para fazer um carinho no seu queixo. Fui até o caixa e acendi as luzes por trás do balcão. Emily tirou o casacão verde. Por baixo, estava com aquilo que eu considerava seu uniforme de trabalho: uma saia escura de altura média, botas altas, um velho suéter por cima de uma camisa de botões, ou, de vez em quando, uma camiseta. As camisetas que ela usava forneciam algumas pistas sobre o que Emily gostava. Algumas tinham a ver com livros – uma delas mostrava uma antiga capa de um livro de Shirley Jackson, *Os Segredos do Castelo*,* com a ilustração de um gato preto em meio à grama alta – e muitas tinham imagens da banda "The Decemberists". No último verão, ela usou uma camiseta que dizia "SUMMERISLE MAY DAY 1973" e passei o dia tentando me lembrar o que aquilo queria dizer. Acabei perguntando a ela, e ela me disse que se referia a *O Homem de Palha*,** um filme de terror da década de 1970, a que assisti há muitos anos.

– Você é fã de filmes de terror? – perguntei.

Em geral, quando Emily falava comigo, olhava para minha testa ou meu queixo.

– Eu curto – ela respondeu.

– Quais são seus cinco filmes preferidos? – perguntei, para animar a conversa.

Ela franziu enquanto pensava e respondeu:

– *O Bebê de Rosemary, O Exorcista, Natal Negro* (o original), *Criaturas Celestes* e... *Uma Cabana na Floresta*.

– Assisti a dois desses cinco. O que acha de *O Iluminado*?

– Não... – ela disse, sacudindo rápido a cabeça.

Pensei que ela fosse dizer mais alguma coisa, mas a conversa acabou ali.

Não me incomodava o fato de que ela fosse uma pessoa reservada. Eu também era. E ser reservado é uma qualidade rara atualmente. Mesmo assim, me perguntava sobre o que se passava na cabeça dela. E se teria outras ambições além de ser livreira.

---

* No original, *We Have Always Lived in the Castle*. (N. da T.)
** No original, *The Wicker Man* (1973). (N. da T.)

Enquanto ela pendurava o casacão úmido, perguntei-lhe se fora difícil chegar à livraria.

– Peguei o ônibus. Vim tranquila – ela respondeu.

Ela morava do outro lado do rio, perto da Praça Inman, em Cambridge. Tudo o que eu sabia sobre o lugar onde morava era que dividia um apartamento de três quartos com duas outras graduandas da Winslow College.

Emily foi para o fundo da loja, até a mesa onde eu colocava os livros que haviam acabado de chegar. Sua tarefa principal era atualizar e monitorar nossas lojas *on-line*. Vendíamos livros usados no eBay, na Amazon, em um *site* chamado Alibris, e mais alguns que eu nem conhecia. Eu costumava acompanhar as vendas, mas Emily assumiu esse papel inteiramente. Era um dos motivos por que eu queria saber sobre seus planos para o futuro. Se ela fosse embora, eu ficaria em maus lençóis.

Fiquei atrás do balcão e chequei os recados do celular – não havia nenhum. Abri o *blog* da Old Devils, algo que raramente fazia nos últimos tempos mas a visita de Gwen Mulvey me motivou a dar uma olhada. Havia 211 postagens no *blog*, a última enviada há dois meses. Chamava-se "Staff Picks" e era algo que, de vez em quando, eu forçava Emily e Brandon a fazer: escrever duas frases sobre o último livro que tivessem lido e gostado. Brandon escolheu o último romance de Jack Reacher, de Lee Child, e Emily escreveu qualquer coisa sobre *No Silêncio da Noite*,* de Dorothy B. Hughes. Eu escolhi *Saí Cedo, Levei Meu Cachorro*,** de Kate

---

* No original, *In a Lonely Place*, filme de 1950, com Humphrey Bogart e Gloria Grahame, dirigido por Nicholas Ray. Um roteirista se apaixona pela vizinha que confirma seu álibi ao ser acusado de assassinato. Depois de provada sua inocência, seu temperamento violento põe fim ao romance. (N. da T.)

** Tradução livre de *Started Early, Took my Dog*, romance publicado em 2010, o mesmo título do poema da autora americana, Emily Dickinson (1830-1886). Ainda não traduzido no Brasil. (N. da T.)

Atkinson. Eu não tinha lido o livro, é óbvio, mas acompanhara resenhas e resumos suficientes para acreditar que tivesse, e eu gostava muito do título.

Gastei mais ou menos uma hora olhando as postagens antigas, o que me fez lembrar dos meus últimos dez anos de trás para a frente. Ali estava a primeira e a última postagem de John Haley na semana em que saiu da loja, passando-me o comando da livraria. Ele vendeu a Old Devils, com todo o estoque, para mim e Brian Murray, em 2012. Brian entrou com a maior parte do capital, mas me deu 50% de participação na empresa, uma vez que eu iria administrá-la. Até aqui, tudo deu certo. A princípio, pensei que Brian fosse querer se envolver mais, mas isso não aconteceu. Ele vinha até a livraria para nossa festa de fim de ano e comparecia a quase todos os lançamentos, mas, fora isso, me deixou no comando, exceto naquelas duas semanas quando faço minha viagem anual a Londres. Eu encontrava Brian com frequência. Ele levou dois meses para fazer uma postagem sobre sua coleção de Ellis Fitzgerald. O restante do ano, que ele chamava de "férias alcoólicas", ele passava sentado em uma banqueta de couro do barzinho no Hotel Beacon Hill. Eu ia até lá para tomar um drinque com ele, embora tentasse chegar no começo da noite. Se chegasse muito tarde, Brian, um habitual contador de histórias, iria me contar as melhores, que eu já ouvi uma centena de vezes.

Olhei as postagens mais antigas, notando a ausência de textos de cinco anos atrás, o ano em que minha mulher morreu. A última postagem antes disso foi uma lista que fiz chamada "Mistérios para uma noite fria de inverno", postada em 22 de dezembro de 2009. Minha mulher faleceu no início da manhã em 1º de janeiro de 2010. Ela sofreu um acidente de carro e caiu de um viaduto na Rota 2, depois de ter bebido. Eles me mostraram as fotos para que eu pudesse identificá-la, com um lençol branco cobrindo da testa para cima. Seu rosto parecia intocado, embora eu creia que seu crânio tenha se esmigalhado com o impacto.

Li a lista de livros de suspense que selecionei, os que se passavam no inverno ou durante uma tempestade. A essa altura da minha carreira de redator de *blogs*, eu me contentava em apenas fazer listas de livros, sem precisar resumi-los.

Esta foi minha postagem:

O Mistério de Sittaford (1931), de Agatha Christie

Os Nove Alfaiates (1934), de Dorothy L. Sayers

O Caso do Abominável Boneco de Neve (1941), de Nicholas Blake*

Falso Esplendor (1972), de Ngaio Marsh

O Iluminado (1977), de Stephen King

Parque Gorky (1981), de Martin Cruz Smith

Senhorita Smilla e o Sentido da Neve (1992), de Peter Høeg

Um Plano Simples (1993), de Scott Smith

Colheita de Gelo (2000), de Scott Phillips

Corvo Negro (2006), de Ann Cleeves

Lembro-me de, ao fazer a lista, ficar preocupado com a inclusão de *O Iluminado*, um romance de terror e não de mistério, mas eu amava esse livro. Era estranho me lembrar dessas minúcias, desses pensamentos insignificantes que tive menos de duas semanas antes do meu mundo se transformar para sempre.

Se pudesse voltar ao final de dezembro daquele ano, nunca teria escrito a lista. Teria passado todo o meu tempo lutando, com unhas e dentes, pela minha mulher, dizendo-lhe que sabia do seu caso, de que ela estava usando drogas de novo, dizendo-lhe que a perdoava e que ela

---

* Pseudônimo do poeta Cecil Day-Lewis (1904-1972), pai do ator Daniel Day--Lewis, em seus livros de mistério. (N. da T.)

podia voltar para mim. Não sei se uma dessas coisas teria feito alguma diferença. Mas, pelo menos, eu teria tentado.

Retrocedi um pouco mais, e encontrei outra lista: "Romances policiais sobre trapaças", e olhei a data da postagem. Eu não sabia nada sobre minha mulher naquele momento, mas devo ter adivinhado, devo ter intuído que algo estava acontecendo. Continuei retrocedendo no *blog*, as postagens cada vez mais frequentes, até chegar aos anos quando eu o mantinha atualizado. Não foi a primeira vez que pensei: *Por que existe uma lista para tudo? O que nos obriga a fazer isso?* Passei a fazê-las desde que comecei a ler de forma obsessiva e a gastar todo o meu dinheiro na "Troca de Livros de Annie".

Dez livros favoritos. Dez livros mais assustadores. Melhores livros de James Bond. Melhores livros de Roald Dahl. Acho que sei por que fazia isso. Não preciso ser psicólogo para entender que era uma forma de me identificar. Porque, se eu não fosse um garoto de 12 anos que já tivesse lido todos os romances de Dick Francis (e poderia dizer os cinco melhores), eu seria apenas um garoto solitário, sem amigos, com uma mãe distante e um pai que bebia demais. Essa era minha identidade, e quem quer isso? Então, acho que a questão é: por que continuar fazendo listas, mesmo depois de viver em Boston, ter um bom emprego, estar casado e apaixonado? Por que tudo isso não era o suficiente?

Por fim, cheguei ao início do *blog*, à lista de "Oito Assassinatos Perfeitos". Eu li essa lista tantas vezes nas últimas vinte e quatro horas que não precisava ler outra vez.

A porta da frente se abriu e levantei a cabeça. Era um casal de meia-idade, ambos com casacos fofos de inverno com capuz. Provavelmente eles já eram volumosos sob seus casacos, mas as camadas adicionais de roupa os deixavam quase esféricos. Os dois passaram pela porta, um de cada vez. Quando baixaram o capuz e abriram o casaco, aproximaram-se sorrindo e se apresentaram como Mike e Becky Swenson, de Minnesota.

Reconheci-os imediatamente como certo tipo de cliente que por vezes recebemos, leitores fanáticos por livros de mistério que fazem questão de vir até a livraria quando estão de passagem por Boston. A Old Devils não é uma livraria famosa, mas somos conhecidos por certos leitores.

– Vocês trouxeram o frio com vocês – eu disse, e os dois riram.

Disseram que há anos planejavam vir a Boston.

– Tínhamos que ir ao Cheers, tomar sopa de mariscos e, definitivamente, vir à Old Devils – disse o homem.

– Onde está Nero? – perguntou a mulher.

Como se tivesse ouvido a deixa, Nero passou pela estante de lançamentos e chegou perto do casal. Acredito que todos queiram falar com ele.

Mike e Becky foram embora uma hora e meia depois. Foi 90 por cento de conversa para 10 por cento de compra, embora tenham gastado US$ 100 em livros de capa dura autografados, dando-me o endereço em East Grand Forks para remetermos os exemplares pelos Correios para eles.

– Não temos mais espaço nas malas – disse Becky.

Quando saí, não estava nevando. Eles levaram vários marcadores de livros de lembrança, e ainda indiquei alguns restaurantes nas redondezas melhores que o Cheers. Enquanto segurava a porta para eles, Brandon chegou, vestindo apenas um moletom de capuz, embora estivesse com luvas e um gorro de lã por baixo do capuz. Eu me esqueci de que ele viria hoje.

– Você parece surpreso – ele disse. – Hoje é sexta-feira.

– Eu sei – respondi.

– Graças a Deus é sexta-feira! – acrescentou, com sua voz estrondosa, estendendo as vogais na palavra *Deus* de modo impressionante. – E graças a Deus que tenho um lugar para trabalhar, assim não preciso ficar em casa o dia inteiro.

– Cancelaram as suas aulas? – perguntei.

— Ah, sim! – ele respondeu.

Ele assistia a aulas de administração, em geral, pela manhã, desde que começou a trabalhar na livraria. Pelo que sei, ele se formaria em breve e, certamente, deixaria de trabalhar para mim. Tudo bem, mas eu iria sentir falta de sua conversa ininterrupta. Compensava o silêncio de Emily. E acredito que o meu silêncio também.

Ele pegou um livro – *O Caçador*, de Richard Stark – do bolso da frente do moletom e me entregou.

— Incrível! – disse.

Quando ele começou a trabalhar na loja, eu precisava avisá-lo para não usar linguagem vulgar por causa dos clientes, então ele mudou seus hábitos. Ele havia pegado o livro emprestado na livraria há dois dias por sugestão minha. Além de trabalhar em tempo integral e ir à escola e manter (segundo ele) uma vida social bastante ativa, também conseguia ler cerca de três livros por semana. Olhei para a brochura, e o título fora alterado para À Queima-Roupa,* em referência ao filme que Lee Marvin fez em 1967.

— Já estava assim, Mal – ele disse, referindo-se à rasura no livro.

A política de empréstimos de livros para funcionários permitia que eles levassem qualquer livro para ler em casa, desde que não o danificassem.

— Não tem problema – eu disse.

— Sim, está bem – disse Brandon.

Então, ele gritou:

— E-mi-ly! – em três sílabas tônicas.

Ela saiu do fundo da loja e Brandon a abraçou, o que costumava fazer se tivesse passado mais de um dia sem vir à loja. Ele somente me abraçava nas festas de fim de ano, e nas poucas ocasiões quando

---

* No original, *Point Blank!* (N. da T.)

fechávamos a livraria e íamos tomar uma saideira no Seven's. Não sou muito de abraçar as pessoas, embora seja agora um comportamento padrão entre homens da minha geração. Não consigo controlar os movimentos, especialmente se o abraço incluir aqueles tapinhas nas costas. Claire, minha esposa, começou a praticar comigo quando lhe falei sobre essa minha ansiedade. Por algum tempo, nos cumprimentávamos em casa com um abraço desse tipo, masculino.

Brandon seguiu Emily até a saleta dos fundos, onde pegou a lista de pedidos de remessas e começou a empilhar os livros para enviá-los pelos Correios. Uma grande vantagem de ter os mesmos funcionários por tanto tempo é que praticamente nunca precisava dizer a eles o que fazer. Devido à sua lealdade, pago um salário muito mais alto do que em outras lojas. Não preciso que a livraria tenha grandes lucros e também acho que Brian Murray não se importe tanto. Ele se sente feliz em dizer que é dono de uma livraria, ou de metade de uma livraria de mistério.

Ouvi Brandon contar a Emily toda a trama de *O Caçador* enquanto eu atualizava os lançamentos. Mais quatro clientes entraram, desacompanhados: um turista japonês, um cliente frequente chamado Joe Stailey, um cara de vinte e poucos anos que eu conhecia de vista, que sempre passeava pela seção de terror e nunca comprava nada, e uma mulher que visivelmente entrou apenas para fugir do frio lá de fora. Chequei o celular para consultar a previsão do tempo. Havia parado de nevar, mas as temperaturas cairiam nos próximos dias abaixo de zero. Toda a neve que caíra formaria pilhas de gelo escuro com a sujeira da cidade.

Voltei ao computador para checar os *e-mails*, depois olhei novamente o *blog*, ainda na lista dos "Oito Assassinatos Perfeitos". Um tipo de assinatura no fim da lista dizia que fora postado por MALCOLM KERSHAW, em seguida, indicava a data e a hora da postagem e havia três comentários. Lembrei-me de que vira apenas dois e cliquei para poder ler. O último comentário fora postado há menos de vinte e quatro horas, às três da manhã, de um usuário chamado dr. Sheppard, e dizia: "Estou na metade da sua lista. PACTO SINISTRO, feito. OS CRIMES A.B.C., finalmente concluído. PACTO DE SANGUE, lido. ARMADILHA MORTAL, vi o filme. Quando terminar a lista (não vai demorar muito), entrarei em contato. Ou já sabe quem sou?".

Capítulo 8

À noite, preparei a costeleta de porco que estava na geladeira. Eu ainda estava abalado e acabei por cozinhá-la demais. As bordas ficaram levantadas e a carne ficou dura como carne seca.

Desde a tarde até a hora de fechar, às sete, não consegui parar de pensar naquele terceiro comentário na postagem do *blog* sobre os "Assassinatos Perfeitos". Devo já tê-lo lido umas trinta vezes até agora, pesando cada palavra. O nome usado por quem quer que tenha escrito a mensagem – "dr. Sheppard" – ficou na minha cabeça, até eu finalmente pesquisar no Google. Era o nome do narrador do primeiro romance de Agatha Christie, *O Assassinato de Roger Ackroyd*, livro que lançara a autora. Escrito em 1926, tornou-se famoso por ter um enredo muito bem construído. É narrado em primeira pessoa, do ponto de vista de Sheppard, um médico interiorano, e vizinho de Hercule Poirot. Sinceramente, não me lembro de nada sobre o crime propriamente dito, exceto do nome da vítima, é claro. O que me lembro é que, no final do romance, o narrador revela que ele é o assassino.

Quando cheguei em casa, fui imediatamente até a estante, e encontrei meu exemplar desse livro de Agatha Christie. Eu tinha a edição da Penguin, da década de 1950, com capa verde simples, sem ilustração. Folheei as páginas para ver se me lembrava da história, mas não conseguia, e decidi lê-lo naquela noite.

Era possível que quem tivesse postado aquele comentário, de fato, fosse apenas um leitor, dando palpite na minha lista? Essa era uma possibilidade, mesmo bem remota, considerando os livros mencionados como lidos. Todos se relacionavam a um crime já cometido. *Os Crimes A.B.C.*, *Pacto de Sangue* e *Armadilha Mortal*. *Pacto Sinistro*, também, embora Gwen Mulvey ainda não soubesse sobre este. Eu, sim. Bem como sobre essa outra pessoa.

Ao ler essas frases, tenho certeza de que o leitor já deve ter percebido que tenho mais a ver com esses crimes do que eu já disse. Não é que não existam pistas. Por exemplo, por que meu coração acelerou quando Gwen Mulvey começou a me fazer perguntas da primeira vez?

Por que eu não disse imediatamente que conhecia Elaine Johnson?

Por que só dei duas mordidas no sanduíche à noite após a visita da agente do FBI?

Por que sonho que estou sendo perseguido?

Por que não contei logo a Gwen sobre o comentário do dr. Sheppard?

E um leitor realmente esperto já deve ter reparado que meu nome abreviado, Mal – em francês, significa "errado". No entanto, isso é um exagero, porque esse é, de fato, meu nome. Alterei alguns nomes para escrever este livro, mas não o meu.

É HORA DE CONTAR a verdade.

É hora de falar sobre Claire.

Claire Mallory também era seu verdadeiro nome. Ela cresceu em uma rica cidade no Condado de Fairfield, Connecticut, com duas irmãs.

Os pais não eram exatamente pessoas boas, mas não tão más a ponto de serem importantes nessa história. Eram ricos e superficiais. A mãe, em especial, tinha obsessão por beleza e o peso das três filhas, e isso significava que o pai – independentemente do que ele pensasse – concordava com ela. Eles mandavam as filhas para acampamentos de verão no Maine e sofisticadas escolas particulares e Claire, a mais velha, decidiu ir para a Universidade de Boston, por querer ir para uma cidade, e Nova York e Hartford ficavam muito próximas de onde ela crescera.

Na UB, ela se formou em cinema e televisão, e queria dirigir documentários. O primeiro ano transcorreu bem, mas, no segundo, instigada por um namorado formando em artes cênicas, ela passou a consumir drogas, principalmente cocaína. À medida que se viciava cada vez mais, começou a ter ataques de pânico, e isso a fazia beber muito. Ela deixou de assistir às aulas, ficou em dependência no curso, recuperou-se por pouco tempo e acabou sendo reprovada no primeiro ano. Os pais insistiram que ela voltasse para casa, mas, em vez disso, ficou em Boston, alugou um apartamento em Allston e conseguiu um emprego na Livraria Redline, onde eu havia acabado de ser promovido a gerente.

Foi amor à primeira vista. Pelo menos, para mim. Quando chegou para a entrevista, ficou claro que estava nervosa, suas mãos tremiam, e ficou bocejando, o que me pareceu estranho, mas entendi isso como sinal de ansiedade. Ela se sentou em uma cadeira giratória no escritório de Mort, com as mãos sobre as coxas. Estava com uma saia de veludo cotelê, uma meia-calça escura e uma blusa de gola alta. Era magra e tinha um pescoço longo. A cabeça parecia proporcionalmente maior que o corpo, e o rosto era praticamente redondo. Tinha olhos castanhos escuros, nariz afilado e os lábios pareciam inchados. O cabelo era muito escuro, em estilo chanel. Parecia um corte muito datado para mim, algo que uma detetive amadora intrépida usaria em um filme da década de

1930. Era tão bonita que meu coração começou a bater de um modo surdo no plexo solar.

Perguntei-lhe sobre sua experiência profissional. Tinha muito pouca, mas, nos últimos verões, trabalhara na Waldenbooks, em um *shopping center* em Connecticut.

– Quem são seus autores favoritos? – perguntei, e ela pareceu surpresa com minha pergunta.

– Janet Frame – respondeu. – Virginia Woolf. Jeanette Winterson. Ela refletiu mais um pouco.

– Também leio poesia. Adrienne Rich. Robert Lowell. Anne Sexton.

– Sylvia Plath? – perguntei, em dúvida.

Parecia estúpido da minha parte mencionar a mais famosa poetisa americana confessional, embora estivesse apenas lembrando-lhe do nome da autora.

– Claro – ela disse, perguntando, em seguida, quais eram meus autores favoritos.

Eu respondi. Continuamos conversando sobre autores durante uma hora e me dei conta de que apenas tinha lhe feito uma pergunta para a entrevista de emprego.

– Qual sua disponibilidade de horário? – perguntei.

– Ah!

Ela costumava tocar a bochecha quando pensava. Percebi imediatamente, sem saber, naquele momento, quantas vezes eu veria esse gesto e como, por fim, eu o veria, não apenas como cativante e pessoal, mas como preocupante.

– Não sei por que estou pensando nisso – ela respondeu, rindo. – Qualquer horário.

Passaram-se seis semanas até eu ter coragem de convidá-la para sair.

Mesmo assim, encaixei isso como um expediente de trabalho. Ruth Rendell iria fazer um lançamento na Biblioteca Pública de Boston e perguntei a Claire se gostaria de ir comigo. Ela aceitou o convite, depois, acrescentou:

– Não li os livros dela, mas, se gosta deles, eu deveria ler.

Essa foi uma frase que analisei nos dias seguintes como um graduando escolheria um soneto de Shakespeare.

– Talvez possamos beber alguma coisa depois? – perguntei, em um tom de voz que me pareceu relativamente calmo.

– Claro – ela respondeu.

Estávamos em novembro, e a noite estava escura quando atravessamos a Praça Copley na diagonal para chegar à biblioteca, com o parque coberto de folhas secas. Sentamos no fundo do pequeno auditório. Ruth Rendell foi entrevistada por uma personalidade da rádio local, que estava muito focado em si mesmo. Ainda assim, foi uma conversa interessante e, depois, Claire e eu caminhamos até a Pour House para bebermos algo e nos sentamos a uma mesa de canto até a hora de fechar. Conversamos sobre livros, é claro, e sobre os demais funcionários da livraria. Nenhum assunto pessoal. Mas, quando ficamos parados diante de seu prédio, em Allston, às duas horas da manhã, o vento fazendo-nos tremer de frio, ela disse, antes mesmo de nos beijarmos:

– Eu não sou uma boa ideia.

– O que quer dizer? – eu ri.

– Quero dizer, qualquer pensamento que tenha sobre mim é ruim. Eu tenho problemas.

– Não me importo – respondi.

– Está bem – ela disse, e entrei com ela em seu apartamento.

Tive duas namoradas durante o período da faculdade. Uma delas era uma aluna alemã de intercâmbio que estudaria por um ano em Amherst, e a outra era caloura enquanto eu estava no último ano, de Houlton, Maine, que começou a participar da revista literária que eu editava. Eu tinha mais ou menos o mesmo sentimento em relação a ambas. O que me atraiu nelas foi o fato de se sentirem atraídas por mim. Ambas eram falantes e nervosas e, como eu era mais calado, funcionou. Quando Petra retornou para a Alemanha, eu lhe disse que iria visitá-la o mais breve possível. Sua resposta de que ela nunca esperou que nosso relacionamento fosse além do período que ela passou nos Estados Unidos foi, ao mesmo tempo, desconcertante e um enorme alívio. Tive a impressão de que ela estivesse apaixonada por mim. Dois anos depois, quando me formei, disse a Ruth Porter, minha namorada caloura, que, como eu estaria me mudando para Boston e ela morava em Amherst, deveríamos terminar nosso relacionamento. Eu esperava que ela recebesse a notícia com indiferença, mas foi como se tivesse lhe dado um soco no estômago. Depois de uma série de bate-bocas angustiantes, finalmente consegui terminar com ela, percebendo que partira seu coração. Aprendi, então, que eu não entendia as mulheres, nem, quem sabe, as pessoas em geral.

Quando entrei no apartamento de Claire Mallory, e começamos a nos beijar antes mesmo de tirar o casaco, eu lhe disse:

– Quero que saiba que sou terrível para subentender as coisas. Preciso que me diga tudo.

Ela riu.

– Tem certeza?

– Sim, por favor – respondi, e foi tudo o que consegui dizer para não demonstrar já estar apaixonado por ela.

– Está bem. Vou lhe contar tudo.

Ela começou naquela noite. Na cama, com o sol da manhã atravessando as duas janelas empoeiradas do seu quarto, contou-me como fora molestada por dois anos pelo professor de Ciências no ensino médio.

– Você não contou isso a ninguém? – perguntei.

– Não – ela respondeu. – É um clichê, mas me senti envergonhada. Achei que a culpa fosse minha, e considerei que, pelo menos, ele não me obrigava a fazer sexo com ele. Nós nunca nos beijamos. Na verdade, ele foi legal comigo, de certa forma, tanto ele quanto a esposa dele. Mas, quando eu estava sozinha, ele sempre conseguia me agarrar por trás, me obrigava a abraçá-lo. Colocava a mão por dentro da minha blusa e a outra entre as minhas pernas, por cima da calça *jeans*. Acho que ele gozava assim. Mas nunca tirou minha roupa, ou a dele, e depois sempre fazia uma cara envergonhada, e dizia algo como: "Isso foi bom" e, então, mudava de assunto.

– Meu Deus! – eu disse.

– Não era nada demais – ela respondeu. – Outras coisas absurdas aconteceram comigo e essa foi uma delas. Acho que minha mãe me prejudicou muito mais do que meu assediador.

Claire tinha tatuagens na parte interna dos braços e ao longo do tronco. Apenas linhas retas, escuras e finas. Perguntei-lhe sobre essas marcas, e ela me disse que adorava a sensação de fazer uma tatuagem, mas nunca podia escolher uma imagem que quisesse em seu corpo de uma forma permanente. Então, só fazia linhas, uma de cada vez. Achei que eram lindas, assim como pensei que seu corpo, magro demais, também era lindo. Acho que nosso relacionamento funcionou muito bem por algum tempo, porque eu nunca a julguei, nunca questionei o que ela me dizia. Sabia que tinha problemas, que bebia muito (embora não usasse drogas há quase um ano), que comia muito pouco e que, às vezes, quando fazíamos sexo, queria que eu fosse mais rude, pois sexo normal e amoroso nem sempre era suficiente, então ela queria mais. Quando estava bêbada, virava de costas para mim, puxava minhas mãos para a frente, esfregava-se em mim e era impossível não me lembrar de seu professor do ensino médio e imaginar se ela não estaria pensando nele também.

Mas toda essa escuridão, se ainda podemos chamar assim, foi apenas parte do que vivemos nos primeiros três anos juntos. Tínhamos uma proximidade incrível, a felicidade que sentimos quando encontramos alguém que parece se encaixar com você como a chave em uma fechadura. Essa é a melhor metáfora que posso imaginar. Parece banal, mas é verdadeira. E foi a única época em que esse tipo de ligação aconteceu comigo, antes ou depois.

Casamos em Las Vegas. Nossa testemunha foi um crupiê de vinte e um que havíamos conhecido cinco minutos antes. O principal motivo de termos fugido foi porque Claire não queria que a mãe se apossasse de seu casamento. Foi bom para mim. Minha mãe morrera três anos antes de câncer no pulmão. Ela nunca fumou um cigarro na vida, mas, meu pai, um fumante inveterado, ainda estava vivo, é claro, morando agora em Fort Myers, Flórida e ainda, pelo que eu sabia, um alcoólatra e fumando três maços de cigarros por dia. Depois que Claire e eu nos casamos, mudamos para Somerville e alugamos o andar intermediário em um prédio de três andares perto da Union Square. Claire já havia deixado a Livraria Redline a essa altura, conseguindo um cargo administrativo na estação de TV a cabo em Somerville, onde passou a fazer documentários de curta-metragem. E, um ano depois que a Redline fechou as portas, consegui o emprego na Old Devils. Eu tinha 29 anos e senti como se tivesse encontrado o trabalho que teria pelo resto da vida.

Não foi tão fácil para Claire. Ela odiava trabalhar na estação de TV a cabo, mas não possuía diploma universitário, e todos os cargos pelos quais se interessava exigiam graduação. Decidiu voltar a estudar no Emerson College e se formar. Ela conseguiu um emprego como *barmaid* em um clube de quinta categoria na Central Square. Eu costumava visitá-la, e ficava sentado por longas horas no bar, sofrendo com as bandas *punk* que tocavam alto demais, bebendo cerveja Guinness e vendo minha mulher ser admirada por descolados de óculos de aro escuro e *jeans* apertados. Desenvolvi a capacidade de ler romances inteiros enquanto ignorava os estrondosos amadores no palco. Mesmo que não fosse mais velho que os demais frequentadores do bar, eu me sentia mais velho, com meu livro e cabelos grisalhos. Os outros *barmen* se referiam a mim como o velho da Claire, e Claire começou a me chamar de Velho também. Acho que, por algum tempo, minha mulher gostava da minha presença no bar. No final do expediente, ela se sentava comigo para tomar uma cerveja e depois voltávamos para casa juntos, de braços dados, pelas ruas escuras e desordenadas de Cambridge e Somerville. Mas algo mudou em 2007. A irmã de Claire, Julie, ia se casar, e ela passou repentinamente a se relacionar de novo com a família, chamada para mediar a relação entre a irmã mais nova e a mãe. Ela perdeu o peso que ganhara nos últimos anos, e acrescentou várias novas linhas de tatuagem na parte interna da coxa esquerda.

Além disso, apaixonou-se pelo novo *barman*, Patrick Yates.

Capítulo 9

Depois do jantar ruim, fui deitar cedo com minha edição da Penguin de *O Assassinato de Roger Ackroyd*, mas não consegui me concentrar para ler. Fiquei relendo a primeira página, com a mente vagando com pensamentos sobre a minha mulher e pensando em quem teria escrito aquele comentário em meu *blog*. Respirei fundo o ar estagnado do meu apartamento, e depois soltei a respiração lentamente. Por que ele se autodenominou dr. Sheppard? Por ser o assassino, certo? Ainda assim, não significava que eu precisaria tentar ler o livro. Coloquei-o na mesa de cabeceira, onde mantinha uma pilha de volumes de poesia. É o que leio agora antes de dormir. Mesmo que esteja lendo uma biografia literária (embora raramente leia livros policiais, leio biografias de autores de suspense), ou algo sobre a história da Europa, as últimas palavras que leio antes de dormir são os versos de algum poeta. Todos os poemas – todas as obras de arte, na verdade –, me enviam gritos de socorro – mas a poesia o faz de uma forma especial.

Quando são bons, e acredito que existem muito poucos bons poemas, lê-los me dá a impressão de que emitem antigos sussurros.

Levantei-me e fui até a estante procurar uma antologia de poesia que tinha um dos meus poemas favoritos, "Ocaso de Inverno",* de Sir John Squire. Eu sabia o poema de cor, mas queria ler as palavras. Quando encontrava um poema de que gostasse, lia-o várias vezes. Devo ter lido "Torre Negra em Tempo Chuvoso",** de Sylvia Plath, todas as noites antes de dormir durante um ano inteiro. Ultimamente, estava lendo "Exéquias",*** de Peter Porter, mesmo sem entender a metade do poema. Não faço análises críticas dos poemas, eu apenas reajo a eles.

Novamente deitado, li o poema de Squire, depois cerrei os olhos e deixei que as últimas palavras reverberassem – "e o som dos meus passos/ no barro cavernoso/ deste país desolado" – várias vezes, como um mantra. Pensei um pouco mais sobre a minha mulher e nas decisões que tomei. Quando Patrick Yates entrou na vida dela, e eu me lembro da data, porque foi no dia do meu aniversário, 31 de março, soube na hora que acontecera alguma coisa. Claire pegara o turno da tarde naquele dia no bar para poder sair mais cedo e me levar para o East Coast Grill para comemorarmos meu aniversário.

– Finalmente, contratamos um novo *barman* – ela comentou.

– Ah...

– Patrick. Comecei hoje o treinamento dele. Ele me parece bom.

Pelo modo como ela pronunciou o nome dele, um misto de hesitação e coragem, soube, naquele instante, que ele a impressionara. Senti-me atravessado por uma descarga elétrica.

– Ele já tem experiência? – perguntei, virando uma das ostras no prato.

---

* No original, "Winter Nightfall", de Sir John Squire (1884-1958). (N. da T.)
** No original, "Black Rook in Rainy Weather", de Sylvia Plath (1932-1963). (N. da T.)
*** No original, "An Exequy", de Peter Porter (1929-2010). (N. da T.)

— Ele trabalhou em um *pub* na Austrália por um ano, já é alguma coisa. Eu me lembrei de você, porque ele tem uma tatuagem de Edgar Allan Poe no ombro direito.

Eu não era um marido ciumento, mas também sabia que Claire, ao contrário de mim, nunca passaria a vida satisfeita somente comigo. Ela saiu com vários homens na faculdade e admitiu, mais de uma vez, que passava por alguns períodos em que, toda vez que encontrava um cara, ou que passava por um homem na rua, se perguntava se aquele sujeito a queria, e então ficava obcecada com o que esses homens poderiam querer fazer com ela. Eu ouvia essas confissões e dizia para mim mesmo que era melhor ela me contar. Melhor do que não contar. Melhor do que guardar segredo.

Claire tinha uma terapeuta que ela chamava de dra. Martha, que ela consultava quinzenalmente, mas, depois das sessões, ficava de mau humor, por vezes, por vários dias, e eu ficava me perguntando se isso valeria a pena.

Algo me dizia que Claire, um dia, me trairia. Ou, talvez, não me traísse, mas se apaixonaria por outro homem. E eu aceitei isso. Ao ouvi-la falar sobre Patrick, entendi que esse dia havia chegado. Isso me apavorou, mas eu já sabia o que fazer. Claire era minha mulher. E sempre seria minha mulher, e eu iria apoiá-la, não importa o que acontecesse. Isso me dava uma sensação de conforto, sabendo que iria ficar com ela até o fim, de qualquer modo.

Ela teve um envolvimento emocional com Patrick, embora suspeite de que tenha se tornado algo físico também, pelo menos algumas vezes. Esperei pacientemente, como a esposa de um capitão do mar, na esperança de que ela sobrevivesse à tempestade. Às vezes, me pergunto se eu não deveria ter lutado mais por ela, ameaçado deixá-la, tê-la repreendido quando voltava para casa duas horas após o fechamento do bar, com as roupas com o cheiro do cigarro que ele fumava, o hálito forte de gim. Mas eu não fiz isso. Essa não foi minha escolha. Esperei que ela voltasse para mim e, em uma noite quente de verão, em agosto, ela voltou. Eu tinha acabado de chegar em casa, retornando da livraria, e ela estava sentada no sofá, cabisbaixa, os olhos marejados.

– Eu fui tão imbecil! – ela disse.

– Um pouco.

– Você me perdoa?

– Sempre vou perdoá-la – respondi.

Mais tarde, naquela noite, ela me perguntou se eu queria saber os detalhes, e respondi que só se ela precisasse expressar isso verbalmente.

– Ah, não! – ela respondeu. – Para mim, já deu!

Descobri, mais tarde, mas não por meio de Claire, que Patrick Yates sumira depois de ter limpado o caixa em um sábado à noite, e pelo menos três outras *barmaids* do clube estavam arrasadas com sua partida.

Depois desse incidente, as coisas ficaram melhores entre Claire e eu, embora houvessem piorado para ela. Ela saiu do clube e largou o Emerson College. Por algum tempo, trabalhou por alguns períodos na Old Devils, mas então conseguiu outro emprego como *barmaid* em um restaurante grã-fino em Back Bay. Ela ganhava bem, mas se sentia frustrada com a falta de criatividade em sua vida.

– Não quero trabalhar como *barmaid* pelo resto da minha vida. Quero fazer filmes, mas, para isso, preciso retornar à faculdade.

– Você não precisa voltar à faculdade – eu disse. – Só precisa fazer um filme.

E foi isso que ela fez. Ela trabalhava à noite no restaurante e, durante o dia, fazia pequenos documentários. Um sobre tatuadores, outro sobre a comunidade poliamorosa da Davis Square, e até sobre a Livraria Old Devils. Ela postou os vídeos no YouTube, e foi assim que Eric Atwell a encontrou. Atwell administrava o que ele chamava de uma "incubadora de inovações" nos arredores de Boston, em uma casa de fazenda remodelada, em Southwell. Ele oferecia espaço de trabalho gratuito (e eventuais acomodações) para jovens criativos, em troca de uma porcentagem dos lucros de seus produtos finais. Ele entrou em contato com Claire, disse que gostara de seu documentário sobre tatuagens e perguntou se gostaria de fazer um vídeo promocional para a sua incubadora. Ao contrário de Patrick Yates, não tive um mau pressentimento sobre Eric Atwell quando Claire começou a me falar sobre ele. Disse que era um homem clichê de 50 anos, que agia como se tivesse 30, alguém que gostava de estar cercado por jovens, de preferência, bajuladores.

– Parece ser um mau-caráter – comentei.

– Não sei. Está mais para um golpista. Acho que espera encontrar algo grande e faturar algum dinheiro rápido.

Ela passou um fim de semana na casa da fazenda – o nome da empresa era Black Barn Enterprises – e, quando voltou, senti que algo mudara nela. Ficou arisca, um pouco irritadiça, porém mais afetuosa comigo. Alguns dias depois desse fim de semana, Claire me acordou no meio da noite e me perguntou:

– Por que você me ama?

– Não sei dizer – respondi. – Eu apenas amo.

– Você deve ter uma razão.

– Se eu tivesse razões para amar você, então, teria razões para não amá-la.

– O que quer dizer?

– Também não sei. Eu estou cansado.

– Não, me conte, estou curiosa.

– Está bem. Se eu a amasse por ser bonita, isso significa que eu deixaria de amá-la se sofresse um acidente que desfigurasse o seu rosto...

– Ou, se eu simplesmente envelhecesse...

– Certo, ou se você envelhecesse. E se eu a amasse por ser boa, isso significa que deixaria de amá-la se fizesse algo mau. E isso não é verdade.

– Você é bom demais para mim... – ela disse, mas riu em seguida.

– O que você ama em mim? – perguntei.

– Seu porte jovem e elegante – ela disse, rindo mais um pouco. – Na verdade, amo você por ter uma alma velha num corpo novo.

– E, um dia, terei uma alma velha num corpo velho.

– Mal posso esperar... – ela disse.

Como eu trabalhava a maior parte do tempo de dia e ela costumava cobrir turnos noturnos no restaurante, demorei um pouco para descobrir que sempre retornava a Southwell durante o dia. Comecei a monitorar a quilometragem de seu Subaru. Senti-me mal por espioná-la dessa forma, mas minhas suspeitas se confirmaram.

Estava claro que ela estava indo para Southwell duas ou três vezes por semana. Presumi que estivesse tendo um caso com Atwell, ou, talvez, com um dos inquilinos de lá. Não me ocorreu, ao menos, não nas primeiras semanas, que estivesse indo para Black Barn Enterprises por outro motivo, até que percebi que a calça *jeans* normalmente colada no corpo que ela usava para trabalhar estava começando a ficar folgada em volta da cintura. Encontrei a cocaína, além de uma pequena caixa de remédios com diferentes tipos de pílulas, num dos compartimentos da caixa de joias que ela herdara da avó.

Mais tarde, depois de confrontá-la, ela me contou que, naquele primeiro fim de semana na Black Barn, Atwell oferecera um jantar com uma grande quantidade de vinho de excelente qualidade. Quando disse que estava indo dormir, ele a convenceu a cheirar um pouco de cocaína para continuar na festa. No dia seguinte, depois de terminar de fazer o filme, ele agradeceu, e deu-lhe uma garrafa do vinho Sancerre que haviam bebido na noite anterior e meio grama de cocaína. Ele lhe explicou que criara um sistema de consumo de drogas, dispersando-o para não se viciar. Ele a convenceu de que tudo daria certo, se ela seguisse essa tabela desenvolvida de forma científica.

Se eu soubesse, desde o início, que as viagens de Claire a Southwell eram por causa de drogas, e não sexo, poderia ter tentado interferir antes. Do jeito como as coisas aconteceram, quando eu soube, Claire já estava totalmente viciada de novo. Decidi fazer o que sempre fiz. Decidi esperar, com a esperança de que ela acabasse concordando em largar tudo, ou se internasse em um centro de reabilitação. Sei como isso parece. Sei que, talvez, se eu tivesse feito alguma coisa – dado um ultimato, entrado em contato com os pais dela, conversado com os amigos – talvez fosse diferente. Eu ainda penso nisso o tempo todo.

Quando eu era adolescente, lembro-me de ter perguntado à minha mãe por que ela aguentava a bebedeira do meu pai.

Ela franziu a testa, não porque tivesse ficado chateada com a minha pergunta, mas por não saber o que responder.

– Que opção eu teria? – ela finalmente respondeu.

– Você poderia deixá-lo.

Ela sacudiu a cabeça.

– Prefiro esperar por ele.

– Mesmo que tenha que esperar a vida inteira por ele? – perguntei.

Ela assentiu.

Assim eu me sentia em relação a Claire nesses momentos quando ela não estava totalmente comigo. Eu esperava por ela.

Quando os dois policiais uniformizados bateram à porta do meu apartamento, no início da manhã, em 1º de janeiro de 2010, eu sabia, antes mesmo de falarem comigo, que Claire estava morta.

– Certo – lembro-me de ter dito, depois de ter sido informado de que Claire sofrera um acidente de carro, às três horas da manhã, e morrera instantaneamente.

– Alguém mais ficou ferido? – perguntei.

– Não, ela estava sozinha, e não houve veículos envolvidos no acidente.

– Certo – repeti e fiz menção de fechar a porta, pensando que os policiais tinham concluído o que vieram fazer.

Mas eles me impediram, e disseram que eu precisaria ir até a delegacia para identificar o corpo.

Três meses depois, encontrei o diário de Claire, escondido atrás de alguns livros grandes de capa dura em nossa estante, em uma parte que ela escolhera para guardar suas coisas. Quase o queimei sem ter lido, mas a curiosidade me pegou e, em uma noite chuvosa de primavera, comprei um pacote de seis latas de Newcastle Brown, sentei-me e li o diário inteiro.

Capítulo 10

Embora não leia mais romances de mistério contemporâneos, eu acompanho os lançamentos. Sei bem que *Garota Exemplar*,* de Gillian Flynn, mudou o cenário, que narradores não confiáveis se tornaram, de repente, populares, junto com os livros de gênero *noir* nacionais, com livros que questionam se, de fato, podemos confiar em qualquer pessoa, especialmente aquelas mais próximas de nós. Algumas das resenhas que leio passam a ideia de que se trata de um fenômeno recente, como se descobrir os segredos do marido, ou da esposa fosse algo novo, ou como se a omissão de fatos da narrativa não tivesse sido a pedra fundamental dos suspenses psicológicos há mais de um século. O narrador de *Rebecca*, romance de 1938, nunca revela aos leitores seu nome. O fato é que, talvez, eu esteja sendo parcial por causa de todos esses anos que passei nos reinos da ficção erigidos sobre a

---

* No original, *Gone Girl*, publicado em 2012. (N. da T.)

mentira, não confio em narradores mais do que nas pessoas presentes em minha vida hoje. Nunca sabemos toda a verdade sobre ninguém. Quando conhecemos alguém, antes de qualquer coisa ser dita, já existem mentiras e meias verdades. As roupas que usamos cobrem a verdade de nosso corpo, mas também mostram quem queremos ser para o mundo. Há invenções, figurativas e literais. Então, não me surpreendi quando encontrei o diário secreto da minha mulher, e não fiquei surpreso de ter encontrado ali coisas que ela nunca havia me contado. Muitas coisas. Para a finalidade dessa narrativa – da minha narrativa – não vou dizer tudo o que descobri no diário. Ela não queria que o mundo soubesse essas revelações e eu também não quero.

Porém, preciso registrar o que aconteceu entre Claire e Eric Atwell. Não foi surpresa saber que eles se envolveram sexualmente. Não foi uma ligação romântica. Claire viciou-se em cocaína e, depois de algum tempo, quando Atwell lhe fornecia a droga de graça, ele começou a cobrar dinheiro. Ela e eu tínhamos uma conta conjunta – para pagar o aluguel, as despesas de casa, das férias –, mas tínhamos contas bancárias separadas também. E a conta dela zerou em três semanas. Depois disso, ela passou a pagar Atwell com favores sexuais. A ideia foi dele. Sem entrar em detalhes, ele lhe pedia para fazer algumas coisas vergonhosas. Em determinado momento, ela lhe contou sobre sua péssima experiência com o sr. Clifton, o professor do ensino médio. "Eu podia ver a excitação em seus olhos", ela escreveu.

Li o restante do diário e, no fim de semana seguinte, dirigi até o Lago Walden, em Concord, passando por Southwell. O lugar estava praticamente deserto – fazia 12°C negativos do lado de fora. O lago estava congelado e o céu estava branco como giz. Percorri uma trilha que subia uma crista acima do lago, então, encharquei o diário com querosene e queimei-o em uma clareira, pisando no que restou, até que não restasse mais nada do diário senão uma cratera de fuligem em meio à neve lançando cinzas no ar.

Nunca me arrependi de haver destruído o diário de Claire, embora, às vezes, até hoje, eu me arrependa de tê-lo lido. Quando me mudei do nosso apartamento em Somerville para o estúdio em Beacon Hill, livrei-me de tudo o que restara de Claire – roupas, móveis que ela comprou para nossa casa, os anuários escolares. Fiquei com alguns livros, seu exemplar de *Uma Dobra no Tempo*,* uma das lembranças de infância, e uma brochura com anotações de poemas de Anne Sexton que comprara para uma aula no primeiro ano na Universidade de Boston. Esse livro está sempre sobre minha mesa de cabeceira. Por vezes, leio os poemas, mas, principalmente, leio as anotações e os rabiscos de Claire, os versos e as palavras sublinhadas. Outras, toco nas marcas feitas à caneta esferográfica sobre a página.

Hoje, gosto de saber que o livro está lá, à mão. Já se passaram cinco anos desde que Claire morreu, mas falo mais com ela agora, dentro da minha cabeça, do que logo depois que morreu. Conversei com ela na noite em que levei para ler na cama *O Assassinato de Roger Ackroyd*, de Agatha Christie. Contei-lhe tudo sobre a lista e a visita da agente Mulvey, e como foi ter lido esses livros de novo.

Acordei por volta das oito e meia pela manhã, surpreso por ter conseguido dormir. Esqueci-me de fechar as cortinas do apartamento, e a luz do sol inundara o quarto. Pela janela, olhei para fora, em direção ao telhado irregular do outro lado da rua, agora coberto de neve, com estalactites de gelo decorando as calhas. Havia finas linhas de gelo do lado de fora das janelas, e a rua, logo abaixo, tinha uma palidez acinzentada, o

---

* No original, *A Wrinkle in Time*, romance de Madeleine L'Engle (1962), transformado em filme de aventura e fantasia em 2018, produzido pela Walt Disney. (N. da T.)

que significa que estava fazendo um frio terrível. Chequei o celular e marcava 17°C negativos. Quase pensei em enviar *e-mails* para Emily e Brandon, avisando-os para tirar o dia de folga, porque estava muito frio para que eles viessem, porém, mudei de ideia.

Agasalhei-me e desci a rua Charles, até um café que servia mingau de aveia. Sentei-me a uma mesa de canto, e estava lendo um exemplar do *Globe* da véspera deixado sobre a mesa, quando meu celular tocou.

– Malcolm, é Gwen.

– Olá! – eu disse.

– Estava dormindo?

– Não. Estou tomando o café da manhã. Vou para a livraria daqui a pouco. Ainda está em Boston?

– Não, voltei para casa ontem à tarde, e todos os livros que encomendei já haviam chegado aqui, então, li *Pacto Sinistro* ontem à noite.

– Sim, e aí?

– Queria conversar sobre esse livro. Que horas poderíamos falar?

– Posso ligar quando eu chegar à livraria? – perguntei.

Nesse momento, colocaram o mingau de aveia fumegando sobre a mesa.

– Claro – ela respondeu. – Me ligue mais tarde.

Depois de terminar o mingau, fui para a Old Devils.

Emily estava lá, e Nero já tinha comido.

– Chegou cedo – eu disse.

– Lembra-se de que vou sair mais cedo hoje?

– Ah, é! – respondi, embora não me lembrasse disso.

– O sr. Popovich reclamou de novo – ela disse, esfregando as mãos. – Ele quer devolver a última remessa.

– Toda a remessa?

– Sim, diz que os livros foram mal avaliados.

David Popovich era um colecionador que vivia no Novo México, mas, para nós, da livraria, era como se ele vivesse na casa ao lado. Comprava uma tonelada de livros e devolvia pelo menos a metade. De vez em quando, ligava para reclamar, mas, na maioria das vezes, enviava *e-mails* mal-humorados.

– Corte-o da nossa lista de clientes – eu disse.

– O quê?

– Escreva de volta para ele e diga-lhe que aceitaremos todas as devoluções, mas que ele não poderá nos pedir mais nada. Estou farto dele.

– Está falando sério?

– Sim. Prefere que eu escreva o *e-mail*?

– Não, faço isso, com prazer. Quer que eu copie você?

– Com certeza – respondi.

Deixar de ter Popovich como cliente provavelmente afetaria nossa receita mensal, mas, naquele momento, eu não me importava. E me fez bem ter tomado essa decisão.

Antes de ligar para Gwen, mandei um *e-mail* para um divulgador da Random House que eu vinha ignorando e confirmei uma data para o autor dele vir fazer uma leitura, em março. Então, abri a estante de porta de vidro e peguei nossa primeira edição de *Pacto Sinistro*, e trouxe-a até onde estava meu celular. A capa tinha um tom azul profundo, extravagantemente ilustrado com o rosto de um homem e o de uma mulher de cabelos ruivos, de aparência estranha.

Gwen atendeu logo.

– Oi, Gwen! – eu disse, e achei esquisito chamá-la pelo primeiro nome.

– Obrigada por me ligar de volta. Então, esse livro...

– O que achou dele?

— Desolador. Conhecia a história por causa do filme. Mas o livro é diferente. Achei mais obscura e, por acaso, os dois homens cometem os assassinatos no filme?

Tentei me lembrar.

— Acho que não — respondi. — Não, definitivamente, não. Acho que o protagonista do filme, o tenista, quase assassina o pai, mas não o mata. Provavelmente, isso tinha muito mais a ver com as regras de produção do que aquilo que Hitchcock realmente queria fazer. Não acho que poderiam apresentar personagens que terminassem impunes.

Eu li o livro e assisti ao filme há muitos anos, mas me lembrava de ambos muito bem.

— O Código Hays — ela disse. — Se fosse assim na vida real...

— Verdade.

— E, no livro, ele não é um tenista.

— Quem?

— Guy. O protagonista. Ele é arquiteto.

— Ah, está certo — concordei. — Adiantou ter lido o livro?

— Você apontou em sua lista que julgava este o melhor exemplo de assassinato perfeito — ela disse, sem responder à minha pergunta. — O que quis dizer com isso, exatamente?

— É um crime perfeito — respondi —, porque, quando se troca de homicídio com outra pessoa, de preferência um estranho, então, não há ligação entre o assassino e a vítima. É o que faz com que o crime não possa ser comprovado.

— É sobre isso que tenho pensado — ela disse. — O que é engenhoso em relação ao homicídio no livro é que quem o comete não pode ser associado àquele crime. Não tem nada a ver com o método utilizado.

— O que quer dizer? — perguntei.

— Bruno mata a esposa de Guy num parque de diversões. Ele a esgana até matá-la. Mas isso não é nada inteligente. Tenho pensado nas regras de Charlie, novamente. Então, se fosse Charlie, como cometeria um assassinato com base em *Pacto Sinistro*?

– Entendo o que quer dizer. Seria muito difícil.

– Certo. Poderia estrangular alguém no parque de diversões, mas não seguiria a filosofia do crime.

– Ele teria que encontrar outra pessoa para matar por ele.

– Foi nisso que pensei, mas, na verdade, não necessariamente – ela disse. – Se eu fosse Charlie, se estivesse tentando imitar o *Pacto Sinistro*, escolheria, como vítima, alguém que pudesse ser assassinado. Estou tendo um branco agora, mas suponha que alguém tenha acabado de passar por um divórcio difícil, ou...

– Quem é aquele cara de Nova York, que conseguiu dar um golpe em todos? – perguntei.

– Bernie Madoff?

– Exato, ele mesmo.

– Ele serviria, mas talvez muita gente quisesse matá-lo. Acho que escolheria um dos lados de um divórcio complicado. Algo ligeiramente escandaloso, então, esperaria até que o lado rejeitado estivesse longe e cometeria o assassinato. Acho que seria a melhor maneira de fazer uma homenagem ao livro.

– Isso faz sentido – eu disse.

– Também acho. Vale a pena checar. E você, teve alguma boa ideia ontem à noite?

– Ontem eu estava bem cansado, depois de ter ficado acordado na noite anterior. Por isso, não me ocorreu nenhuma ideia. Mas vou continuar pensando no assunto.

– Obrigada – ela disse. – Você tem me ajudado bastante.

Então, ela acrescentou, em um tom de voz um pouco diferente:

– Lembre-se de me enviar as informações sobre seu voo para Londres, no ano passado.

– Farei isso ainda hoje – respondi.

Depois que desliguei, Nero veio arranhando as tábuas de madeira do piso para se deitar a meus pés. Eu o observei, de modo desfocado, pensando na conversa ao celular.

– Já enviei – disse Emily, e eu me virei para ela.

Ela se aproximou com um raro sorrisinho nos lábios.

– Enviou o quê?

– O *e-mail* para o sr. Popovich. Ele vai ter um choque.

– Você parece satisfeita.

– Não, eu... Você sabe como ele me enlouquece.

– Tudo bem. Sinceramente, acho que ele precisa mais de nós do que nós dele. Como sabe, o cliente nem sempre tem razão...

Emily abriu outro sorrisinho e disse:

– Você está bem?

– Estou bem, por quê?

– Ah, nada. Parece meio distraído, só isso. Como se algo tivesse acontecido.

Foi tão estranho ela expressar tanto interesse por mim, que percebi que eu provavelmente deveria estar agindo de uma forma visivelmente diferente. Considero-me um estoico, alguém que nunca deixa transparecer muito sobre si mesmo, e a possibilidade de não estar fazendo isso me preocupou.

– Tudo bem se eu sair agora para dar uma volta? – perguntei. – Consegue cuidar da livraria sozinha?

– Com certeza.

– Será uma volta rápida – eu disse.

Ainda estava fazendo muito frio lá fora, mas o sol estava alto, o céu estava com um tom azul duro e implacável. As calçadas estavam limpas e caminhei em direção à rua Charles, pensando em cortar até o Jardim Público. Fiquei pensando sobre a conversa com Gwen sobre *Pacto*

Sinistro, um livro que tive que me esforçar muito para não pensar nele por muitos anos.

Havia mais pessoas no parque do que eu esperava, levando em conta a baixa temperatura. Um pai tirava a neve de uma das estátuas de bronze do conjunto *Abram Alas para os Patinhos* para colocar o filho em cima e tirar fotos. Devo ter passado por aqueles patinhos umas mil vezes e sempre havia ali um pai, ou um casal, tirando fotos do filho. No verão, muitas vezes, formava-se uma fila. Sempre me perguntei o que os pais ganhavam com isso, em insistir em documentar determinados momentos. Como não sou pai, realmente não sei. Na verdade, Claire e eu nunca conversamos sobre ter filhos. Disse a mim mesmo que isso dependia dela, mas talvez ela estivesse esperando eu tocar no assunto.

Contornei o lago gelado, o vento girando as folhas mortas em torvelinho, e comecei a voltar para a livraria. Eu não era inocente, embora algumas vezes me desse ao luxo de pensar que sim. E, se Gwen Mulvey descobrisse a verdade, então, eu teria que aceitá-la.

Capítulo 11

Eu sabia que mataria Eric Atwell assim que terminasse de ler o diário de Claire. Mas precisei de mais alguns meses para ter a coragem de admitir isso para mim mesmo.

Também sabia que, quando Atwell estivesse morto, imediatamente eu me tornaria um suspeito. Minha mulher estava voltando da casa dele na noite em que morreu em um acidente de carro. Atwell chegou mesmo a confessar que fornecera as drogas que estavam em seu organismo, e a polícia, sem dúvida, também concluiu que Claire Kershaw, cujo sobrenome de solteira era Mallory, tinha um caso com o rico proprietário da Black Barn Enterprises.

Pensei em contratar alguém para matar Atwell, garantindo que eu estivesse longe (fora do país?) quando isso acontecesse. Mas isso não daria certo por várias razões. Primeiro, duvidava que tivesse dinheiro suficiente para contratar um assassino profissional, e, mesmo que raspasse a conta, seria óbvio para qualquer um ao ver minha conta bancária subitamente zerada. Eu também não sabia como fazer para contratar um mercenário. Da mesma forma, não queria encorajar esse tipo de profissão. Qualquer um que matasse por dinheiro não era o tipo de pessoa com quem eu gostaria de me envolver. Além disso, daria a um estranho poder demais sobre minha vida, ao fazer isso.

Então, resolvi que não poderia contratar um assassino. Mas gostei da ideia de ir para bem longe quando Eric Atwell fosse morto.

Um ano antes, ao longo de 2009, uma garota veio até a Old Devils com uma pilha de primeiras edições extremamente valiosas. Não eram, na maioria, romances de mistério, embora ela tivesse uma edição de *As Aventuras de Sherlock Holmes*, da Harper & Brothers, de 1892, que fez meu coração doer. Eram dez livros – incluindo as duas primeiras edições de Mark Twain, que deviam valer milhares de dólares – e a garota, que tinha cabelos oleosos e lábios ressecados, trouxera os livros em uma bolsa de supermercado. Perguntei-lhe onde havia conseguido aqueles livros.

– Você não quer os livros? – ela perguntou.

– Não, se não me disser onde os conseguiu.

Ela saiu da loja tão rapidamente quanto entrou. Ao me lembrar disso, comecei a desejar tê-los comprado com o dinheiro que estivesse no caixa. Assim, eu poderia descobrir o dono – ela deve tê-los roubado da casa de alguém – e devolver-lhe os livros. Chamei a polícia para fazer um boletim de ocorrência, e me disseram que ficariam atentos para alguma queixa sobre livros roubados. Não soube mais nada deles, e nunca mais vi a garota. Naquela época, a Old Devils tinha um funcionário chamado Rick Murphy, que trabalhava nos fins de semana. Rick era colecionador, interessado principalmente em qualquer coisa que se relacionasse a terror.

Contei a Rick sobre a garota que havia trazido aquelas primeiras edições raras.

– Ela pode tentar vendê-las *on-line* – respondeu Rick.

– Não me parece que ela saiba usar a internet.

– Mesmo assim, vale a pena checar – ele disse. – Existe um *site* bonitinho, meio escondido, onde vendem livros para colecionadores por baixo do pano.

Rick, que trabalhava na área de TI em uma companhia de seguros durante a semana, mostrou-me um *site* chamado Duckburg. Para mim, era praticamente incompreensível, como os *sites* desse tipo do início da internet, mas Rick achou uma seção, onde havia livros raros à venda. Era tudo feito de forma anônima. Fizemos buscas de alguns dos títulos oferecidos na loja, mas não apareceu nada.

– Que mais tem aqui? – perguntei.

– Ih, o cara ficou intrigado... A maioria vem aqui para conversar anonimamente. Para dizer a verdade, essa não é a verdadeira *dark web*, mas é obscura o suficiente.

Rick se levantou para pegar seu copo de refrigerante gigante e eu rapidamente salvei a página entre meus *sites* favoritos. Pensei em dar outra olhada depois, mas nunca fiz isso.

Após decidir que iria matar Eric Atwell, no final de 2010, verifiquei meus favoritos e vi que ainda tinha aquele *link*. Passei algumas horas, em uma noite, depois de fechar a loja, explorando os diferentes portais, e criando uma identidade falsa, que chamei de "Bert Kling". Então, entrei em um portal chamado "Trocas" que não especificava, ao certo, para que servia, mas, aparentemente, havia uma conotação sexual. "Homem de 60 anos quer comprar mil dólares em roupas, apenas para mulher jovem e *sexy*, que não se importe em ser acompanhada na cabine na hora de experimentar. Sem toques, só para olhar." Mas também havia ofertas como: "Procuram-se faxineiras que queiram pagamento em oxicodona".

Abri uma caixa de diálogo e escrevi: "Algum fã de *Pacto Sinistro* por aqui? Gostaria de sugerir uma troca mutuamente benéfica". Depois de postar, desconectei.

Resolvi esperar vinte e quatro horas antes de entrar de novo, mas só consegui esperar doze horas. Estava um dia tranquilo na livraria, e acessei o Duckburg novamente usando meu apelido. Eu havia recebido uma resposta.

"Um grande fã do livro. Adoraria conversar. Vamos para o *chat* privado?"

"Ok", respondi, clicando no *box* que tornava o *chat* visível apenas para os dois interessados.

Duas horas depois, encontrei uma nova mensagem: "O que tem em mente?".

Escrevi: "Existe uma pessoa que merece sumir da face da Terra. Porém, não posso fazê-lo". Por alguma razão, eu não conseguia escrever "matar".

"Tenho o mesmo problema", ele respondeu quase imediatamente.

"Vamos nos ajudar, ok?"

"Ok".

Meu coração acelerou e minhas orelhas esquentaram. Estaria caindo em uma armadilha? Era possível, mas tudo o que eu tinha que fazer era passar as informações sobre Eric Atwell, não as minhas. Decidi, cinco minutos depois, que valeria a pena.

Escrevi: "Eric Atwell, rua Elsinore, 255, Southwell, Mass. Qualquer dia, entre 6 e 12 de fevereiro". Eu iria para uma conferência de donos de sebos em Sarasota, na Flórida, naquela semana. Já havia até comprado as passagens.

Fiquei olhando para a tela pelo que me pareceu por quase uma hora, mas, provavelmente, passaram-se apenas dez minutos. Por fim, surgiu uma mensagem. "Norman Chaney, Estrada Community, 42, Tickhill, New Hampshire. Qualquer dia, entre 12 e 19 de março." Depois dessa mensagem, surgiu outra, trinta segundos depois. Nunca mais deveríamos trocar mensagens.

Digitei: "De acordo" e, em seguida, copiei o endereço de Norman Chaney no verso de um marcador da Old Devils e desconectei. Pelo que entendi da política do Duckburg, a conversa se apagaria de forma permanente. Era um pensamento reconfortante, embora eu duvidasse da veracidade disso.

Suspirei fundo, e percebi que mal havia respirado nos últimos vinte minutos. Olhei para o nome e o endereço que anotara, e estava prestes a digitá-los no computador, quando parei. Eu precisava ser mais cauteloso. Havia outras formas de descobrir mais sobre essa pessoa. No momento, o nome bastava. Eu estava feliz, tinha que admitir, que fosse um homem quem eu teria que matar. E estava muito feliz por ter que fazê-lo depois dele. Obviamente, só precisaria cumprir minha parte do acordo, se Eric Atwell morresse enquanto eu estivesse em Sarasota.

EM FEVEREIRO DE 2011, fui à conferência. Nunca estive em Sarasota antes e apaixonei-me pelos prédios de tijolinhos antigos do centro da cidade. Fiz uma peregrinação à casa de John D. MacDonald, em Siesta Key, espiando, através dos portões trancados, um edifício moderno de meados do século passado, cercado por uma vegetação exuberante. Até assisti a algumas apresentações, e jantei com uma das minhas poucas amigas do mundo dos sebos, Shelly Bingham, dona de uma livraria de livros usados na Praça Harvard antes de se "aposentar" em Bradenton, Flórida, e que vendia livros no mercado de pulgas toda semana na Ilha Anna Maria. Bebemos martínis no Clube Gator e, depois do segundo drinque, Shelly disse:

– Mal, fiquei tão arrasada quando soube o que aconteceu com Claire no ano passado. Como você está?

Abri a boca para responder, mas comecei a chorar, alto o suficiente, a ponto de as pessoas virarem a cabeça na minha direção. A intempestividade e a força do choro foram chocantes. Levantei-me e fui até o banheiro no fundo do bar escuro, onde pude me recompor, e depois voltei ao bar.

– Me desculpe por isso, Shel – eu disse.

– Não, por favor. Perdoe-me por ter tocado nesse assunto. Vamos tomar outro drinque, e falar sobre os livros que estamos lendo.

Mais tarde naquela noite, sozinho no quarto do hotel, liguei o *laptop* e olhei o *site* do *Boston Globe*. A notícia principal estava relacionada a uma negociação que o time de beisebol dos Red Sox acabara de fazer, mas a segunda notícia falava de um homicídio em Southwell. O nome da vítima ainda não tinha sido divulgado pela polícia. Senti-me tentado a ficar sentado com o *laptop* aberto, atualizando o *site*, até o nome de Eric Atwell aparecer, mas, em vez disso, forcei-me a deitar e dormir. Abri a janela do quarto do hotel, deitei-me, cobri-me apenas com um lençol, e ouvi a brisa soprando, além de um ou outro caminhão roncando na rodovia mais próxima. Um pouco antes de amanhecer, caí no sono, acordando poucas horas depois, encharcado de suor, com o lençol enrolado em mim. Entrei de novo no *site* do *Globe*. Encontraram um corpo que fora identificado como Eric Atwell, importante empresário e patrocinador local. Depois de ter tido ânsias de vômito no banheiro do hotel, deitei-me e saboreei, por um momento, o fato de Atwell ter recebido aquilo que merecia.

Quando retornei a Boston, descobri que Eric Atwell fora dado como desaparecido na terça-feira à noite por um dos hóspedes. Ele saíra para fazer seu passeio habitual mais cedo naquele dia e não havia voltado. Na manhã seguinte, a polícia fez uma busca e o corpo de Atwell foi encontrado perto de uma trilha a meio quilômetro de casa. Ele fora morto a tiros. Sua carteira fora levada, junto com os fones de ouvido caríssimos e o celular. A polícia estava investigando a possibilidade de assalto, e pediu ajuda aos vizinhos mais próximos. Viram alguém suspeito? Alguém ouviu os tiros?

A matéria continuava dizendo que Atwell era um famoso filantropo, alguém com grande interesse na cena artística local, que costumava organizar reuniões e arrecadava fundos em sua fazenda, em Southwell. O artigo não mencionava drogas, extorsão, ou qualquer coisa sobre a relação de Atwell com o acidente de carro que matara Claire Mallory. Por isso, fiquei satisfeito. Passou-se uma semana e comecei a acreditar que ninguém fizera qualquer ligação entre mim e Atwell. Então, em uma tarde de domingo, sentindo-me um pouco gripado, fiquei surpreso ao ouvir tocarem a campainha da porta da frente. Antes mesmo de atender, tinha certeza de que a polícia estava ali para me prender.

Eu me preparei. E era a polícia – uma detetive alta, com ar triste e de sobrenome James –, mas não parecia estar ali para me levar. Disse que precisava me fazer algumas perguntas rápidas. Deixei-a entrar, e ela disse que era da Polícia de Boston, e que estava seguindo algumas pistas sobre um homicídio não solucionado em Southwell.

– Conhecia Eric Atwell? – ela perguntou, depois de se acomodar na ponta do sofá.

– Não, mas minha mulher o conhecia. Infelizmente.

– Por que infelizmente?

– Tenho certeza de que já sabe disso e por isso está aqui. Minha mulher produziu um vídeo para Eric Atwell e, depois disso, tornaram-se amigos. Ela... Claire... minha mulher morreu em um acidente de carro ao retornar da casa de Atwell, em Southwell.

– E culpou Eric Atwell por esse desastre?

— Em parte, sim. Sei que minha mulher voltara a consumir drogas depois de conhecê-lo.

A detetive concordou, meneando lentamente a cabeça.

— Ele forneceu essas drogas a ela?

— Sim, forneceu. Veja, sei o que quer saber. Eu detesto... detestava... Eric Atwell. Mas não tive nada a ver com a morte dele. A verdade é que minha mulher sempre esteve evolvida em problemas por causa de drogas e álcool. Ele não a forçou a começar a usar drogas. Não foi ele quem a apresentou às drogas. Essa foi uma decisão totalmente dela. Eu o perdoei. Foi difícil, mas, depois do que aconteceu, enfim, decidi perdoá-lo.

— Então, como se sente agora que sabe que ele foi morto?

Olhei para o teto, como se estivesse pensando.

— Sinceramente, não sei. É verdade quando digo que o perdoei, mas não quer dizer que eu gostasse dele. Não estou triste, mas não estou exatamente feliz. A vida é assim. Para ser honesto, acho que ele colheu aquilo que plantou.

— Então, acredita que ele tenha sido assassinado, talvez, por causa de uma... vingança?

— Se penso que ele tenha sido intencionalmente assassinado... em vez de apenas ter sido morto por causa de um assalto?

— Sim, é isso que quero dizer.

A detetive estava quase imóvel, ela mal se mexia no sofá.

— Isso me ocorreu. Com certeza. Não imagino que minha mulher fosse a única a quem ele tenha fornecido drogas. E ela provavelmente não foi a única que ele começou a cobrar depois de tê-la viciado. Ele deve ter feito isso com outras pessoas.

Assim que eu disse isso, percebi que era mais do que gostaria de ter revelado à detetive. Havia algo em sua atitude pacífica que fazia com que eu me abrisse.

Ela meneou novamente a cabeça e, ao perceber que eu tinha parado de falar, perguntou:

– Sua mulher deu muito dinheiro a Atwell? Mais do que deveria ter gastado?

– Minha mulher e eu tínhamos contas-correntes separadas, então, não percebi quando isso aconteceu. Mas, sim, ela começou a pagar Atwell pelas drogas.

– Perdoe-me por ter que lhe perguntar isso, sr. Kershaw, mas, segundo o que sabia, houve relacionamento sexual entre sua mulher e Atwell?

Eu hesitei. Em parte, queria contar a ela tudo o que sabia a partir do diário de Claire, mas também, quanto mais eu falasse, mais ficaria evidente que tinha uma razão muito grande para desejar a morte de Atwell.

Eu respondi:

– Para dizer a verdade, não sei. Suspeito que sim.

Depois de dizer essas palavras, minha voz embargou, como se eu fosse chorar, e levantei a mão para secar os olhos.

– Está bem – disse a detetive.

– Ela estava fora de si – eu disse, sem conseguir me conter. – Quero dizer, por causa das drogas.

Enxuguei uma lágrima que escorreu pelo meu rosto.

– Compreendo. Me desculpe por ter vindo aqui fazê-lo passar por isso novamente, sr. Kershaw. Detesto ter que fazer isso, mas investigações desse tipo requerem que eliminemos os possíveis suspeitos. Lembra-se de onde estava no dia 8 de fevereiro, à tarde?

– Eu estava na Flórida, em uma conferência.

– Ah! – exclamou a detetive James, com ar satisfeito. – Conferência de quê?

– De donos de sebo. Tenho uma livraria de livros usados, aqui em Boston.

– A Old Devils. Certo. Já estive lá.

– É mesmo? É fã de livros de mistério?

– Às vezes – respondeu a detetive, abrindo um sorriso pela primeira vez desde que entrara no apartamento. – Fui assistir à leitura de Sara Paretsky. Há cerca de um ano?

– Acho que sim – respondi. – Acho que ela fez uma boa leitura.

– Sim, fez. Você a apresentou?

– Sim, fui eu. Está desculpada por não se lembrar de mim. Não gosto muito de falar em público.

– Acho que se saiu bem – ela disse.

– Obrigado por me dizer isso – respondi.

A detetive James pôs as mãos sobre os joelhos e disse:

– A menos que tenha algo mais a acrescentar, creio que já terminamos.

– Não, não tenho – respondi, e nos levantamos ao mesmo tempo.

Percebi que a detetive era tão alta quanto eu.

– Vou precisar de uma prova sobre sua conferência na Flórida – ela disse.

Prometi enviar-lhe os detalhes sobre meu voo, e também dei-lhe o nome e o endereço de Shelly Bingham.

A detetive me entregou seu cartão. Chamava-se Roberta.

Capítulo 12

O cartaz de boas-vindas a Tickhill, em New Hampshire, também me informou a população local: 730 habitantes. Era 14 de março de 2011, uma segunda-feira. Saí de Boston após as cinco da manhã e agora eram oito e meia. Tickhill ficava ao norte das Montanhas Brancas. Pesquisei sobre a cidadezinha e sobre Norman Chaney, o homem que eu iria até lá para matar, mas não me aprofundei muito. Usei o computador de uma biblioteca, que alguém havia deixado conectado. Trouxe meu *laptop* e pude tomar nota. Descobri que em Tickhill havia um restaurante e dois hotéis que ofereciam café da manhã, ambos populares, por serem próximos a várias pistas de esqui. Puxei um mapa e copiei a localização exata onde Norman Chaney morava na Estrada Community. A casa, ao menos de acordo com o mapa, parecia bastante isolada. Depois de desenhar a localização no meu caderninho, comecei a pesquisar sobre Norman Chaney que comprara a casa em Tickhill há três anos, por US$ 225 mil. O único outro dado que consegui sobre Chaney foi um atestado de óbito, de 2007, de Margaret Chaney, professora em Holyoke, que vivia na região oeste do Estado de Massachusetts, e que morreu em um incêndio em sua casa. Margaret Chaney, morrera aos 47 anos, deixando dois filhos, Finn, de 22 anos, e Darcy, de 19, e o marido, Norman Chaney, com quem estava casada havia 23 anos. Não era muito, mas isso me fez pensar. Seria Norman Chaney responsável pela morte da própria esposa e, se fosse o caso, seria essa a razão para desejarem que ele morresse? Seria esse o motivo por que ele deixou Holyoke para viver em uma cidadezinha com menos de mil habitantes?

Ocorreu-me que, na verdade, eu não precisaria matar Norman Chaney. Se Duckburg, o lugar onde fiz a troca de assassinatos fosse tão anônimo quanto prometiam, não teria como o estranho com quem me comuniquei descobrir quem eu era. Mas isso não seria totalmente verdadeiro. Mesmo que esse estranho – essa versão sombria de mim – não soubesse nada, ele sabia de uma coisa. Sabia que eu queria Eric Atwell morto. Isso poderia me colocar em uma longa lista, ou não. Decidi cumprir minha parte do trato. Parecia a coisa mais segura a fazer e, também, de uma forma distorcida, a mais correta.

Antes de desligar o computador na biblioteca, pesquisei, rapidamente, por Finn Chaney e Darcy Chaney. Ao contrário do pai, eles tinham perfis na internet. Se eles fossem as pessoas certas, Finn Chaney trabalhava em um pequeno banco em Pittsfield, onde também organizava jogos de curiosidades para animar clientes em um *pub* local. Darcy Chaney agora morava fora de Boston, e fazia pós-graduação na Universidade Lesley, em Cambridge. Havia fotos dos dois, e eles eram, sem dúvida, irmãos. Cabelos escuros, sobrancelhas grossas, olhos azuis, boca pequena. Aparentemente, nenhum dos dois morava com o pai, e essa foi a informação mais importante que apurei. Se Norman Chaney morasse sozinho, meu trabalho seria bem mais fácil.

Começou a nevar quando entrei em Tickhill. Os flocos de neve flutuavam como se não quisessem pousar. Encontrei a Estrada Comunitária, pouco povoada e mal pavimentada que contornava uma colina. Diminuí a velocidade ao me aproximar do número 42. A caixa de correio, pintada de preto com letras brancas, era a única indicação de que ali havia uma propriedade. Avançando devagar, olhei para a estrada de terra, mas não consegui ver a casa no meio da floresta. No fim da Estrada Comunitária, dei meia-volta e tomei uma decisão. Dessa vez, virei na estrada. Fiz uma curva à esquerda e, então, vi a casa. Era uma construção em forma de A, com mais janelas do que paredes de madeira, parecendo um chalé de esqui miniatura. Fiquei muito satisfeito ao constatar que não havia uma garagem e que apenas um carro – um tipo de SUV – estava estacionado em frente. As chances de Norman Chaney estar sozinho aumentaram bastante.

Usando luvas e um gorro de esqui, mas sem cobrir totalmente o rosto, saí do carro, segurando um pé de cabra junto à perna. Aproximei-me da casa, subindo os dois degraus até a porta da frente. Era de madeira maciça, mas havia uma tira de vidro chanfrado de cada lado. Depois de tocar a campainha, espiei no interior escuro da casa, incomodado com o efeito ondulado do vidro. Decidi, que, se outra pessoa que não fosse um senhor de meia-idade abrisse a porta, eu puxaria o gorro para baixo, daria meia-volta e retornaria ao carro. Espalhei lama suficiente sobre a placa do veículo para os números e estado ficarem ilegíveis.

Ninguém veio atender à porta. Toquei de novo a campainha – um toque com quatro notas – e, então, vi um homem grande e pesado descer lentamente a escada. Mesmo através do vidro, podia ver que ele estava com uma calça de moletom cinza e camisa de flanela. Seu rosto era avermelhado e o cabelo, escuro e espesso, espetado em tufos, parecia sujo.

O homem abriu a porta. Sua expressão parecia impulsiva, sem hesitação.

– Ahã? – ele disse.

– É Norman Chaney? – perguntei.

– Ahã! – ele repetiu.

Ele devia ter mais de um metro e oitenta de altura, embora estivesse um pouco encurvado, com um ombro visivelmente mais alto que o outro.

Avancei com o pé de cabra, mirando a lateral da cabeça, mas ele recuou, e a ponta da barra acertou o alto do nariz de Chaney. Houve um estalo e ele cambaleou para trás, o sangue jorrando sobre o queixo.

Ele pôs as mãos no rosto e disse:

– Que merda!

Entrei na casa e ataquei outra vez com o pé de cabra, mas Chaney bloqueou o ataque com o braço esquerdo, depois me atingiu com um soco de direita, pegando-me o ombro. Não doeu, mas me desequilibrou um pouco, e ele avançou, agarrando-me pelo agasalho, fechando as mãos e empurrando-me contra a parede. Creio que um cabide me espetou na parte de cima da coluna. O sangue quente jorrava do nariz de Chaney sobre meu rosto. Alguma lembrança, provavelmente de um romance de Ian Fleming, passou pela minha mente em pânico, e levantei o pé direito, batendo com a bota pesada com força no peito do pé de Chaney. Ele grunhiu e abriu os braços, e eu o empurrei, enquanto ele tropeçava para trás. Caímos, após alguns passos, eu, por cima dele, com força, e ouvi um estalo. O rosto de Chaney se contorceu e sua boca abria e fechava como um peixe fora d'água.

Saí de cima dele, coloquei um joelho em seu peito e me inclinei novamente sobre Chaney, que lutava para respirar. Coloquei as mãos enluvadas em torno do seu pescoço grosso e apertei, pressionando os polegares o mais forte que pude. Chaney tentou soltar minhas mãos, mas já estava perdendo as forças. Fechei os olhos e continuei apertando. Depois de um minuto, ou mais, parei e rolei para o lado, respirando pesado com a boca salgada e grossa de sangue. Passei a língua pelos dentes, mas a ponta estava machucada e dolorida. Devo ter mordido durante a luta. Minha boca estava cheia de sangue e eu o engoli. Pareceu-me má ideia cuspir meu próprio sangue na cena do crime, embora soubesse que havia deixado todos os vestígios possíveis de DNA.

Agachado na frente de Chaney, sem encará-lo, toquei o pescoço e tentei sentir sua pulsação. Não havia mais nenhuma.

Levantei-me, o mundo girou à minha volta por um instante, e me inclinei para pegar o pé de cabra. Eu tinha planejado vasculhar a casa depois de matá-lo, e pegar alguns objetos de valor, mas não sabia se iria conseguir fazer isso. Eu só queria voltar para o carro, e ir para o mais longe possível daquele lugar.

Eu estava prestes a sair, quando vi, com o canto do olho, algo se mexer. Virei-me para o saguão, em direção à sala de visitas com janelas que iam do chão ao teto. Um gato ruivo vinha andando devagar na minha direção, raspando as longas unhas no assoalho de madeira. O gato parou, cheirou o corpo de Chaney, olhou de novo para mim e miou alto, dando dois passos para a frente. Em seguida, deitou-se de lado e se esticou, mostrando a barriga de pelos brancos. Senti um calafrio quase paralisante percorrer meu corpo, uma sensação de que eu me lembraria pelo resto da vida da imagem daquele gato ronronando ao lado do seu dono morto estirado no chão, e de que aquilo me assombraria para sempre. Sem pensar duas vezes, eu me abaixei, peguei o gato, levei-o para o carro e parti.

A neve havia se intensificado, e agora começava a grudar na estrada. Dirigia devagar, seguindo de volta minha rota pelo centro de Tickhill. Em seguida, peguei a rodovia que me levaria na direção sul através das Montanhas Brancas, até Massachusetts. Eu me mexia dentro do carro de modo lento e deliberado, e parecia que o carro atravessava o ar, como se fosse quase sólido. O tempo desacelerou e tive uma impressão de irrealidade. Olhei para o banco de passageiro onde coloquei o gato, que continuava ali, dócil. Parte do meu cérebro urrava: nunca se deve tirar nada de uma cena de crime, dizendo que eu tinha acabado de assinar minha sentença de morte, mas continuei dirigindo. O gato agora olhava pela janela, para os flocos de neve que passavam voando pelo carro. Ele não tinha coleira. Passei a mão pelo dorso do felino. Ele era mais magro do que eu imaginava, pois grande parte do volume era de pelo espesso. Senti um leve ronronar com a ponta dos dedos.

Depois de atravessar as montanhas e minhas ideias começarem a clarear, decidi que iria parar em uma cidade, procuraria uma loja ou pousada que estivesse aberta e deixaria o gato lá. Alguém iria encontrá-lo e levá-lo até um abrigo. Havia o risco, um risco enorme de que alguém me visse, mas eu tinha que tentar. Nunca deveria ter trazido o gato comigo, e não me lembrava por que fizera isso. Mas, agora que o gato estava no carro, não poderia simplesmente deixá-lo na beira da estrada. Seria a coisa mais prudente a fazer, mas as chances de o gato sobreviver seriam exíguas.

Continuei dirigindo e, em algum lugar ao sul de New Hampshire, o gato baixou a cabeça e dormiu. Não parei em nenhuma cidade e, de repente, percebi que não iria parar mais. Quando voltei a Beacon Hill e achei uma vaga para estacionar bem em frente ao meu prédio, o gato ainda estava comigo. Peguei-o, e levei-o para cima. Eram dez e meia da manhã.

Enquanto o gato andava pelo diminuto apartamento, farejando e esfregando a cara em todos os móveis, tirei toda a roupa e coloquei-a, junto com o pé de cabra, em um saco de lixo. Tomei um banho, me ensaboando e enxaguando pelo menos três vezes, até a água quente começar a acabar.

Em meu plano original, eu iria sair da casa de Chaney e dirigir um pouco para o norte, até um sebo que conhecia em um antigo celeiro que fora restaurado. Estive lá várias vezes e, algum tempo antes, tive a sorte de encontrar edições raras de romances policiais. Se eu me tornasse suspeito pela morte de Chaney por alguém ter visto meu carro, eu, ao menos, teria um motivo para estar em New Hampshire naquela segunda-feira. Seria um álibi muito frágil, mas melhor do que nada. Pensei ser uma boa ideia dirigir até uma das minhas livrarias favoritas, mas dei meia-volta por causa da neve.

Claro, nada disso explicaria a presença do gato de um homem assassinado no meu apartamento, um gato que agora esfregava o queixo no meu tornozelo. Achei uma lata de atum na despensa, coloquei em um pote e enchi uma tigela com água. Também encontrei a tampa de uma caixa de papelão e espalhei um pouco de terra de uma das plantas, esperando que funcionasse como caixa de areia. Enquanto o gato comia, liguei o computador na internet e pesquisei no Google como descobrir se um gato era macho ou fêmea. Verifiquei e cheguei à conclusão de que aquele gato era macho. Passei o dia em casa com ele. A certa altura, dormimos os dois no sofá, o gato a meus pés. Antes de anoitecer, ele foi até a cama e se enroscou no livro que eu estava lendo, uma brochura de *Muitos Cozinheiros*,* de Rex Stout. Resolvi passar a chamar o gato de Nero.

Um mês depois – um mês depois de deixar o corpo de Norman Chaney em Tickhill, New Hampshire –, duas coisas ficaram claras. Um, a polícia não estava atrás de mim. Ainda que eu não tivesse entrado na internet para pesquisar sobre o assassinato de Chaney, senti, no fundo, que eu havia escapado impune. A segunda constatação foi de que Nero, que

---

* Tradução livre para *Too Many Cooks*, quinto romance policial do detetive Nero Wolfe, do autor de mistério americano Rex Stout (1886-1975). A história foi serializada em *The American Magazine* (entre março e agosto de 1938) antes de sua publicação em livro no mesmo ano. (N. da T.)

se mudou para a nova casa com muita alegria, precisava de mais pessoas à volta. Eu costumava ficar fora por doze horas seguidas e, quando voltava, Nero estava na porta esperando para receber atenção. Mary Anne, minha vizinha do andar de baixo, me disse que o ouvia miando o dia todo.

Comecei a achar que Nero estaria muito melhor se morasse na Livraria Old Devils.

Capítulo 13

Ser um leitor ávido de livros de mistério durante a adolescência não o prepara para a vida real. Imaginei que minha existência adulta seria muito mais parecida com um livro do que ela se tornou. Pensei, por exemplo, que haveria vários momentos em que entraria em um táxi e pediria para que seguisse alguém. Pensei que compareceria a muito mais leituras de testamentos, que precisaria saber como arrombar uma fechadura e que, quando saísse de férias (especialmente me hospedando em velhas pousadas, ou em casas alugadas à beira de um lago), algo misterioso iria acontecer. Achava que viagens de trem inevitavelmente envolveriam um assassinato, que fatos sinistros dominariam os fins de semana durante festas de casamento, e que antigos amigos sempre entrariam em contato comigo para pedir ajuda, dizendo-me que a vida deles estava correndo perigo.

Cheguei a pensar que uma areia movediça seria um problema. Estava preparado para tudo isso, da mesma forma que não estava preparado para as esmagadoras minúcias da vida. As contas a pagar. A preparação da comida. Compreender, aos poucos, que os adultos vivem em bolhas de tédio que eles mesmos criam. A vida não é misteriosa nem uma aventura. Claro, cheguei a essas conclusões antes de ter me tornado um assassino. Não que minha carreira de criminoso satisfizesse a vida de fantasia da minha infância. Em minhas fantasias, eu nunca era o assassino. Era o mocinho, o detetive (amador, em geral), que solucionava o crime. Nunca o vilão.

Outra habilidade que eu também pensei que usaria mais na idade adulta seria a minha capacidade para seguir alguém. E, inversamente, a capacidade de saber quando estaria sendo seguido. Novamente, essas coisas nunca, de fato, aconteceram. Mas, naquele sábado à noite, depois de fechar a Old Devils, atravessei o Boston Common, com o vento atravessando minha roupa, e acabei em um bar em Jacob Wirth, bebendo uma cerveja alemã e comendo *Wiener Schnitzel*. Estávamos em meados de fevereiro, mas ainda havia luzes de Natal penduradas no teto de pé-direito alto da cervejaria e, de alguma forma, esse lugar me fez sentir bem de estar comendo ali sozinho. Era assim que avaliava os restaurantes próximos a mim: havia aqueles que me faziam sentir solitário quando jantava sozinho, como alguns dos lugares mais sofisticados, bastante comuns na Back Bay, e havia aqueles – em Jacob Wirth, um restaurante chamado Stoddard's – que eram tão barulhentos e escuros, que estar ali sozinho parecia não fazer a menor diferença.

Foi quando saí de Jacob Wirth e comecei a caminhar de volta para casa, no frio, que tive certeza de que estava sendo observado. Talvez tenha lido suspenses demais, mas senti no pescoço uma sensação quase física de estarem olhando para mim. Virei-me, examinei os moradores e turistas reunidos em grupos, mas não vi ninguém que parecesse suspeito. Mas a sensação continuou por todo o caminho de volta, até a rua Charles e, quando virei na rua Revere em direção ao apartamento, olhei para trás e vi um homem, na luz nebulosa dos lampiões a gás, atravessando lentamente o cruzamento, olhando para mim, com o rosto na sombra. A única peculiaridade que pude perceber era que estava usando um chapéu de aba curta. Ele continuou andando, em passo lento e ondulante e, por um momento, quase pensei em me virar para enfrentá-lo. Mas, então, sumiu atrás de um prédio e mudei de ideia. Todos os que caminham pela rua Charles olham para as ruas residenciais laterais, especialmente no inverno, quando estão mais bonitas.

Ao entrar, pensei um pouco mais sobre o homem na rua, e concluí que estava sendo paranoico. Não havia ninguém me seguindo. Mas isso não significa que eu não estivesse sendo observado e, de alguma forma, não estivesse sendo feito de joguete.

Desde que Gwen Mulvey chegou à Old Devils me perguntando sobre a lista de assassinatos perfeitos, eu me lembrava da minha sombra, o homem (sempre pensei nele como um homem) que conheci quando respondeu à mensagem anônima sobre o *Pacto Sinistro*. O homem que matou Eric Atwell por mim. O homem que queria que Norman Chaney morresse.

E se ele descobrisse quem sou? Isso não seria muito difícil. Talvez tenha se deparado com meu nome ao pesquisar sobre Eric Atwell. Se ele se aprofundasse um pouco, descobriria sobre o acidente de carro de Claire, e o viúvo, que trabalhava em uma livraria de livros de mistério. Não apenas isso, mas um homem que, certa vez, publicou um *post* em um *blog* sobre seus oito assassinatos perfeitos favoritos e, um deles, era *Pacto Sinistro*. Seria fácil me encontrar. E, uma vez tendo me encontrado, o que iria acontecer? Talvez tivesse gostado de matar Eric Atwell e quisesse continuar matando? E se ele decidisse usar minha lista como um guia para cometer mais homicídios? Seria uma forma de chamar minha atenção. E ele conseguiu, não? Seria este um tipo de jogo?

Quanto mais eu pensava, mais me convencia de que Charlie, que encenara *Os Crimes A.B.C.*, e o assassinato no trem de *Pacto de Sangue*, e que provavelmente matara Elaine Johnson de susto, em Rockland, Maine, fora o mesmo homem que atirou em Eric Atwell por mim.

Ele me conhecia.

E seus atos haviam trazido o FBI até minha porta. Talvez ele também tivesse essa intenção.

Charlie, o que você quer?

Pensei um pouco mais sobre o *Pacto Sinistro*. O livro não tratava dos assassinatos. Era sobre Bruno e Guy, os assassinos, e o relacionamento entre eles. Talvez, quem quer que eu tenha contatado por este *site* entendeu que também teríamos um relacionamento. Lembrei-me do comentarista em minha postagem no *blog*, dr. Sheppard. Estava claro que queria me conhecer e que eu o conhecesse.

Meu celular tocou. Vi que era Gwen.

– Alô! – respondi.

– Desculpe ligar tão tarde. Estava acordado?

– Tudo bem – eu disse. – Estou acordado.

– Excelente. Duas coisas. Fiz mais algumas investigações no caso de Elaine Johnson, a vítima de ataque cardíaco.

– Certo.

– Falei com a investigadora que esteve na cena do crime, e ela me contou que a casa está abarrotada de livros.

– Isso não me surpreende.

Gwen fez uma pausa e acrescentou:

– Tenho um pedido a lhe fazer. Sei que parece estranho, mas acho que iria ajudar. Vou de carro até Rockland amanhã à tarde. Poderia vir comigo?

– Acho que sim – respondi –, mas não tenho certeza se poderei ser de grande ajuda. O que eu conseguiria ver que você não veria sozinha?

– Já pensei nisso – respondeu Gwen. – Talvez não veja nada, mas pode ser que veja mais do que eu. Você a conhecia. Não tenho certeza se me ajudaria, mas acho que mal não faria. Isso faz sentido para você?

– Um pouco, sim – eu disse.

– Então, você irá comigo?

– Sim, com certeza. Que horas você vai?

– Excelente. Tenho que ficar aqui em New Haven a manhã toda, então pensei que poderia sair em torno do meio-dia. Vou passar por Boston e pegar você até as 13h30 e chegamos a Rockland por volta das cinco da tarde. Pode ser assim?

– Ok – respondi. – Consigo alguém para me substituir na livraria. Vamos passar a noite lá?

– Nem tinha pensado nisso. Decidi fazer a viagem há cinco minutos.

Ela pensou por um instante.

– Vamos passar a noite lá. A investigadora me disse que nos encontraria às cinco, mas pode ser que voltemos para ver a casa de novo, e poderão existir outras testemunhas para serem entrevistadas no dia seguinte. Tudo bem você passar uma noite lá?

– Sim – respondi.

– Perfeito. Vou mandar uma mensagem quando estiver saindo de New Haven. Pego você na livraria ou no apartamento?

Disse que estaria na livraria e desligamos.

Parei por um momento e fui pegar uma cerveja na geladeira. Não entendi por que Gwen queria que eu fosse com ela à casa de Elaine Johnson. Aquilo era um exagero. Talvez ela fosse ambiciosa e tenha pensado que eu a ajudaria a pegar um assassino em série. Talvez me quisesse lá, por esperar que eu caísse em contradição na cena do crime e acabasse confessando. Claro, seu impulso estava certo. Elaine Johnson era um dos assassinatos da lista. O mesmo homem, minha sombra, que matou Eric Atwell, decidiu continuar matando e usar minha lista. E ele estava me ajudando. Isso ficou claro ao escolher Elaine como uma de suas vítimas. Mas como ele a conheceu? Ele frequentava a livraria? Quão próximo ele estava de mim?

Eu não tinha a resposta para essas perguntas, mas sabia, no íntimo, que Gwen Mulvey iria descobrir isso. Ela estava juntando todas as peças até agora e continuaria a juntá-las. E isso a faria chegar até mim, ao assassinato de Eric Atwell, e ao que fiz a Norman Chaney, em New Hampshire. Ela acabaria por me encontrar. E isso significava que eu precisava achar minha sombra primeiro. Precisava me antecipar a ela.

Capítulo 14

No dia seguinte, acordei cedo, coloquei uma muda de roupa na mochila, e fui para a Old Devils. Não dormi bem. Fiquei pensando *nele*, é claro. Entendo que preciso escolher um nome para esse homem. Sempre o considerei minha sombra, mas isso soa como um personagem de revista em quadrinhos. Acho que, em vez disso, vou ficar com Charlie, o nome que Gwen e eu criamos juntos. Charlie funciona.

Depois de abrir a porta da livraria, Nero saltou pela portinhola que dá para o porão. Às vezes, ele dormia ali, perto do aquecedor, mas nunca ficava lá quando havia gente na livraria. Ficou fazendo gracinhas e atirando-se no chão à minha frente, e eu me abaixei para fazer carinho no seu queixo. Eu esperava o momento em que não me lembrasse mais do corpo ensanguentado de Norman Chaney quando Nero se aproximava para chamar minha atenção, mas isso ainda não acontecia.

Fui ao computador da livraria e chequei meus *e-mails*, então, escrevi um bem rápido para Brandon, perguntando se ele poderia fechar a loja depois do turno da tarde. Saiba que ele poderia fazer isso, mas queria confirmar. Era domingo, bem cedo, assim eu não esperava que ele me respondesse em seguida.

Bebi um pouco de café, e pensei um pouco mais sobre minha programação da manhã. Achei que, por volta das nove horas, ou, talvez, às oito e meia, seria uma boa hora para ligar para Marty Kingship, o ex-policial que conheço, que agora fazia meio expediente como consultor de segurança de um grande hotel no centro. Conheci Marty há três anos, quando ele veio à livraria para um lançamento de Dennis Lehane. Ficou ali bastante tempo após Lehane ter saído, fazendo-me perguntas sobre romances policiais, dizendo que estava pensando em escrever um, já que havia trabalhado como policial. Antes de ir embora naquela noite, perguntou-me se gostaria de tomar um drinque com ele um dia desses. Respondi que sim, e me surpreendi quando imediatamente sugeriu dia, hora e lugar: um bar chamado *Marliave*, do outro lado do parque, quinta-feira seguinte, às oito da noite.

Nunca tinha ido ao *Marliave*, escondido em uma rua lateral, perto de Downtown Crossing. A entrada era uma porta estreita que dava para um bar de piso frio, que mais parecia um bistrô francês do que um lugar onde um ex-policial costumasse beber. Marty Kingship estava sentado junto ao longo balcão do bar, conversando com um dos *barmen*. Pareceu surpreso quando me sentei ao lado dele, como se tivesse se esquecido de ter marcado aquele encontro comigo.

– Você veio? – ele exclamou.

– Com certeza.

– O que quer? Estou bebendo uma Miller Lite, mas Robert aqui diz que tenho péssimo gosto para bebidas – comentou, apontando o *barman*.

Pedi uma Hefeweizen. Marty pediu outra cerveja e algo para comer – escargots e uma porção de minialmôndegas.

Eu nunca fui bom em fazer amigos. Às vezes, culpo o fato de ter sido filho único e de nenhum dos meus progenitores, exceto meu pai, quando estava bêbado, ser sociável. Mas acho que é algo mais profundo que isso. Trata-se de uma incapacidade de estabelecer ligações autênticas. Quanto mais interajo com alguém, mais distante me sinto dessa pessoa. Posso sentir um carinho imenso por um turista alemão idoso que visite minha livraria por dez minutos, e compre um exemplar usado de um romance de Simon Brett, mas, toda vez que passo a conhecer uma pessoa melhor, é como se ela começasse a se ofuscar, como se estivesse por trás de um vidro, que se torna cada vez mais espesso. Quanto mais sei sobre ela, mais difícil se torna vê-la e ouvi-la de forma significativa. Porém, há exceções. Claire, por exemplo. Meu melhor amigo no ensino fundamental, Lawrence Thibaud, que se mudou para algum lugar no Brasil no final do oitavo ano. E os personagens de livros, é claro. E poetas. Quanto mais sei sobre eles, mais gosto deles.

Quando conheci Marty, ele tentava ser amigo e, por algum tempo, tentei cumprir esse papel. Ele foi policial na zona oeste de Massachusetts, mas largou o posto logo depois que os filhos saíram de casa e a esposa pediu o divórcio. Ele se mudou para um quarto e sala perto na praça Dudley e se considerava semiaposentado, embora, às vezes, fizesse trabalhos como segurança, e tentasse escrever um romance que eu sabia que nunca terminaria. Era um cara engraçado. Além disso, era muito mais inteligente do que parecia, com seu corte de cabelo à escovinha, nariz quebrado, e corpo em formato de pera. Conseguia ler facilmente cerca de cinco livros por semana. Por algum tempo, chegava à livraria pouco antes de fecharmos, comprava alguns lançamentos e íamos tomar uma bebida. Sempre tinha uma história, ou uma anedota para contar, e nunca ficamos sem ter o que dizer enquanto estávamos juntos. No início, funcionou, mas, como a maioria dos meus relacionamentos, senti aquela parede se erguer entre nós depois de algum tempo. Como se tivéssemos atingido o platô natural de nossa amizade, que não se estenderia mais. Hoje, em geral, somente nos encontramos para tomar um drinque na época do Natal.

Não sabia se Marty poderia me ajudar, mas achei que valeria a pena tentar. Ele teria tempo e recursos para descobrir informações sobre Norman Chaney. Era um risco que eu precisava correr. Charlie, quem quer que fosse, queria Norman Chaney morto. E eu também sabia que ele queria que outra pessoa fizesse isso por ele, o que significava que ele seria suspeito do assassinato.

Às nove horas, liguei para Marty.

– Olá, estranho – ele disse.

– Acordei você?

– Não... Acabei de sair do chuveiro. Passei uns vinte malditos minutos tentando fazer com que a velha saboneteira se encaixasse no novo apoio que comprei. Devo ter comprado uma marca nova e elas não se unem. Não é que tenham cores diferentes ou algo assim. São praticamente da mesma cor, mas uma não tem nada a ver com a outra. Tenho certeza de que é por isso que ligou, para saber mais sobre o meu *box*, certo?

– Não, mas achei a história incrível. Tem estado bastante ocupado, não é?

– Sim. Cindy está vindo para cá, e vai ficar por aqui nos feriados da primavera. Eu não me iludo, ela está interessada por algum rapaz da Universidade de Boston. Mas, mesmo assim, já é alguma coisa.

Cindy, filha de Marty, era a única da família com quem ainda mantinha um contato frequente.

– Essa é uma boa notícia, Marty. Mas, olhe, na verdade, queria lhe pedir um favor.

– Ah, é?

– Se não puder fazer, ou achar que não deve, apenas me diga. Não é grande coisa.

– Quer que eu mate alguém? – ele perguntou e riu.

– Não, mas quero informações sobre alguém que foi assassinado. Você pode fazer isso, como ex-policial?

– Que tipo de informação?

– Isso tem que ficar apenas entre nós – respondi. – Não poderá contar a ninguém.

– Sem problema. Você está com problemas?

– Não, não – respondi.

Durante a conversa ao telefone, comecei a perceber que precisaria de um motivo para justificar meu pedido. Decidi apresentar uma versão distorcida da verdade.

– O FBI entrou em contato comigo sobre um antigo caso de homicídio. Um homem de New Hampshire que foi assassinado há cerca de quatro anos. Norman Chaney. C-H-A-N-E-Y. Eles não me contaram tudo, mas, aparentemente, tinha muitos livros da minha livraria, e acham que pode existir uma ligação.

– Que tipo de ligação?

– Não me disseram exatamente. Estou... estou chocado com tudo isso e queria saber se poderia investigar isso para mim, descobrir algo sobre esse cara. Sinto que talvez não estejam me contando a história toda, que pode ter a ver com Claire, ou alguma coisa desse tipo.

– Posso fazer algumas ligações, claro – disse Marty, parecendo um pouco confuso. – Provavelmente, não é nada demais, Mal. De tempos em tempos, alguém recebe um caso arquivado, e encontra um caminho que não foi totalmente investigado, como o local onde ele comprou os seus livros, e resolve checar. É uma busca às cegas. Você disse que foi o FBI que procurou você?

– É. Estranho, não é?

– Não se preocupe com isso. Vou fazer algumas ligações. Tenho certeza de que não é nada.

– Muito obrigado, Marty.

– E de resto? Como vai a vida?

– Nada demais. Comprando e vendendo livros.

– Vamos tomar uma cerveja em breve. Ligo para você quando conseguir alguma informação sobre esse Donald Chaney, e aí poderemos nos encontrar.

– Norman Chaney.

– Certo, certo. Norman Chaney.

– É, sim, vamos fazer isso – respondi. – Vamos beber alguma coisa.

Desliguei o telefone, só então percebendo que estava com os ombros tensos e o queixo dolorido. Norman Chaney era um nome que eu tentava esquecer havia anos. Apenas pronunciá-lo em voz alta me afetava fisicamente. Perguntei-me, mais uma vez, se fora um erro ter envolvido Marty nisso, mas precisava descobrir quem queria Chaney morto. Estava massageando os ombros para relaxá-los, quando Emily entrou, desenrolando uma longa echarpe do pescoço. Já era hora de abrir; acendi todas as luzes da livraria e virei a placa na entrada que dizia "Aberto".

Havia, nos fundos, uma pilha de livros recém-chegados, que precisavam ser cadastrados, e, depois que Emily tirou toda a sua roupa mais pesada, começamos a trabalhar, praticamente em silêncio. Quando falamos, percebi que ela estava um pouco rouca, como se estivesse resfriada, ou como se tivesse falado muito na noite anterior. Lembrei-me de que ela ia sair. Ainda assim, era difícil imaginar Emily falando demais com alguém e, ainda mais difícil, sair com alguém.

– O que tem feito de bom, ultimamente? – perguntei.

– O que quer dizer? – ela respondeu com outra pergunta.

– Nada. Estava curioso para saber se algo mudou em sua vida. Ainda mora em Cambridge? Está saindo com alguém?

– Ah! – respondeu, e fiquei esperando que acrescentasse mais alguma coisa.

– Tem visto bons filmes? – perguntei, para dar uma deixa, após um silêncio um pouco longo demais.

– Assisti a *Sob a Pele** – ela respondeu.

– Ah, sim. É aquele em que Scarlett Johansson faz o papel de alienígena?

– Exatamente.

– Gostou?

– É muito bom.

– Bom saber – respondi e resolvi não perguntar mais nada a ela.

Eu não tenho filhos, então, nunca saberei como é ter um adolescente que subitamente emudece, mas, às vezes, tinha a sensação de que meu relacionamento com Emily era assim.

Voltamos às estantes de livros, e me peguei pensando em minha conversa com Marty. Talvez tenha sido um erro pedir a ele para investigar Norman Chaney, mas eu acreditava que seria algo que eu precisava fazer. Chaney era meu vínculo com Charlie. Bem, acho que Elaine Johnson também era, mas ele deve tê-la escolhido por saber que eu a conhecia. E se eu partisse do princípio de que os outros homicídios

---

* No original, *Under the Skin*, filme americano de ficção científica, de 2013, protagonizado por Scarlett Johansson, baseado no romance homônimo, lançado em 2000, de Michel Faber (1960-). (N. da T.)

foram mais ou menos aleatórios, o assassinato que me levaria à sua identidade seria o de Norman Chaney. Ele queria ver Chaney morto, e, se eu descobrir o motivo, encontraria Charlie.

Em torno do meio-dia, meu celular vibrou. Era uma mensagem de Gwen dizendo estar a caminho. Disse a Emily que eu iria sair mais cedo, mas que Brandon fecharia a livraria e que, provavelmente, ela abriria a loja na manhã seguinte. Brandon e Emily tinham cópias das chaves para entrar na Old Devils. Se ela ficou curiosa para saber aonde eu estava indo, não demonstrou.

Por volta das treze horas, fiquei de olho na frente da livraria, que dava para a rua Bury. Minha mochila estava pronta, com roupas extras e artigos de higiene para um possível pernoite. Apesar de estar ansioso com a situação, e com o que Gwen poderia descobrir, queria fazer a viagem. Sentia-me confinado em Boston durante aquele inverno. Queria pegar estrada, ver paisagens nevadas, visitar algum lugar onde nunca estive antes.

Às treze e trinta, olhei para fora e vi Gwen estacionando um Chevy Equinox bege na frente de um hidrante. Despedi-me de Emily e saí assim que o celular começou a tocar. Vi na tela ser o número de Gwen, ignorei a ligação, atravessei a rua até chegar ao lado da porta do passageiro e bati no vidro. Ela olhou para mim, desligou o celular, e entrei no carro. Cheirava a novo e me perguntei se aquele seria um veículo do FBI. Apertei o cinto e coloquei a mochila no chão, entre os pés.

– Oi! – ela disse. – Reservei dois quartos em Rockland, caso precisemos. Trouxe tudo de que precisa?

– Sim – respondi.

Ela continuou descendo a rua Bury, em direção à rua Storrow. Ficamos em silêncio e decidi que não falaria primeiro, sem saber se ela estava tentando se localizar para sair de Boston. Assim que chegamos à Estrada 93 Norte, no entanto, ela me agradeceu por eu ter vindo.

– Será bom poder sair da cidade – respondi.

Virei-me e olhei para ela pela primeira vez desde que entrara no carro. Ela tirara o casaco para dirigir e estava com um suéter de tricô e calça *jeans* escura. As mãos estavam posicionadas corretamente ao volante (na posição correspondente a dez para as duas no relógio), e ela olhava para a estrada apertando os olhos, como se estivesse precisando de óculos. Estava tão concentrada, que pude estudar um pouco o seu rosto. Era mais fácil vê-la de perfil, o nariz ligeiramente arrebitado, a testa dominante e a pele lisa e pálida, salpicada aqui e ali com partes avermelhadas. Sempre que vejo alguém, imagino-o muito jovem ou muito velho. Com Gwen, vi uma criança de cinco anos, de olhos arregalados, mordendo o lábio inferior, enfiada por trás da perna do pai ou da mãe. Depois, imaginei-a idosa, de cabelos grisalhos, presos num coque, a pele enrugada, mas ainda bonita, com seus olhos grandes e inteligentes. Também havia algo familiar nela, em seu rosto pálido e oval, mas eu não conseguia identificar o quê.

– Vamos encontrar a investigadora Cifelli na casa de Elaine Johnson, às dezoito horas. Já almoçou?

Respondi que tomara o café da manhã tarde, e acabamos parando perto de uma área de restaurantes em Kennebunk, Maine. Havia um Burger King e um Popeye's. Cada um de nós pegou um hambúrguer e um café, e comemos rapidamente, sentados a uma mesa próxima à janela. Havia tanta luz lá fora, com o céu sem nuvens e o chão coberto por uma neve recém-caída, que tivemos que semicerrar os olhos enquanto comíamos.

Ela terminou o hambúrguer, abriu a aba na tampa do copo de café e disse:

— Alguém foi preso pelo assassinato de Daniel Gonzalez, ontem à noite.

— Ah! — exclamei. — O cara que foi assassinado enquanto passeava com o cachorro?

— É. Acontece que ele também vendia *ecstasy* para os alunos da faculdade onde lecionava, e foi morto por um traficante rival. Acho que esse está fora.

— Por enquanto — eu disse.

— Certo. Temos vários crimes definitivos. O assassinato de *Os Crimes A.B.C* é definitivo, o de *Pacto Sinistro* é definitivo. E tenho quase certeza absoluta do que vamos encontrar na casa de Elaine Johnson, em Rockland.

— Quase certeza absoluta de que vamos encontrar o quê? — perguntei.

— Alguma coisa. Ele deixou alguma coisa ali. Charlie é teatral. Como se não bastasse para ele matar três pessoas ligadas pelos nomes, ele precisava enviar as penas.

— Que penas? — perguntei.

— Ah, esqueci de lhe contar. Chegaram às delegacias de polícia depois que Robin Callahan, Ethan Byrd e Jay Bradshaw foram assassinados. A polícia recebeu um envelope com uma pena de pássaro. Eu não deveria ter lhe contado, já que isso não foi revelado à imprensa, mas acho que agora eu posso confiar em você.

— Creio que isso seja um bom sinal — concluí.

— E agora sabe o que quero dizer com "teatral". É por isso que acredito que iremos encontrar alguma coisa nessa cena de crime. Por esse motivo, e porque você a conhecia. Porque quem está seguindo sua lista conhece você. Não estou dizendo que você o conhece... Quer dizer, pode ser que conheça. Mas ele conhece você. Charlie conhece você. E acho que vamos encontrar alguma coisa por lá... alguma coisa que ligue o crime à lista. Algo sólido. Estou com uma boa intuição. Você ainda está comendo?

Percebi que estava segurando a metade do hambúrguer sem mordê-lo havia dois minutos.

– Ah, me desculpe – disse e dei uma dentada maior, embora não estivesse mais com fome.

Sabia que tudo o que Gwen havia dito estava certo, mas ainda era assustador ouvir alguém dizer isso, além dos meus próprios pensamentos.

– Pode levar com você, se quiser, mas precisamos retomar a estrada. Faltam, pelo menos, duas horas até chegar a Rockland.

Capítulo 15

O interior da casa de Elaine Johnson era praticamente como eu o imaginara, bagunçado e empoeirado, com livros espalhados por toda parte. A casa era um tipo de chalé, pintado de cinza desbotado do lado de fora. Ficava em uma rua a cerca de um quilômetro da Estrada 1, entre pinheiros, e quase inacessível, devido à última nevasca. Gwen estacionou o Equinox na rua esburacada, atrás do carro de polícia que estava à nossa espera, com sua ocupante, a investigadora Laura Cifelli, uma senhora de meia-idade de rosto redondo e bonito, praticamente oculto debaixo do gorro forrado de pele de um casaco enorme. Estava entardecendo, havia um sol pálido no horizonte, e nossa respiração esfumava o ar frio abaixo de zero. Cumprimentamo-nos rapidamente, depois seguimos pela neve até a porta de entrada, onde ficamos por uns cinco minutos, enquanto a investigadora Cifelli procurava a chave nos bolsos. Havia um carro estacionado, um daqueles velhos Lincolns quadrados, grande demais para a garagem anexa. Ela nos relatou, depois de entrarmos na casa, que, até onde ela sabia, a residência não havia sido reclamada até aquele momento, pois Elaine Johnson morrera sem testamento e sem parentes próximos.

– Tem luz? – Gwen perguntou.

A investigadora Cifelli respondeu à pergunta ligando o interruptor mais próximo, acendendo uma luz branca no teto da cozinha.

– Os serviços ainda não foram desligados – explicou. – E acredito que estejam mantendo a calefação no mínimo para a água não congelar nos canos.

Dei uma geral na cozinha, surpreso ao ver um pote de pasta de amendoim aberto sobre a mesa no centro da cozinha, com uma faca espetada dentro dele. Eu não gostava de Elaine Johnson, mas isso não quer dizer que estivesse feliz com sua morte solitária.

– Um policial fez um relatório sobre a cena do crime? – perguntou Gwen.

– Não. Apenas o legista. Ele indicou morte natural. Ataque cardíaco. Desde que o corpo foi retirado daqui, que eu saiba, ninguém retornou a este local.

– Você esteve aqui?

– Sim. Fui eu que recebi o chamado. O corpo estava no quarto, entre o *closet* e a cama. Posso lhe mostrar, se quiser. O corpo ficou ali por uma semana. Soube que havia alguém morto assim que entrei na cozinha.

– Nossa! – disse Gwen. – Quem avisou?

– A vizinha defronte nos alertou que a correspondência estava se acumulando. As caixas postais são juntas. Quando vim checar, a porta da frente estava destrancada, então, entrei. Soube na hora que havia algo errado.

– A vizinha disse mais alguma coisa? Qualquer atividade suspeita na vizinhança?

– Não que eu saiba. Não consideramos essa morte suspeita, então nunca a interrogamos. Você pode falar com ela, se quiser. Talvez, amanhã? Vocês passarão a noite aqui?

– Sim, passaremos – Gwen respondeu. – Posso também querer falar com o legista. Depende do que encontrarmos na casa.

Eu acompanhava a conversa entre elas, mas também comecei a observar a cozinha. Havia duas estantes na parede do fundo, para suprimentos ou alimentos, mas Elaine as usava para colocar livros de capa dura. Vi as lombadas de muitos romances de Elizabeth George e Anne Perry, duas de suas autoras favoritas, mas também havia alguns que eu classificaria como suspense romântico, algo que Elaine Johnson dizia desprezar.

– Tudo bem. Posso ficar aqui com vocês, para ajudá-los a ver tudo. Se preferirem, também posso deixar a chave com vocês para ficarem mais à vontade, contanto que nos devolvam até amanhã de manhã – disse a investigadora Cifelli.

– Não precisa ficar – disse Gwen. – Já ajudou bastante.

– Ótimo. Vou deixá-los, então, e poderão passar na delegacia à hora que quiserem de manhã.

– Está perfeito.

Despedimo-nos dela e a observamos andando pela neve.

Gwen virou-se para mim.

– Está pronto? – perguntou.

– Sim. Temos um plano de ação, ou só vamos dar uma olhada?

– Achei que poderia se concentrar nos livros, e eu olho o restante.

– Certo – respondi.

Entramos no que parecia ser uma sala de jantar, e Gwen achou um interruptor que acendeu um lustre tremeluzente. Estava tudo repleto de livros, a maioria empilhada ao acaso no chão, ou em cima da mesa retangular da sala de jantar.

— Talvez eu precise de uma ajuda com os livros — eu disse.

— Não precisa analisá-los, mas veja se encontra algo anormal. Vou subir para dar uma olhada no quarto de dormir.

Permaneci na sala de jantar. Era difícil olhar a coleção de romances de mistério de Elaine Johnson sem pensar no quanto eles valiam. Havia muitos livros sem valor — pilhas de livros comuns em péssimas condições —, mas, rapidamente, identifiquei uma primeira edição de *Postmortem*,* de Patricia Cornwell e uma de *O Eco Negro*,** de Michael Connelly. Eu me perguntei o que iria acontecer com aqueles livros, então me lembrei de que não estava ali a trabalho.

— Malcolm! — Gwen me chamou pela escada do segundo andar.

— Oi! — gritei de volta.

— Pode dar um pulo aqui em cima?

Subi as escadas, também lotada de livros nas laterais em todos os degraus, e encontrei Gwen no quarto, olhando para um par de algemas penduradas num prego. Apontei para elas.

— Não toque em nada — Gwen disse rápido. — Acho que teremos que colher as digitais.

— Há um par de algemas na parede em *Armadilha Mortal*. Representa um papel crucial na peça.

— Eu sei — ela respondeu. — Assisti ao filme de novo ontem à noite. E olhe no chão.

---

* *Post-mortem* é o primeiro livro da escritora americana Patricia Cornwell (1956-), lançado em 1990, protagonizado pela médica-legista Kay Scarpetta. O livro já recebeu os prêmios Edgar, Creasey, Anthony, Macavity e o Prix du Roman d'aventure. (N. da T.)

** No original, *The Black Echo* (1992), romance de estreia do escritor policial americano Michael Connelly (1956-). É o primeiro livro da série Harry Bosch. Recebeu, nesse mesmo ano, o Prêmio Edgar de Melhor Romance de Estreia. (N. da T.)

Havia uma imagem emoldurada – a foto de um farol – encostada na parede.

– Acha que Charlie trouxe as algemas, tirou o quadro da parede e pendurou-as ali, só para termos certeza de ser uma referência à *Armadilha Mortal*?

– Sim – respondeu Gwen, virando-se para o *closet*. – Ele se escondeu neste armário, talvez com uma máscara, e saltou sobre ela, matando-a de susto.

– Que estranho! – respondi. – Foi a primeira vez que ele fez algo para indicar especificamente a lista.

– Também foi a primeira vez que matou alguém que você conhecia. Ficamos parados, olhando para o *closet*.

– Já vi o suficiente. Quero mandar fotografar as algemas e colher as digitais.

– Ele provavelmente usou luvas.

– Não teremos certeza até checar, mas sim, provavelmente, usou luvas.

Olhei em volta do resto da sala, enquanto Gwen pegava o celular e lia uma mensagem que acabara de receber. Havia uma velha cama com dossel, mal-arrumada, com uma colcha de chenile cor-de-rosa. O assoalho de madeira estava coberto de tapetes desbotados. O tapete junto à cama estava cheio de pelos.

– Ela tinha um animal de estimação? – perguntei.

– Não me lembro de ter visto isso no relatório – respondeu Gwen.

Tentei me lembrar de quando Elaine Johnson entrava na Old Devils, e não me lembrava de ela ter prestado atenção em Nero. Meu palpite é de que a irmã tivesse um cachorro ou gato, e Elaine nunca limpou o tapete. Na verdade, não havia nada limpo na casa. Fui olhar uma foto emoldurada na parede acima da cômoda. A moldura era branca e a borda superior brilhava de tanta poeira. A foto do porta-retratos era de uma família de férias, o pai com camisa polo, a mãe com vestido xadrez curto e óculos de aro de tartaruga. Havia quatro filhos, dois meninos mais velhos e duas meninas mais jovens. Estavam diante de uma árvore enorme, talvez uma sequoia, em algum lugar da Califórnia. Inclinei-me para tentar descobrir qual das pré-adolescentes seria Elaine, mas a foto estava um pouco borrada e desbotada pelo tempo. Presumi, no entanto, que Elaine fosse a mais nova, de óculos, segurando uma boneca. Era a única que não estava sorrindo.

– Pronto? – perguntou Gwen.

– Sim.

Quando chegamos ao pé da escada, olhei para a sala de visitas, repleta de estantes de livros.

– Posso dar uma olhada naqueles livros ali, rapidinho? – perguntei.

Gwen deu de ombros e concordou.

Estava claro que a irmã de Elaine também fosse leitora, e a maioria dos livros que enchia as estantes da sala era dela. Havia muita não ficção e ficção histórica. Uma prateleira inteira dedicada a James Michener. Mas também havia uma estante alta espremida em um canto que parecia pertencer a Elaine. Uma das prateleiras estava lotada com uma coleção empoeirada de pesos de papel de vidro vintage. O resto estava cheio de mais romances de mistério, organizados por autor. Fiquei surpreso ao ver as obras completas de Thomas Harris, um escritor que Elaine me disse, certa vez, ser um "pervertido superestimado". Também me surpreendi ao ver um exemplar de *A Afogadora*, até ver que ele estava entre um volume de *Pacto Sinistro* e outro de *Armadilha Mortal*. Senti um leve arrepio. Todos os livros estavam lá – todos os oito da minha lista – em ordem. Chamei Gwen. Ela arregalou os olhos e tirou uma foto com o celular.

– Você acha que ele comprou os livros, ou já estavam aqui? – ela perguntou.

— Creio que ele os comprou. Elaine podia ter todos esses livros, mas duvido disso.

— Acha que descobriremos alguma coisa nesses volumes? — ela perguntou.

— Talvez — respondi. — Ele os comprou em algum lugar. Talvez na minha loja, ou em outro lugar. Em geral, quando se compra um livro usado, há um preço escrito a lápis na primeira página e, por vezes, uma etiqueta com o nome da livraria.

— Não quero que toque nos livros, mas consegue ver alguma coisa apenas pelas lombadas?

Analisei os oito livros da minha lista, ali juntos, como se fossem corréus. A única lombada que se destacou foi a de *Malícia Premeditada*. Reconheci a edição inglesa em brochura lançada durante a minissérie da televisão, há uns dez anos. Era um exemplar que certamente saíra da minha livraria, porque me lembrava de quanto não tinha gostado daquela edição. Em geral, odeio todos os livros que tenham capas com ilustrações das séries. Disse a Gwen que reconhecia um dos livros que saíra da minha livraria.

— Bom, ótimo — ela disse.

Pude perceber a animação em sua voz.

— Depois de colher as impressões digitais, mandarei fotografar e poderemos examiná-los juntos. Vamos fazer o *check-in* no hotel.

ELA RESERVOU DOIS quartos para nós no Hampton Inn & Suites, cerca de um quilômetro e meio do centro de Rockland. Ficava em frente a um McDonald's, e temi que terminássemos jantando ali, mas ela mencionou um lugar de que gostava na rua Main.

— Fiz uma reserva para duas pessoas, mas... se preferir ir a outro lugar...

— Não — respondi. — Irei com você, com prazer.

Assinamos o livro de registros e nos reencontramos no saguão uma hora depois. Pegamos o carro e fomos ao centro da cidade. Era uma época de baixa estação, por isso me surpreendi ao ver vários restaurantes abertos. Estacionamos diante de um sobrado, próximo à entrada do Town Tavern, que se anunciava como "A casa da cerveja e da ostra". Era sábado à noite, e o lugar estava vazio, como esperado, embora dois casais estivessem sentados no bar. A mocinha da recepção, uma jovem com um moletom da Bruins, nos conduziu a uma mesa lateral.

– Aqui está bom? – perguntou Gwen.

– Sim. Você disse que já esteve aqui antes?

– Meus avós têm uma casa no Lago Megunticook, nas redondezas. Vou até a costa todo verão pelo menos durante duas semanas. Para dizer a verdade, meu avô adora esse lugar, porque eles assam as ostras do jeito que ele gosta.

A garçonete se aproximou. Pedi uma cerveja Gritty McDuff's amarga ao estilo inglês e um sanduíche de lagosta num pão de cachorro-quente. Gwen pediu uma cerveja Harpoon e um sanduíche de hadoque com maionese.

– Não vai pedir as ostras assadas? – perguntei.

Ela se virou para a garçonete e pediu:

– Pode trazer seis ostras de entrada?

Depois que a garçonete se afastou, Gwen disse:

– Pelo vovô. Vou contar a ele.

– Onde eles ficam o resto do ano? – perguntei.

– No norte do estado de Nova York, embora digam que queiram se mudar para cá em definitivo. Mas precisariam comprar uma casa nova. A casa do lago não tem aquecimento central. Já esteve desse lado do Maine antes?

– Estive em Camden. Uma vez. É perto daqui, não é?

– É a próxima cidade, sim. Quando foi isso?

– Não me lembro exatamente. Há uns dez anos. Apenas para passar férias.

Evidente que viera com Claire antes, quando costumávamos viajar de carro por toda a Nova Inglaterra. Trouxeram nossas cervejas, com uma cestinha de pão.

Tomamos um gole e Gwen perguntou:

– Posso fazer algumas perguntas sobre sua mulher? Você se importa?

– Não, não me importo – respondi.

Tentei disfarçar qualquer reação, mas não tive coragem de olhar para ela.

– Quando ela morreu?

– Há cinco anos, embora pareça menos tempo.

– Tenho certeza de que sim – respondeu Gwen, limpando a espuma de cerveja do lábio superior com o indicador. – Deve ter sido terrível ela ter morrido tão jovem, da forma como morreu.

– Você já apurou esses dados.

– Sim, alguns. Quando cheguei ao seu nome, ao encontrar sua lista, pesquisei sobre você.

– Viu que me interrogaram durante a investigação do homicídio de Eric Atwell?

– Sim, eu vi.

– Eu o teria matado, se tivesse tido a oportunidade. Mas não fui eu.

– Eu sei disso.

– Tudo bem se acha que não. Sei que está fazendo seu trabalho, e que está se perguntando qual a minha ligação com todos esses homicídios. A verdade é que não tenho ligação alguma, ou, pelo menos, não que eu saiba. Depois que minha mulher morreu, disse para mim mesmo que iria continuar vivendo sozinho, trabalhando, lendo livros. Quero uma vida tranquila.

– Acredito em você – ela respondeu.

Ela me olhou com uma expressão comovida que não consegui identificar. Parecia afeição. Ou, talvez, fosse pena.

– Tem certeza?

– Sim, a cena do crime da morte de Elaine Johnson muda as coisas de figura. É diferente das outras. Aponta diretamente para você, diretamente para a lista.

– Sei que sim. Isso me incomoda um bocado.

– Fale-me mais sobre Brian Murray. Ele conhecia Elaine Johnson?

– Sim – respondi. – Bem, não sei se chegou a falar com ela, mas ele a conhecia, porque Brian vem a todas as leituras, assim como Elaine também vinha. Ele costumava vir.

– Como vocês acabaram comprando a livraria juntos?

– Nós éramos amigos, não muito próximos, mas ele ficava muito na livraria e, por vezes, saíamos para beber juntos. Quando o dono anterior decidiu vendê-la, devo ter dito a Brian que eu a compraria se tivesse o dinheiro. Creio que ele se ofereceu imediatamente para pagar. Fez o advogado redigir um contrato em que ele entraria com a maior parte do capital e eu administraria a empresa. Foi um arranjo perfeito. Ainda é. Ele não tem nada a ver com esses assassinatos.

– Como sabe disso?

Tomei um gole da minha cerveja.

– Ele é um alcoólatra controlado, porém, não muito. Ele escreve um livro por ano durante mais ou menos dois meses, e passa o resto do ano bebendo. Está com 60 anos, mas parece que tem 70, e, toda vez que saímos juntos, ele me conta exatamente as mesmas histórias. Ele não se encaixa nisso. Mesmo que ele tivesse, por algum motivo, intenções assassinas, não teria como executá-las. Ele nem sabe dirigir. Pega um táxi para ir a qualquer lugar.

– Está bem.

– Acredita em mim?

– Vou pesquisar sobre ele, mas, sim, acredito em você. Costumava ler os livros dele quando era adolescente. Ellis Fitzgerald foi uma das razões por que quis entrar para a polícia.

– Os primeiros livros dele eram bons.

– Eu adorava. Lembro-me de que conseguia ler um livro inteiro em um dia.

Trouxeram as ostras, e o restante da comida veio logo em seguida. Não falamos mais sobre a cena do crime, Brian Murray ou qualquer assunto que fosse de ordem pessoal. Jantamos, e Gwen repassou o seu plano para o dia seguinte. Ela iria à agência local do FBI e pediria que um policial da homicídios começasse uma investigação na casa de Elaine Johnson. Também queria falar com os vizinhos, que pudessem ter visto alguém desconhecido, ou, pelo menos, um carro estranho, quando Elaine morreu.

– Posso comprar uma passagem de ônibus para você voltar a Boston – ela disse. – Senão, pode voltar comigo, mas devemos ficar por aqui até o final da tarde.

– Vou esperar – respondi –, a menos que imagine que passará mais uma noite aqui. Eu trouxe um livro.

– Outro livro da lista? – ela perguntou.

– Sim. Trouxe *Malícia Premeditada*.

Após o jantar, voltamos em silêncio para o hotel, e ficamos parados sob a luz forte do saguão de entrada vazio.

– Obrigada por ter vindo comigo nesta viagem – ela disse. – Sei que deve ter sido um inconveniente.

– Na realidade, está sendo até bom – eu disse. – Poder sair um pouco da cidade...

– Visitar uma cena de crime...

– Sim – concordei.

Depois disso, não tínhamos mais o que falar. Por um instante, me perguntei se Gwen estaria interessada em mim. Eu tinha apenas dez anos a mais do que ela, e sabia que não era de se jogar fora. Estava com os cabelos totalmente grisalhos, mais para o prateado, mas ainda estava em forma, era magro, com um perfil bonito. Tenho olhos azuis. Dei um passo para trás. Senti aquela parede de vidro cintilante se erguer entre nós, aquela que me impede de ficar perto de qualquer pessoa, menos dos fantasmas. Ela também deve ter sentido isso, pois me desejou boa-noite.

Voltei para o meu quarto no hotel e comecei a ler.

Capítulo 16

O que me impressionou sobre *Malícia Premeditada*, quando o li pela primeira vez, logo depois de sair da faculdade, foi a frieza da determinação do assassino.

Descobrimos, logo na primeira página do romance, que Edmund Bickleigh decide matar a esposa dominadora e vingativa. Ele é médico, com acesso a diversos remédios. Ao longo da primeira metade do livro, ele faz com que a esposa se vicie, aos poucos, em morfina. Consegue isso pingando em seu chá uma substância que provoca dores de cabeça lancinantes, e curando-a, depois, com um opiáceo. Então, ele deixa de lhe dar morfina, a ponto de ela falsificar a assinatura dele no receituário para obter o remédio. Os moradores da cidadezinha entendem que ela se tornou uma viciada. O resto é fácil: uma noite, ele lhe injeta uma overdose. E jamais poderia ser acusado de homicídio.

Li a maior parte do livro naquela noite, terminando-o na manhã seguinte. Achei difícil me concentrar, mas houve momentos na leitura – o que é bastante curioso – em que me senti tomado pela história. Como sempre, lembrei-me da última vez que li o livro, da idade que eu tinha, como reagi de modo diferente ao ler esse mesmo texto. Quando comecei a trabalhar na Livraria Redline, na Praça Harvard, depois de ter terminado a faculdade, Sharon Adams, a esposa do dono, passou-me uma lista de seus livros favoritos, todos de mistério, exceto um. Já perdi essa lista há muito tempo, mas eu a sei de cor. Além de *Malícia Premeditada*, ela incluiu *Noite Esplendorosa* e *Os Nove Alfaiates*,* de Dorothy L. Sayers, *A Filha do Tempo*,** de Josephine Tey, *Rebecca: A Mulher Inesquecível*, de Daphne du Maurier,*** os dois primeiros livros de Sue Grafton,**** *A Iniciação*,***** de Faye Kellerman, e *O Nome da Rosa*, de Umberto Eco, embora tenha me dito que nunca conseguiu terminar de ler este último ("Eu gosto demais do começo do livro"). Seu outro

---

* No original, *Gaudy Night* (1935) e *The Nine Tailors* (1934), de Dorothy L. Sayers (1893-1957), escritora policial e poetisa inglesa, mais conhecida por seus mistérios, ambientados no entreguerras. (N. da T.)

** No original, *The Daughter of Time* (1951) é um romance policial de Josephine Tey, pseudônimo de Elizabeth MacKintosh (1896-1952), que investigava o papel de Ricardo III da Inglaterra na morte dos Príncipes na Torre, eleito o maior romance policial de todos os tempos pela Associação de Escritores Criminais, último livro de Tey, publicado pouco antes de sua morte. (N. da T.)

*** Daphne du Maurier (1907-1989), nobre inglesa, foi acusada de plagiar o romance *A Sucessora*, de Carolina Nabuco, para escrever *Rebecca* (1938), com diálogos e cena iguais. (N. da T.)

**** *Keziah Dane* (1967) e *The Lolly Madonna War* (1969), de Sue Grafton (1940-2017). (N. da T.)

***** No original, *The Ritual Bath* (1986), de Faye Kellerman (1952-), vencedor do prêmio Macavity de 1987 de Melhor Romance de Estreia. (N. da T.)

romance favorito era *A Casa Soturna*,* de Charles Dickens: acho que também se pode dizer que contenha elementos de mistério.

Lembro-me de ter ficado tão tocado pelo fato de ela ter feito essa lista para mim, que, em duas semanas, li todos eles, e até reli os que já tinha lido. E ao ler *Malícia Premeditada* naquela época, fiquei impressionado com sua visão sombria da humanidade. Basicamente, é uma sátira dilacerando a ideia do que um romance deve ser. Lendo o livro no Hampton Inn, em Rockland, dessa vez, parecia mais uma história de terror. Bickleigh, obcecado por uma vida que ele não tinha, mata a esposa de forma brutal, e isso destrói sua vida. Ele ficará para sempre contaminado pelo ato de matar.

Pouco antes do meio-dia, Gwen me mandou uma mensagem para dizer que estaria pronta para sair do Maine no máximo até as dezesseis horas. Escrevi de volta dizendo-lhe para que não se preocupasse, e ficasse o tempo que precisasse. Resolvi fazer um passeio pela cidade. O sol havia aparecido, a temperatura estava mais alta do que nos últimos dias e, na noite anterior, eu havia memorizado o caminho para chegar até a cidade.

Fiz o *checkout* do hotel, perguntei na recepção se poderiam guardar minha mochila durante o dia, e fui caminhando até o centro de Rockland. Entrei em um pequeno sebo, onde comprei *O Falcão na Chuva*,** de Ted Hughes. Fui para o mesmo restaurante onde Gwen e eu jantamos na véspera, e sentei-me no bar. Pedi uma cerveja e um ensopado de mariscos com um pãozinho branco e macio. Li os poemas e tentei afastar do pensamento as minhas inquietações dos últimos dias.

---

* No original, *Bleak House* (1853), de Charles Dickens (1812-1870), um de seus romances mais sombrios e solidamente construídos. (N. da T.)

** No original, *The Hawk in the Rain* (1957), primeiro livro com 40 poemas do poeta britânico Ted Hughes (1930-1998), dedicado à primeira esposa, Sylvia Plath (1932-1963), teve aclamação imediata na Inglaterra e nos EUA, onde recebeu o Prêmio Galbraith. (N. da T.)

Eu não estava apenas preocupado com a possibilidade de Gwen direcionar sua atenção para o meu papel nas mortes de Eric Atwell e Norman Chaney, mas a investigação também havia mexido com as lembranças de Claire, e do ano seguinte à sua morte, que acreditei que já estivessem bem enterradas. Depois de terminar a sopa, pedi outra cerveja. A televisão exibia, sem som, um antigo episódio de *Cheers*, um dos primeiros da série, com Coach e Diane.

O celular vibrou no bolso e presumi que fosse Gwen me ligando para dizer que estaria pronta para ir embora, porém era Marty Kingship.

– Ei! – eu disse.

– Tem um minuto?

– Sim – respondi.

Pensei em sair do restaurante, mas estava sozinho no bar, e o *barman* estava abrindo as caixas de vinho, bem afastado de mim.

– Investiguei o tal Chaney para você. Ele era uma figura, vou te contar.

– O que quer dizer?

– Quero dizer, se quer saber quem queria ver esse cara morto, é mais fácil fazer uma lista de quem não queria. É quase certo de que ele tenha matado a própria esposa.

– O que quer dizer com "quase certo"?

– Houve um incêndio na casa, do qual *ele* conseguiu escapar, mas *ela* não. O cunhado de Chaney, e irmão da esposa, entrou com uma queixa-crime, dizendo que tem certeza de que Chaney provocou o incêndio e trancou a esposa no quarto. Disse aos investigadores, na época, que Margaret, sua irmã e esposa de Chaney, pretendia deixar Norman, e que ele sabia disso. Norman traiu a esposa com várias mulheres, e havia provas disso, por isso ela receberia, no mínimo, a metade do dinheiro na separação, senão mais.

– Eles eram ricos?

– Com certeza, os dois tinham reservas. Ele era dono de dois postos de gasolina, mas também foi processado por lavagem de dinheiro, porém isso não deu em nada.

– Para quem ele estava lavando dinheiro?

– Ah, para alguns traficantes locais. Ele deve, em algum momento, ter caído fora, porque um dos postos foi assaltado e um funcionário acabou baleado. Só que ninguém achou que fosse um assalto comum. É possível ter sido motivado por vingança. Isso aconteceu cerca de seis meses antes da morte da mulher. Como eu disse, havia muita gente querendo se livrar de Norman Chaney. Esse cara não prestava.

– O que aconteceu com ele depois do incêndio?

– Ele vendeu os postos de gasolina e comprou uma casinha em um lugarejo em New Hampshire. Próximo às estações de esqui. Mas alguém o encontrou lá e o matou. Talvez tenha sido o cunhado.

– Por que diz isso?

– Não sou eu quem diz isso, mas o policial com quem conversei. Ele apanhou até morrer dentro de casa, porém revidou. É provável que não tenha nada a ver com drogas. Se fosse um traficante, teria simplesmente ido até lá e dado um tiro nele. Foi um amador, o que significa que pode ter sido o cunhado.

– Mas ele não foi preso?

– Acho que tinha um álibi.

– Qual o nome dele?

– Nicholas Pruitt. É professor de inglês, na Universidade de New Essex. Pois é, eu sei, ele não se parece em nada com um assassino.

– Depende do tipo de livro que gosta de ler.

Marty riu.

– Exatamente. Sem dúvida, um assassino de um romance do Inspetor Morse. Na vida real, nem tanto.

– Obrigado por ter obtido essas informações para mim, Marty – arrematei.

– Está de brincadeira? Me diverti muito fazendo esse levantamento. E esse é apenas o começo. Vou continuar investigando.

– Vai? Será ótimo – disse.

Marty pigarreou, e depois disse:

– Não quero me meter onde não sou chamado, mas você não está com nenhum problema, está?

– Não, como já lhe disse, o FBI me fez perguntas sobre esse cara de quem nunca tinha ouvido falar. Me disseram que tinha uma coleção de livros de mistério usados, vários com marcadores da Old Devils.

– E você acreditou neles?

Baixei a voz para parecer calmo.

– Não sei, Marty. Não mesmo. Antes de morrer, Claire tinha voltado a consumir drogas... Você sabe tudo sobre isso. Talvez ela conhecesse Norman Chaney e achassem que fui atrás dele, por ter fornecido drogas a ela, ou algo do gênero. É o que eu acho. Não deveria ter pedido nada disso a você...

– Não, não, não – disse Marty. – Fodam-se eles. Sei que não tem nada a ver com isso, mas eu tinha que lhe perguntar.

– Sinceramente, eu não precisava ter me preocupado com isso, mas comecei a achar que tinha a ver com Claire, e não consegui pôr o assunto de lado.

– Vou continuar investigando esse cara, mas não apareceu nada que tivesse a ver com Claire. Nem vai aparecer também, Mal. Tenho certeza.

– Obrigado, Marty – respondi. – O que conseguiu já está ótimo. Devo-lhe uma bebida.

– Vamos beber algo em breve. Vou xeretar mais um pouco para você e lhe faço um relatório. Que tal na quarta?

– Fechado – respondi.

Combinamos quarta-feira, às seis da tarde, no Jack Crow's.

Depois que desliguei o celular, o *barman* veio verificar se eu queria mais uma cerveja. Respondi que não, e pedi uma caneta e escrevi o nome de Nicholas Pruitt em um guardanapo. Eu estava me sentindo ansioso. Tive a sensação de que Nicholas Pruitt seria o nome certo. Se Norman Chaney matou a irmã de Pruitt, então ele teria um motivo. E era professor de inglês, o que significava que deveria conhecer o enredo de *Pacto Sinistro*. Senti como se finalmente o tivesse encontrado. Eu tinha encontrado Charlie.

Resolvi que, quando eu estivesse com Marty, lhe pediria que parasse de investigar Chaney. Ele era um detetive de polícia aposentado. Pedir-lhe para investigar um crime não solucionado seria como mostrar um bife de carne crua a um cachorro faminto. Eu tinha que fazer com que ele se esquecesse daquela investigação.

Ainda não eram duas da tarde, mas eu não queria mais continuar no bar. Saí e fui caminhar pela rua principal de Rockland, ladeada por edifícios de tijolinhos cheios de lojas de presentes fechadas e alguns restaurantes abertos. Apertei o cachecol em torno do pescoço e segui em direção ao porto, protegido por um píer de um quilômetro e meio de extensão avançando sobre o oceano. Fazia tanto frio que era possível ver pedras de gelo branco flutuando no mar. Mais distante, a água brilhava sob a luz do sol. Nesse momento, quando a brisa fria começou a atravessar as camadas da minha roupa, o celular vibrou novamente. Dessa vez, era uma mensagem de Gwen, dizendo que voltara ao hotel e estava pronta para sair. Disse-lhe que iria encontrá-la em meia hora, e comecei a fazer o caminho de volta.

No retorno a Boston, Gwen me contou sobre seu dia e suas conversas com o departamento de polícia, que não considerava a morte de Elaine Johnson uma prioridade. Ainda assim, conseguiu que uma equipe forense fosse designada para examinar a casa, especialmente as algemas e os oito livros na estante no térreo.

Perguntei-lhe se eu teria oportunidade de ver os livros, para tentar descobrir a sua procedência.

— Foram ensacados como prova, mas pedirei que as fotos sejam enviadas a você. Saberia dizer se foram comprados na Old Devils?

— Talvez, se puder vê-los. Todos os livros que vão para a estante recebem um preço que eu ou um dos meus funcionários colocamos, no canto superior direito na primeira página. Mas alguns não chegam às prateleiras; são vendidos diretamente pela internet e, a menos que eu me lembre de determinado título, não poderia reconhecê-lo.

— Mas, se Charlie entrou na sua livraria, e comprou os livros, ou alguns deles, então...

— Então, ele seria um cliente.

— Exato — respondeu Gwen.

Tínhamos acabado de cruzar o limite entre o Maine e New Hampshire, e já havia escurecido. O rosto de Gwen se iluminava cada vez que passava um veículo em direção contrária.

— Esqueci de lhe perguntar: houve alguma testemunha?

— Como assim? — ela perguntou.

— Encontrou alguma testemunha que tenha visto alguém, ou um carro em frente à casa de Elaine Johnson por volta da hora do homicídio?

— Ah, entendi. Não. Perguntei à vizinha que mora do outro lado da rua, que alertou sobre o fato de a correspondência de Elaine estar se acumulando, porém ela não viu nada. Ela é idosa, e duvido que consiga até mesmo enxergar uma pessoa na rua.

— Então, não teve sorte com isso — comentei.

— Isso não me surpreende. Se há outra conexão entre esses assassinatos, além da sua lista, é que não existem testemunhas. Nenhuma pista. Nenhum erro.

– Ele deve ter deixado alguma dica.

– A arma do crime foi abandonada no lugar onde Jay Bradshaw foi morto.

– Foi um dos Crimes A.B.C.?

– Sim, ele apanhou até morrer na garagem. Há alguns aspectos um tanto estranhos sobre esse assassinato. Para começar, o lugar estava uma bagunça; ele revidou, e havia muito sangue espirrado. A garagem estava cheia de ferramentas, e qualquer uma delas poderia servir como arma do crime, mas se descobriu que a arma usada, ao menos inicialmente, foi um taco de beisebol.

– Como sabem que o taco já não estava na garagem, e que o assassino o trouxe?

– Não temos certeza sobre isso, mas não havia nenhum outro equipamento esportivo na casa de Bradshaw. E, na garagem, só havia ferramentas de carpintaria. Ele era carpinteiro, embora estivesse trabalhado muito pouco desde que foi acusado de tentativa de estupro enquanto montava estantes de livros para uma mulher divorciada, há dez anos. Ele colocou uma placa na frente da casa anunciando: "Vendem-se ferramentas usadas" e, de acordo com seu único amigo, ele passava a maior parte do dia na garagem. Esse foi um alvo fácil. O taco de beisebol era a única prova que parecia não pertencer à garagem.

– Havia algo de especial nele?

– No quê? No taco?

– Sim, tinha alguma característica incomum? Era um taco dos anos 1950, ou algo assim? Autografado por Mickey Mantle?

– Não, era novo e de uma marca vendida em quase todas as lojas de artigos esportivos. Nunca havia sido usado antes. Além disso, não foi essa a arma que o matou. Bradshaw foi atingido pelo taco de beisebol, mas foi morto com uma marreta, com um golpe na cabeça. Desculpe ter que fazer essa descrição.

Quando Gwen estacionou diante da livraria, disse:

– Chegamos.

E acrescentou, rapidamente:

– Ah, talvez queira ir direto para casa. Eu nem perguntei.

– Está bem aqui – respondi. – Preciso dar uma passada rápida na livraria. Eu moro a poucos quarteirões daqui.

– Obrigada pela companhia. Assim que receber as fotos dos livros, posso enviá-las a você?

– Com certeza – respondi.

A livraria estaria aberta por mais quinze minutos, e vi Brandon atrás do balcão, com um livro aberto à sua frente. Abri a porta da frente, e ele levantou a cabeça:

– Oi, chefe! – exclamou.

– Oi, Brandon!

Ele ergueu o livro que estava lendo para eu poder ver a capa. Era *O Chamado do Cuco*,* de Robert Galbraith, que há pouco se descobriu ser J. K. Rowling.

– Bom! – ele disse, e retomou a leitura.

– Só dei uma passada para ver como estão as coisas. Aconteceu algo enquanto eu estava fora?

Brandon me disse que, ontem à tarde, uma mulher, vestida com um casaco de pele, entrou e comprou 200 dólares em livros novos de capa dura, e pediu para remetê-los para o seu endereço em Malibu. E me disse que acreditava que, finalmente, conseguira consertar a torneira da pia do banheiro dos funcionários, pois estava sempre pingando.

– Obrigado – eu disse.

Ouvi o miado choroso de Nero, e abaixei-me para cumprimentá-lo.

---

* No original, *The Cuckoo's Calling* (2013), de Robert Galbraith (J. K. Rowling, 1965-). (N. da T.)

– Acho que ele sente sua falta quando não está aqui – comentou Brandon.

Alguma coisa nessa frase me tocou com uma profunda tristeza que por vezes me ataca. Levantei-me e senti tontura. Percebi que estava faminto. Era tarde, e não comera nada desde que almocei em Rockland.

Fui para casa, peguei o carro, e atravessei o rio até Somerville, onde morei com Claire. Sentei-me no bar do R. F. O'Sullivan's, um lugar aonde não ia há anos, bebi uma cerveja Guinness e comi um dos hambúrgueres do tamanho de uma bola de *softball*. Depois, fui até a Biblioteca Pública de Somerville, e fiquei feliz ao ver que ainda estava aberta. Subi até o segundo andar, e achei um computador com o navegador de internet aberto. Digitei o nome que Marty me dera: Nicholas Pruitt.

Ele não era apenas professor de inglês na Universidade de New Essex, mas publicara um livro de contos chamado *Sob o Efeito da Água*.* Encontrei duas fotos *on-line*, uma em close, além de um instantâneo durante um coquetel de professores. Sua aparência era de um professor de inglês universitário, alto, com os ombros caídos, uma leve pança e cabelos arrepiados na frente, como se passasse os dedos entre eles. Seus cabelos eram castanho-escuros, mas a barba bem aparada já mostrava fios grisalhos. Na foto de orelha, posando de lado, olhava para a câmera como se esperasse reconhecimento e dissesse: "*Leve-me a sério. Devo ser um gênio*". Talvez esteja sendo radical, mas foi isso o que vi. Suspeito de autores literários que tentam se tornar imortais. Por isso, prefiro muito

---

* No original, *Little Fish* é o título de um filme de um drama australiano de 2005, com Cate Blanchett e Sam Neill, dirigido por Rowan Woods, com roteiro de Jacqueline Perske (https://pt.wikipedia.org/wiki/Little_Fish), e também de um filme distópico, de 2020, chamado *Memórias de um Amor*, em que Emma (Olivia Cooke) e Jude (Jack O'Connell) lutam para ficar juntos, enquanto se espalha um vírus que ameaça a memória. Dirigido por Chad Hartigan, com roteiro de Mattson Tomlin (https://top10filmes.biz/2021/02/22/little-fish-2020-webrip/). (N. da T.)

mais autores de suspense e poetas. Gosto de escritores que sabem que estão enfrentando uma batalha perdida.

Embora houvesse muita informação *on-line* sobre Nicholas Pruitt – que costuma ser chamado Nick –, havia poucos dados sobre sua vida pessoal. Não consegui confirmar se era casado, ou se tinha filhos. A coisa mais reveladora que encontrei estava em um *site* que permitia aos alunos classificar anonimamente os professores. A maior parte das avaliações indicava um bom professor, que, às vezes, dava notas ruins, mas um dos comentários dizia: "Para ser sincero, o professor Pruitt me dava arrepios. Gostava DEMAIS de Lady Macbeth. Não sei por que insistia em dizer todas as falas dela".

Não era muito, mas tinha algum significado. Criei uma fantasia sobre o que teria impulsionado Nicholas Pruitt a se transformar em Charlie: imaginei a irmã de Pruitt, Margaret, casando-se com Norman Chaney, que se revela não apenas um canalha, mas também um criminoso, que mata a esposa e sai impune. Pruitt decide matar Norman Chaney, mas sabe que, se o fizer, será o principal suspeito. Então, pensando em contratar alguém para matar Chaney, foi até o Duckburg, e encontrou minha mensagem sobre *Pacto Sinistro*. É um professor de inglês, e conhece bem o livro. Sabe o que estou sugerindo, e trocamos nomes e endereços. Ele mata Eric Atwell. Dá tudo certo, não apenas porque ele se safa, mas porque realmente gosta de matar. Isso lhe dá o poder que sempre quis. Quando Norman Chaney morre, Pruitt está longe, em outro lugar, o que lhe dá um álibi, e ele se sente mais forte. Matar é bom. Decide descobrir com quem ele fez a troca, quem matou Chaney por ele. Não seria difícil. Bisbilhotando um pouco, descobriria que Eric Atwell fora questionado pela polícia por causa de um acidente de carro que matara a esposa de Malcolm Kershaw. Além disso, Malcolm Kershaw trabalha em uma livraria de livros de mistério, que, certa vez, postou uma lista de oito assassinatos perfeitos na ficção, que incluía *Pacto Sinistro*.

Os anos se passam e Pruitt não consegue esquecer o *frisson* que sentiu ao tirar a vida de alguém. A cada semestre, quando ensina *Macbeth*, sente a sede de sangue aumentar. Decide que precisa voltar a matar, voltar a assassinar. Inspirado pela lista dos oito assassinatos perfeitos, começa a procurar vítimas. Talvez até deixe que isso seja óbvio, assim poderá, finalmente, encontrar Malcolm Kershaw.

Fazia todo o sentido e eu estava, ao mesmo tempo, lidando com minha emoção e pavor. Precisava encontrar Nick Pruitt, e ver como ele reagiria. Mas, primeiro, queria ler os contos de seu livro. Entrei na Rede de Bibliotecas do Minuteman para ver onde o livro estaria disponível, torcendo que estivesse aqui em Somerville, mas não estava. No entanto, havia um exemplar na Biblioteca Pública de Newton. Não estavam abertos agora, mas abririam amanhã, às dez horas.

Capítulo 17

Comecei a reler *A História Secreta* na manhã seguinte, na livraria. Estava cansado de esperar. De esperar a Biblioteca Pública de Newton abrir para eu poder pegar o exemplar de *Sob o Efeito da Água*, de Nicholas Pruitt, de esperar por notícias de Gwen, de esperar por mais informações de Marty Kingship sobre a morte de Norman Chaney.

Li o prólogo e o primeiro capítulo e fui imediatamente arrebatado pela obsessão do narrador com o pequeno círculo de alunos de literatura clássica da faculdade ficcional em Hampden. Como Richard Papen, sempre fui fascinado por pequenos grupos, famílias unidas, laços fraternais. Mas, ao contrário de Richard, nunca fiz parte de um grupo: o mais próximo disso foram meus amigos vendedores de livros usados, mas, na maioria das vezes, sinto-me como um impostor entre eles quando nos reunimos.

A temperatura tinha subido naquele dia, e a neve estava derretendo por toda a cidade. Formavam-se poças d'água, as calhas transbordavam e os pedestres lotavam as ruas. Foi uma manhã movimentada na livraria, um fluxo constante de curiosos que molhavam o assoalho de madeira. Pouco antes do meio-dia, disse a Emily que iria almoçar em casa, e pedi-lhe que me substituísse no caixa. Meu carro estava parado na frente de um parquímetro. Dirigi pela Storrow Drive até Newton. Depois, cortei por algumas estradas secundárias para chegar à biblioteca principal, um prédio enorme de tijolos, próximo à avenida Commonwealth. Encontrei *Sob o Efeito da Água* no segundo andar da biblioteca, e levei o fino volume até uma cadeira de couro confortável em um canto da biblioteca, próximo à seção de poesia. Verifiquei rapidamente os títulos dos contos no sumário, procurando algo que indicasse um conto criminal, com um assassinato ou um malfeito, mas a maioria parecia muito genérica, ou especificamente literária.

"A festa no jardim". "O que sobrou depois que aconteceu". "Então, as pirâmides". "Um beijo platônico". Nada me chamou a atenção, então, decidi ler o conto que dava o título ao livro, "Sob o Efeito da Água". Quando cheguei na metade, percebi que estava fazendo algo inútil. No conto, um aluno do último ano da faculdade lembra-se de quando o pai o levou para pescar no norte do estado de Nova York aos 10 anos de idade. As lições da viagem – jogar os pequenos peixes de volta no rio sendo a mais óbvia – reverberam na relação atual do narrador. A história não impressiona. A mim, pelo menos, não impressionou, e desisti no meio da leitura. Em seguida, examinei os outros contos do livro, sem encontrar nada. Para dizer a verdade, eu não sabia o que estava procurando exatamente, a não ser um conto que indicasse uma atitude doentia em relação à vingança ou à justiça. Olhei nas primeiras páginas procurando uma dedicatória, e ali estava escrito simplesmente: "Para Jillian".

Levantei-me e vaguei até encontrar um computador disponível, então abri uma janela do navegador e escrevi "Jillian", e depois "Universidade de New Essex". O nome que surgiu com mais frequência foi "Jillian

Nguyen", que fora professora de inglês na New Essex antes de passar a trabalhar no Emerson College, em Boston. Decorei esse nome, decidido a entrar em contato com ela mais tarde, mas não antes de descobrir um pouco mais sobre Nick Pruitt.

Olhei o final do livro, onde havia uma foto do autor, diferente da que vi na internet. Também era uma foto quase de perfil – claramente, Pruitt gostava desse lado do rosto –, mas, nesta, usava um chapéu, um fedora de feltro, o modelo que os detetives usavam em filmes antigos. Ao ver a foto, pensei no homem que vi no fim da rua no sábado à noite, aquele que pensei que estivesse me seguindo, com um chapéu parecido com esse.

Antes de sair, folheei as páginas para confirmar se havia uma etiqueta de segurança. Não encontrei nenhuma, então pensei em ir até o banheiro e esconder o livro sob a camisa. Mas a biblioteca estava cheia, com pessoas entrando e saindo, e eu apenas decidi sair segurando o livro na mão, como se já o tivesse cadastrado. Não achei que dariam falta dele, e me pareceu prudente não constar nenhum registro no meu cartão da biblioteca de ter retirado o livro de Nicholas Pruitt.

Passei pelos sensores – não soou nenhum alarme – e voltei ao calor da tarde.

De novo na livraria, enviei um *e-mail* para Gwen para saber se já teria recebido as fotos dos exemplares que encontramos na casa de Elaine Johnson. Queria ler mais um pouco de *A História Secreta*, mas não consegui me concentrar. Acabei vagando pela loja, procurando o que fazer, arrumando os livros nas prateleiras.

Quando Brandon chegou para o turno da tarde, achei que poderia ir para casa. Era uma terça-feira tranquila. Estava esperando para falar com Gwen, algo que preferia fazer em um lugar onde as pessoas não me ouvissem. Coloquei *A História Secreta* na mochila, e perguntei a Brandon se ele se importaria de ficar sozinho na loja.

Ele franziu e disse:

– Não me importo. Vou ficar bem.

– Ok, então. Ligue-me se acontecer algo.

– Legal.

A temperatura tinha caído e a neve derretida se transformara em gelo, cobrindo as calçadas de sujeira e sal. Ainda estava claro, e me lembrei que os dias já estavam mais longos, embora o inverno continuasse inabalável, pelo menos, por mais dois meses. Isso não me incomodava, mas eu podia notar a insatisfação na expressão das pessoas enquanto voltava para casa. Pálidos e sombrios, resignados com uma cidade cinzenta e o longo, úmido e árduo esforço até chegar a primavera.

Como de hábito, espiei, pelo vidro do Hotel Beacon Hill, o aconchegante bar lá dentro, sempre me perguntando se meu sócio, Brian, estaria ali. Hoje ele estava, com uma de suas usuais jaquetas de *tweed* Harris, ancorado do outro lado do balcão oval. Na rua, eu hesitei, pensando se deveria me juntar a ele ou não, quando vi sua grande cabeça cabeluda se levantar e me ver pelo vidro.

– Ei, Brian! – eu disse, sentando-me no banquinho ao lado dele, curioso por causa da marca de batom na borda da taça de martíni meio bebida sobre o balcão.

– Tess está aqui – ele disse.

Assim que disse isso, virei-me e vi Tess Murray, sua esposa nos últimos dez anos, retornando do banheiro, com os lábios recém-pintados.

– Me desculpe, Tess – eu disse, levantando-me do banquinho para ela poder se sentar.

– Não, fique aí. Sempre ficamos felizes de ter uma barreira entre nós, não é, Bri?

Ela pegou o martíni, e eu me sentei entre os dois. Eu via Tess com muito menos frequência que Brian, e era bastante incomum ela sair para beber com ele, especialmente em um início de tarde de terça-feira.

Era sua segunda esposa, e devia ser pelo menos vinte anos mais jovem que ele. Todos diziam que tinha sido sua agente, e que foi assim que eles se conheceram, mas eu sabia que não era verdade. Ela era ou fora uma assessora de imprensa, quando trabalhava em tempo integral, mas não de Brian. Eles se conheceram no único ano em que ele compareceu à Bouchercon, a conferência anual de autores de livros policiais. Ele não costumava ir ao evento, mas, naquele ano, decidiu ir por ser o convidado de honra.

Brian me disse, muitas vezes, que a única forma de o casamento deles dar certo era Tess passar seis meses na casa deles em Longboat Key, sem ele, e ele passar os outros seis meses em seu chalé no leste do Maine, sem ela. Eles se encontravam, por vezes, em Boston.

– Por que não está na Flórida agora, Tess? – perguntei.

– Você não soube? Brian, mostre-lhe o braço.

Eu me virei e Brian ergueu o braço esquerdo, acomodado em um dispositivo que parecia vagamente biônico.

– Ah, não!

– Não foi grande coisa – ele disse. – Caí há uma semana descendo dessa mesma banqueta. Não senti nada, exceto o resto do meu orgulho deixando o meu corpo. Mas, aparentemente, quebrou em dois lugares. Você ficaria surpreso de saber como é difícil ser um bêbado maneta na minha idade.

– Está escrevendo agora?

– Entreguei um livro novo pouco antes do Natal, mas tenho revisões a fazer e latas de sopa para abrir e, por isso, Tess está aqui fazendo esse sacrifício.

– Tentei convencê-lo a ir para a Flórida, mas sabe como é – disse Tess. – Queríamos ligar para você, Mal, para chamá-lo para um drinque. E agora você está aqui.

— Ele sabe onde me encontrar — disse Brian, terminando a bebida, quase sempre um uísque com soda em um copo baixo com dois cubos de gelo.

Pedi uma cerveja preta forte e consegui convencer Brian e Tess a me deixarem pagar um drinque para cada um. Outro uísque para Brian e um martíni Grey Goose para Tess.

— Como vão os negócios? — perguntou Tess. — Eu poderia perguntar ao Brian, mas ele nunca sabe dizer.

— A mesma coisa de sempre — respondi. — Vão bem.

— O que está vendendo mais?

Embora Tess não trabalhasse mais com assessoria de imprensa — a última coisa que soube é que ela tinha aberto uma joalheria na Flórida —, adorava saber sobre o mercado editorial. Eu gostava de Tess, e a defendi em diversas ocasiões de outras pessoas da área, que a viam como uma vigarista sem vergonha por não passar muito tempo com o velho marido rico. Mas ela sempre foi boa para mim, e Brian me disse várias vezes o quanto ele valorizava esse casamento, como ela compreendia a importância da solidão dele. Eu sabia que Tess tinha seu próprio modo de amá-lo.

Tomei mais duas cervejas, sabendo que meu celular poderia tocar ou vibrar a qualquer momento, com uma mensagem de Gwen. Quando pediram o jantar, disse que iria para casa, onde eu tinha comida, o que era uma mentira, mas Brian estava começando a ficar com a voz um pouco arrastada, e queria ir embora antes que ele iniciasse os seus discursos.

Antes de sair, perguntei:

— Soube de Elaine Johnson?

— Quem? — perguntou Brian.

— Elaine Johnson. Ela costumava vir à livraria todos os dias antes de ter se mudado para o Maine. Com óculos fundo de garrafa.

– Claro! – disse Brian, e surpreendi-me ao ver Tess, à minha direita, também demonstrar se lembrar dela.

– Ela morreu. De ataque cardíaco.

– Como soube disso?

Quase contei a ele, aos dois, acho, sobre a agente Mulvey e a lista, mas, por alguma razão, eu me contive.

– Outro cliente me contou – menti. – Apenas imaginei que gostaria de saber.

– Que ela faça uma boa viagem! – disse Tess, e me virei para ela, surpreso.

– Você a conhecia? – perguntei.

– Sim. Ela me encurralou em uma das leituras de Brian, para me dizer como ele era ruim. Eu disse que era casada com ele, e ela caiu na gargalhada. Perguntou-me se eu lera os livros de Brian antes de me casar com ele. Nunca me esquecerei disso.

Brian sorria.

– Na verdade, ela era legal. Eu me lembro dela agora. Uma vez, disse-me que James Crumley era seu autor favorito, então imaginei que ela não poderia ser tão má assim. Ela se mudou para Rockland, Maine, não foi?

– Como sabe disso?

– Emily me contou, provavelmente, da última vez que fiquei um turno na Old Devils. Ela mantém o controle de todos os clientes problemáticos para mim.

– Ah... – respondi, um pouco irritado, porque Brian, que via Emily apenas uma vez a cada três meses, aparentemente tinha um relacionamento melhor com ela do que eu.

Tess foi comigo até a porta. Perguntei-me por quê, mas, ao chegar à calçada, ela me disse:

– Este acidente estúpido mudou-o completamente. Agora, ele está apavorado com tudo. Para andar. Para sair da cama. Para fazer qualquer coisa. Posso ficar com ele, mas não para sempre. Tenho uma loja na Flórida, e não dá para aguentá-lo o tempo todo, além disso, não tenho certeza se ele consegue me aguentar.

– Talvez vocês devessem procurar ajuda?

– Exatamente. Foi o que disse centenas de vezes, mas ele não quer me ouvir. Olhe, se nós o convidarmos para jantar uma noite dessas, pode falar sobre isso por mim? Talvez, se outra pessoa disser...

– Claro – respondi.

– Obrigado, Mal. Eu lhe agradeço. Não me interprete mal. Eu faria qualquer coisa por Brian, e ele faria qualquer coisa por mim, mas ajudá-lo a sair da banheira não fazia parte do trato.

Ela puxou uma mecha dos longos cabelos escuros para trás da orelha, inclinou-se para a frente, me beijou nos lábios e me abraçou. Ela já tinha feito isso antes, mesmo diante de Brian, que nunca pareceu se importar.

Tess estremeceu em meus braços, enquanto nos abraçávamos.

– Como aguenta este tempo? – ela perguntou ao me soltar.

Enquanto voltava a pé para casa, pude sentir seu cheiro na minha pele. Um perfume cítrico e das azeitonas de seu martíni.

Jantei uma tigela de cereal naquela noite. Li um pouco mais de *A História Secreta* e esperei Gwen me ligar. Mandei mais uma mensagem para ela antes de dormir, dizendo que desejava que tudo estivesse bem. E pensei em seu rosto quando me deitei, e não no de Claire.

Capítulo 18

Na manhã seguinte, a campainha tocou um pouco depois das oito. Eu já estava de pé e vestido, começando a preparar o café.

Apertei o botão do interfone. Ouvi uma voz masculina que disse ser o agente Berry e perguntou se poderia subir. Enquanto ouvia os passos de duas pessoas subindo as escadas, tive tempo de pensar no que fazer quando começassem a me fazer perguntas. Fiz várias conjecturas rápidas. Eles estariam aqui para me prender, ou me interrogar sobre a morte de Eric Atwell, ou Norman Chaney, ou ambos. O motivo por que Gwen não retornou minhas mensagens na véspera foi porque eu me tornara suspeito de homicídio.

Fui até a entrada e abri a porta. O agente Berry era alto, tinha ombros caídos e vestia um terno risca de giz. Mostrou-me sua identificação do FBI, e apresentou-se de novo. Disse que vinha da agência de New Haven, e tinha algumas perguntas para me fazer. Atrás dele, estava uma mulher muito mais baixa que ele, usando um *tailleur*. Ele a apresentou como agente Perez, da agência de Boston. Convidei-os a entrar. Disse-lhes que iria fazer café e perguntei-lhes se também queriam. O agente Berry disse que sim. A agente Perez, que agora olhava pela janela, não respondeu.

Liguei a cafeteira, e me senti surpreendentemente calmo. Toda a adrenalina que me inundou quando a campainha tocou se dissipara com a chegada deles. Eu estava leve, quase atordoado, ao percorrer a curta distância entre a porta e a cadeira, e mostrei-lhes o sofá para que eles se sentassem.

O agente Berry ajustou as calças do terno acima dos joelhos antes de sentar. Ele tinha mãos enormes, com manchas de idade, e um crânio grande e alongado, com papadas pesadas. Ele pigarreou e disse:

– Gostaria que nos esclarecesse sobre seu relacionamento com Gwen Mulvey.

– Tudo bem – eu disse.

– Pode nos dizer quando a conheceu?

– Claro – respondi. – Ela me ligou na livraria, na Old Devils, onde trabalho, na quinta passada, e me perguntou se poderia ir até lá para me fazer algumas perguntas. Ela está bem?

– Que perguntas ela queria lhe fazer? – ele perguntou.

A agente Perez ainda não dissera nada, mas pegou um pequeno caderno de espiral e destampou a caneta.

– Ela teve dúvidas sobre uma lista que publiquei em uma postagem de *blog* há alguns anos.

Berry puxou seu próprio bloco de notas, e olhou para ele.

– Chamada "Oito Assassinatos Perfeitos"?

Pude perceber o tom de desdém em sua voz.

– Isso mesmo – respondi.

– E a que se referiam as perguntas dela?

Tive a impressão de já saberem tudo sobre a conversa que tive com Gwen, mas decidi que contaria o que eles quisessem saber. Bem, qualquer coisa que eu já tivesse dito a Gwen. Então, comecei explicando como a agente Mulvey vira uma ligação entre a lista que escrevi em 2004 e vários crimes recentes. Mencionei como, a princípio, considerara a ligação duvidosa, uma mera coincidência, mas agora havíamos encontrado os oito livros da minha lista na casa de Elaine Johnson, em Rockland.

– Você não achou estranho a agente Mulvey lhe pedir para acompanhá-la em uma investigação oficial do FBI? Para visitar a cena de um possível crime?

A pergunta foi feita pela agente Perez. Eram as primeiras palavras que ela dizia. Enquanto falava, inclinou-se para a frente e os botões do *tailleur* se esticaram um pouco, como se ela tivesse engordado. Ela não teria muito mais que 30 anos. Seus cabelos eram pretos e curtos, e o rosto redondo, com olhos grandes e sobrancelhas espessas.

– Não achei – respondi. – Acho que ela acreditava, de fato, que, como escrevi a lista e lera todos os livros, eu seria um especialista. Achou que eu poderia perceber algo diferente na casa de Elaine Johnson. Além disso, eu a conhecia. Quer dizer, conhecia Elaine Johnson.

– Então, o que descobriu ao visitar a casa dela?

– O que descobri, o que nós descobrimos, a agente Mulvey e eu, foi a confirmação de que alguém está usando minha lista para cometer os assassinatos, e é bem possível que isso tenha algo a ver comigo.

– Bem possível? – perguntou o agente Berry, balançando a papada.

– Eu conhecia Elaine Johnson. Ela costumava frequentar a minha livraria. É claro que a morte dela indica o meu envolvimento. Não meu envolvimento imediato, mas quem está fazendo isso me conhece, ou queria que eu descobrisse tudo isso, ou deseja de alguma forma me incriminar.

– Você discutiu tudo isso com a agente Mulvey?

– Sim, abordamos todas essas possibilidades.

O agente Berry olhou para seu bloco de anotações.

– Só para confirmar, falaram sobre os assassinatos de Robin Callahan, Jay Bradshaw e Ethan Byrd?

– Sim – respondi.

– E falaram sobre o assassinato de Bill Manso?

– O homem morto sobre a linha de trem?... Sim, falamos.

– E sobre Eric Atwell? – perguntou, olhando para mim.

– Falamos um pouco sobre Eric Atwell, por causa da relação dele comigo. Mas não falamos sobre ele especificamente como uma das vítimas dessa série de crimes.

– E qual era a relação dele com você?

– Eric Atwell?

– Sim.

– É claro que ela tomou nota de tudo isso – eu disse. – Não sei por que não falam com ela, ou consultam as anotações dela.

– Porque queremos saber de você – respondeu a agente Perez.

Percebi que, toda vez que ela falava, o agente Berry se mexia no sofá como se estivesse se sentindo desconfortável, ou como se tivesse uma coceira que não conseguisse alcançar.

– Eric Atwell estava envolvido com minha mulher na época em que ela morreu. Ele fez com que ela voltasse a se drogar e ela estava retornando da casa dele na noite em que morreu num acidente de carro.

– E Eric Atwell foi assassinado, certo?

– Ele foi baleado, sim. Pelo que entendi, a polícia acredita que tenha sido um assalto. E ficou bem claro que a agente Mulvey achou que não tivesse nada a ver com a lista dos "Assassinatos Perfeitos".

– Certo. Mais uma pergunta... – continuou o agente Berry. – Vocês falaram sobre a morte de Steven Clifton?

Fiz uma pausa, sentindo-me atordoado por um momento. Steven Clifton era o nome do professor de Ciências que molestara Claire

Mallory no ensino médio. Gwen não o havia mencionado. Balancei a cabeça e disse:

– Não, eu não conheço esse nome.

– Não?

– Não me é familiar – eu disse.

– Tudo bem – arrematou o agente Berry, virando uma página do caderno.

Ele pareceu não ter ficado preocupado por eu não conhecer Steven Clifton.

O agente Berry perguntou:

– Alguma vez a agente Mulvey lhe confidenciou as suas suspeitas sobre quem teria cometido esses crimes?

– Não – respondi. – Quero dizer, esse foi o motivo por que ela me procurou. Queria descobrir se havia alguém que eu conhecesse, algum cliente, um ex-funcionário, de quem eu suspeitasse.

– E havia alguém?

– Não – respondi. – Não há. Pelo menos, não que eu imagine. Elaine Johnson era, de fato, a cliente mais estranha que frequentava minha livraria, mas ela, certamente, não é a culpada.

– Disse à agente Mulvey que hoje há dois funcionários que trabalham com você?

– Isso mesmo. Brandon Weeks e Emily Barsamian. A única outra pessoa que de vez em quando trabalha na livraria é meu sócio, Brian Murray.

Os dois agentes tomaram nota disso em seus caderninhos. O vento sacudiu a janela do meu apartamento.

– Ela está bem? – perguntei, num tom sincero.

O agente Berry ergueu os olhos, mordeu o lábio inferior e disse:

– A agente Mulvey está suspensa da agência. Preciso lhe dizer que ela foi informada de que não deverá mais manter qualquer contato com você.

– Ah! – exclamei. – Por quê?

Os agentes se entreolharam. Então, a agente Perez disse:

– Infelizmente, não podemos falar sobre isso. E qualquer informação que possa fornecer daqui para a frente deve ser passada apenas para mim, ou para o agente Berry.

Eu assenti. Eles se entreolharam novamente, e Perez disse:

– Poderia me acompanhar até a agência para prestar um depoimento completo?

Segui a agente Perez até o Chelsea no carro dela, e ela me interrogou em uma sala pequena e luxuosa com um dispositivo de gravação e duas câmeras montadas no teto. Começamos do início: a origem da lista, os livros que escolhi, Gwen Mulvey e as perguntas que ela me fez. Queria saber tudo sobre nossa interação, todos os detalhes sobre os que conversamos. A agente Perez não perguntou de novo sobre Eric Atwell, nem sobre Steven Clifton, e senti-me aliviado, embora tenha me ocorrido que talvez ela estivesse escondendo o jogo. O depoimento tomou a manhã toda, e me senti estranhamente culpado, como se tivesse traído Gwen Mulvey com a nova agente, contando-lhe tudo o que conversamos. Fiquei me perguntando por que ela havia sido suspensa, o que isso tinha a ver com a minha lista, e o que estava realmente acontecendo. Perto do fim do depoimento, perguntei à agente Perez, uma última vez, se poderia me dizer mais alguma coisa sobre a agente Mulvey.

– Existem procedimentos que temos que seguir durante uma investigação, e a agente Mulvey não os seguiu. Isso é tudo o que posso lhe adiantar.

– Tudo bem – eu disse.

– Antes de ir, tenho que lhe perguntar se acha que precisa de proteção policial.

Ela girou no dedo o que parecia ser uma aliança de casamento.

— Não, acho que não — respondi, fingindo refletir sobre o assunto. — Mas tomarei cuidado.

— Uma última coisa, antes de liberá-lo — ela disse. — Sei que forneceu um álibi a Gwen Mulvey para o dia da morte de Elaine Johnson, mas espero que possa fazer o mesmo, ou, ao menos tentar, para os outros homicídios.

— Posso tentar — respondi.

Voltei para casa com uma lista com as datas das mortes de Robin Callahan, Jay Bradshaw, Ethan Byrd e Bill Manso. Fui até meu computador para dar uma olhada na minha agenda, mas me senti exausto, incapaz de continuar naquele momento. Levantei-me, senti uma leve tontura, e percebi que a única coisa que havia comido o dia todo fora um pão doce dinamarquês de sabor framboesa que viera embrulhado em um plástico durante meu depoimento pela manhã. Fui até a cozinha e preparei dois sanduíches de pasta de amendoim com geleia, e bebi dois grandes copos de leite. Era uma e meia da tarde. A boa notícia era que eu iria beber com Marty Kingship no Jack Crow's Tavern às dezoito horas. Eu sabia que ele teria mais informações sobre a morte de Norman Chaney, e provavelmente mais dados sobre Nicholas Pruitt. Nesse meio-tempo, precisaria descobrir o que fazer até encontrá-lo às seis da tarde. Não valia a pena contatar Pruitt pessoalmente. Ainda não, pelo menos. Então, lembrei-me da dedicatória no livro de contos: "Para Jillian".

Acessei a internet e pesquisei mais um pouco sobre Jillian Nguyen, a possível dedicada. Ela fora professora adjunta na New Essex, ministrando cursos de pesquisa para calouros. No Emerson College, onde lecionava agora, dava aulas de literatura, mas também de poesia, no departamento de redação criativa. Pesquisei um pouco sobre seus poemas. Como costuma acontecer com poetas contemporâneos, eu mal entendi o que li, embora ela tivesse um poema, publicado em um jornal chamado *Undivider*, chamado "Domingo à tarde no PEM". PEM era o Museu Peabody Essex, em Salém, Massachusetts, uma cidade ao lado de New Essex. O poema em si era, em grande parte, sobre uma exposição de arte popular vietnamita, embora tivesse um "ele" no poema, um acompanhante da locutora, que "só via o lado negativo, a carne cheia de dobras". Perguntei-me se o acompanhante poderia ser Nicholas Pruitt e, se fosse, duvidei que Pruitt e Jillian Nguyen ainda estivessem juntos. Até percebi o verso do poema como uma crítica.

Havia um número de telefone no nome da professora Nguyen na página que apresentava o corpo docente do Emerson College. Liguei para lá, sem esperar que ela atendesse, mas atendeu, depois de ter tocado duas vezes.

– Alô?

– É a professora Nguyen? – perguntei, torcendo que eu tivesse pronunciado seu sobrenome corretamente.

– Sim.

– Olá, quem está falando é John Haley – eu disse, usando o nome do antigo dono da Old Devils. – Gostaria de saber se eu poderia falar com você sobre Nicholas Pruitt.

Houve uma pausa e, por um instante, pensei que ela tivesse desligado o telefone, mas, em seguida, perguntou:

– Como chegou ao meu nome?

– Não posso esclarecer os motivos por que gostaria de falar com você, exceto lhe dizer que o nome do sr. Pruitt foi indicado para um trabalho conceituado, e é muito importante que seja bem analisado.

Enquanto eu falava, sabia que não estava sendo totalmente convincente.

– Bem analisado, para o quê?

– Olhe, estou aqui em Boston, e o tempo é crucial para mim. Seria possível encontrá-la hoje à tarde? Em seu escritório, ou talvez em um café?

– Nick me indicou como referência? – ela perguntou.

– Acredito que tenha mencionado você, mas não foi uma referência oficial. Tudo o que me disser sobre ele será totalmente confidencial.

Ela riu.

– Ficaria muito surpresa se ele tivesse me indicado como alguém para fornecer referências sobre ele. Bem, você conseguiu minha atenção.

– Seria um grande favor, se pudesse me encontrar.

– Tudo bem – ela disse. – Posso encontrá-lo hoje à tarde, se não se importar de vir até onde estou.

– Nem um pouco – respondi.

– Há um café na Downtown Crossing. Chama-se Ladder Café. Conhece?

– Não, mas posso encontrá-lo.

– Meu expediente acaba às três. Três e meia estaria bom para você?

Capítulo 19

A região de Boston, conhecida como Downtown Crossing, fica do outro lado do Boston Common. Antigamente, havia ali grandes lojas de departamento, como a Filene's e a Macy's, mas ambos os edifícios atualmente estão vazios. Restam algumas lojas de tênis, vendedores de cachorro-quente e alguns bares e restaurantes badalados, que esperam que a prefeitura consiga rebatizar o lugar como Ladder District, algo que vêm tentando fazer há alguns anos.

Sem dúvida, o Ladder Café embarcou nessa nova designação. Entre uma loja de tecidos e um bar, o Ladder é um corredor estreito com pé-direito alto, baristas tatuados e arte minimalista nas paredes. Cheguei cedo, comprei um café com leite grande e sentei-me de frente para a entrada. Suspeitei que Jillian Nguyen me fuzilaria com perguntas quando chegasse, tentando descobrir por que eu queria saber sobre seu ex-namorado. Decidi que lhe contaria o mínimo possível, apenas que ele estava sendo cotado como organizador de uma nova antologia para uma grande editora e que precisaria lhe perguntar sobre sua vida pessoal. Se ela me pressionasse, diria que estava trabalhando para uma empresa de detetives particulares, para checar seus antecedentes. Torci para que não me pedisse meu cartão.

Exatamente às três e meia da tarde, uma mulher que identifiquei como Jillian entrou. Tinha estatura baixa, e vestia uma jaqueta bufante com capuz. Ela deve ter percebido que eu a encarei, porque aproximou-se de mim e me apresentei.

– Tenho apenas cerca de vinte minutos – ela disse.

Perguntei-me se ela teria ficado mais receosa depois do nosso telefonema.

Ofereci-me para lhe comprar um café e ela me pediu um chá de ervas. Entrei na fila de novo, e peguei o chá para ela. Foi impossível não lembrar de Claire, que sempre comprava chá de ervas em cafeterias, e eu ficava irritado por ter que pagar três dólares ou mais por um saquinho de chá com água quente.

De volta à mesa, eu disse:

– Muito obrigado, mais uma vez, por ter vindo. Sei que pode parecer muito estranho, mas me pediram para checar os antecedentes dele, e vamos fazer isso muito rapidamente, pois os editores querem logo tomar uma decisão.

Ela se animou quando eu disse a palavra "editores", como eu previ.

– Que bom! – ela disse. – Qual é a...?

– Na verdade, não posso lhe revelar qual é a editora, mas ele está sendo cotado para ser o organizador de uma grande antologia e, aparentemente, alguém se preocupou com a vida pessoal dele, se isso poderia prejudicar a realização desse trabalho.

Jillian estava prestes a tomar um gole de chá, porém pousou a xícara de volta no pires.

– Você disse que essa conversa seria totalmente confidencial?

– Ah, sim, totalmente – respondi. – Cem por cento confidencial. Não apresentarei nenhum relatório por escrito.

– Não vejo, nem falo com Nick há mais de três anos, desde que saí da New Essex. Claro, já deve saber que entrei com um mandado de segurança contra ele, caso contrário, por que estaria falando comigo, certo?

– Certo – respondi e, em seguida, perguntei: – Quando tempo esteve com ele?

Ela olhou para o teto.

– Menos de um ano. Quero dizer, menos de um ano foi o tempo em que estivemos de fato envolvidos. Eu o conheci um ano antes de começarmos a namorar e, depois que finalmente rompi com ele, fiquei em New Essex por mais ou menos seis meses.

– E pode me dizer o que a levou a pedir um mandado de segurança?

Ela suspirou.

– Ele nunca me feriu, nem nunca me ameaçou fisicamente, mas, depois que terminamos, ele me ligava o tempo todo, aparecia em qualquer lugar onde eu estivesse e, uma vez, apenas uma vez, e foi o que motivou o mandado de segurança, ele estava bêbado e invadiu minha casa.

– Caramba! – exclamei.

– O fato é que... realmente acredito que ele seja um bom homem, mas é alcoólatra. Sabe... se ele ainda está bebendo? A última vez que falei com ele, Nick me disse que estava sóbrio havia mais de um mês.

– Com certeza, descobrirei. Então, ele nunca foi, de fato, violento com você?

– Não. Na verdade, não. Apenas insistente. Ele me considerava o amor da vida dele.

– Ele dedicou um livro a você – eu disse.

– Oh, meu Deus!

Ela cobriu o rosto, como se sentisse envergonhada.

– Eu sei. E isso foi depois que terminamos. Olhe, não quero impedir Nick de conseguir um trabalho do qual ele provavelmente precise. Tive uma experiência ruim com ele, mas, se ele parou de beber, talvez ele esteja bem. Ele é um homem muito culto.

– Então, pelo tempo que o conheceu, não acha que ele seria capaz de qualquer tipo de violência? Nunca sentiu que ele fosse vingativo depois que vocês terminaram?

Ela pareceu um pouco confusa com a pergunta, e me perguntei se eu teria ido longe demais. Ela ia recomeçar a falar, deteve-se e disse:

– Nunca vi um lado violento nele, mas ele via... Ele se interessava muito pela violência, do ponto de vista literário. Ele era atraído por histórias vingativas. Mas isso... era apenas um interesse profissional, pelo que sei. Ele é um professor de inglês bastante típico. Um erudito.

Eu quis perguntar se ela sabia o que havia acontecido com a irmã dele, ou, depois, com Norman Chaney, ex-marido da irmã. Mas me senti pisando em gelo fino. Jillian Nguyen me analisava como se fosse me descrever depois.

– Sei que essas perguntas parecem estranhas – eu disse. – Alguém foi, e isso fica apenas entre nós, à editora e acusou Nicholas Pruitt de ser violento.

– Oh! – disse Jillian, tomando um gole de chá em seguida.

– Os editores não acreditam que a acusação, ou quem o acusou, seja confiável, mas apenas para terem certeza...

– Oh, meu Deus! Acha que fui eu? – perguntou Jillian, endireitando-se na cadeira.

– Ah, não, não! – repliquei. – De modo algum. Sabemos quem o acusou. Estamos apenas querendo uma confirmação.

– Ok – ela disse, pousando a xícara no pires. – Preciso ir. Além disso, não tenho nada mais a acrescentar.

Ela se levantou, e eu também.

– Obrigado, você nos foi muito útil.

Sabia que eu poderia perder a confiança dela, mas decidi arriscar.

– Só mais uma última coisa: pelo que sabe, Nick Pruitt possuía uma arma?

Ela estava vestindo seu enorme casaco, e balançou a cabeça negativamente.

– Não – ela disse. – Somente armas antigas, mas acho que nem funcionavam mais.

– Armas antigas?

– Ele colecionava armas. Não para atirar, porém são revólveres antigos. Qualquer coisa que estivesse em um filme policial antigo. É um *hobby* dele.

A GARÇONETE SERVIU AS cervejas, uma Stella para Marty e uma Belhaven para mim. Estávamos na Jack Crow's Tavern, sentados em um daqueles bancos acolchoados típicos de mesas em restaurantes de *fast-food*. Havia pouco espaço para as pernas, o que me fazia lembrar dos bancos da Igreja Old South. Cada um tomou um gole de cerveja.

– É bom ver você, Marty – eu disse.

Não fazia muito tempo que tínhamos nos encontrado, mas ele me pareceu mais velho. O corte escovinha dos cabelos brancos estava mais ralo, o couro cabeludo salpicado de manchas escuras. E os dedos largos estavam arqueados, indicando artrite.

— Havia me esquecido deste lugar — ele disse, inclinando-se para fora de nossa mesa para observar o movimento no bar. — Da última vez que estivemos aqui, compramos nachos com couves-de-bruxelas.

— É mesmo? — perguntei. — Não me lembrava disso.

— Nunca me esquecerei. Quem põe couves-de-bruxelas em nachos?

— Agora me lembrei — eu disse. — Vamos ficar só na cerveja esta noite. Brindamos.

— Descobriu algo novo? — perguntei.

Estava na dúvida se deveria contar a ele que conseguira informações sobre Nick Pruitt, principalmente as informações sobre a coleção de armas, mas ainda não tinha certeza.

— Descobri uma coisa — disse Marty. — Não sei se irá ajudá-lo, mas ele não é nenhum santo, esse tal Nick Pruitt.

— Não?

— Ele foi preso duas vezes, a primeira por dirigir bêbado, e a segunda, por embriaguez e desordem, após, veja só, um culto religioso na véspera de Natal. Foi flagrado tentando roubar a caixa daquelas velinhas brancas que são distribuídas. Além disso, houve dois mandados de segurança expedidos contra ele. Espere um pouco...

Enfiou a mão no bolso do blazer de lã e tirou um caderno de espiral e os óculos de leitura.

— O primeiro foi de Jodie Blackberry. Isso foi em Michigan, quando era formando. Ela alegou que o flagrara espiando pela janela e que a seguia pelo *campus*. O outro foi muito mais recente. Há apenas três anos, requerido por Jillian N-G-U-Y-E-N. Não vou cometer a indecência de tentar pronunciar o nome dela. Mais ou menos a mesma coisa. Uma ex-namorada alegou que ele não a deixava em paz e invadiu a casa dela.

— Então, não há nenhuma violência na ficha dele? Nada relacionado a armas?

— Não. Mas isso se encaixa, não é? Se Nick Pruitt queria Chaney morto, ele arrumaria outra pessoa para fazê-lo. No fundo, ele não é um assassino, embora seja, claramente, um intrometido e um cara que não sabe beber. Além disso, pesquisei o álibi dele, que é sólido como uma rocha.

— O álibi para quando Norman Chaney foi assassinado?

— Sim.

Marty consultou seu caderno novamente.

— Foi em março de 2011. Nick Pruitt estava na Califórnia, em uma reunião de família. Isso foi confirmado. Mas, como eu disse, não acho que ele seja do tipo que espancaria o próprio cunhado até a morte, mas pode muito bem ser do tipo que pediria a alguém que fizesse isso por ele. Ou, talvez, tenha pedido a alguém que simplesmente desse uma surra em Norman Chaney, e ele foi longe demais. De qualquer maneira, ele escapou impune. Meu palpite é de que, se realmente quer saber o que aconteceu, é possível arrancar a informação dele, forçá-lo a confessar. Conheço o tipo, e acho que ele acabará falando se forçar um pouco a barra. Não estou sugerindo isso, apenas dizendo.

— Entendi — eu disse. — Não, eu somente precisava dessas informações. Elas serão extremamente úteis, Marty, obrigado.

— Não, obrigado a você. Na verdade, senti-me útil esta semana. E, pela primeira vez, depois de um tempo que me pareceu uma eternidade. O FBI ainda o está interrogando sobre o homicídio de Chaney?

Tomei um longo trago da cerveja, perguntando-me, mais uma vez, o quanto eu deveria revelar a Marty.

— Não, não estão — respondi. — Aparentemente, tudo teve a ver com uma lista que fiz para o *blog* da Old Devils, há uns cem anos.

— Ah, é?

— É. Você já visitou nosso *blog*?

– Nem sei que porra é um *blog* – disse Marty.

– Não mexo mais no *blog*, mas, quando comecei na Old Devils, era uma página da internet, onde eu escrevia pequenos artigos. Resenhas sobre novos livros. Listas dos meus autores preferidos. Esse tipo de coisa. Escrevi, certa vez, um artigo sobre meus oito assassinatos perfeitos ficcionais favoritos, e alguém do FBI viu uma ligação entre a minha lista e alguns homicídios recentes que ainda não tinham sido solucionados. Entretanto, eram ligações muito tênues e, por isso, acho que devam prosseguir.

– O que mais queriam saber de você? – ele perguntou, visivelmente interessado.

– Uma morte em Connecticut, alguém que foi encontrado perto de uma linha de trem. E me perguntaram sobre aquela apresentadora, Robin...

– Robin Callahan, claro – ele completou, me interrompendo. – Foi o marido dela. Não acredito que ainda não o tenham prendido.

– Você sabe disso? – perguntei.

– Não sei de nada, mas, sim, ela é a autora do livro que trata do benefício que o adultério traz ao casamento. Acho que posso dizer que deveriam dar uma boa olhada no marido.

Eu ri.

– Pois é, então, acho que exagerei.

– Não sei se exagerou. Parece que eles exageraram. Eles lhe perguntaram sobre todos esses casos?

Dava para perceber que ele estava ficando cada vez mais interessado, e eu não queria envolvê-lo ainda mais nesse assunto. Ele parecia um cachorro com um osso e, se eu lhe contasse tudo sobre as semelhanças entre os assassinatos e os romances, ele iria começar a investigá-los. Sem mencionar que eu lhe dei o nome de Norman Chaney.

– Eles apenas me perguntaram se eu tinha alguma relação com eles, com Norman Chaney, com esse cara de Connecticut, ou com Robin Callahan. E eu disse que não. Perguntei a você sobre Norman Chaney, porque pareciam mais interessados nele. No entanto, para dizer a verdade, não foi nada. Eu, ao menos, espero que não seja nada. Sua filha tem vindo visitá-lo?

– Que livros incluiu nessa lista? – ele quis saber, ignorando minha pergunta sobre Cindy.

Contei-lhe, fingindo não me lembrar de todos. Deixei, no entanto, *Pacto Sinistro* de fora. Marty, que sempre procurava indicações de livros, escreveu alguns dos títulos em seu caderninho.

– *Os Crimes A.B.C.* – ele disse. – Gosto desse título. Acho que, ultimamente, tenho gostado mais de ler Agatha Christie do que James Ellroy. Não sei por quê, mas talvez eu esteja amolecendo com a idade.

– Você tem lido Agatha Christie?

– Sim, como você me disse, lembra? Acabei de ler *O Caso dos Dez Negrinhos*.

– *E Não Sobrou Nenhum...* – corrigi o título, quase automaticamente. Esse era o título menos ofensivo que arrumaram para o livro.

– Certo, esse. Bem, esse foi um crime perfeito. Pena que não haja mais assassinos para imitar esse livro.

– Suicidar-se após cometer os homicídios, é o que quer dizer? – perguntei.

Eu não me lembrava de ter-lhe dito para ler Agatha Christie, mas devo ter dito, sim. Sempre faço isso.

Pedimos outra cerveja, e conversamos sobre livros e um pouco sobre a família dele. Perguntou-me se eu queria tomar uma terceira cerveja, mas preferi declinar. Como sempre acontecia com Marty, gostava de encontrá-lo, mas, depois de algum tempo, não tínhamos mais o que falar, e eu me sentia triste e solitário. Sempre achei que estar com as pessoas pode nos fazer sentir solitários de uma forma mais aguda do que quando estamos sozinhos.

– Vai fazer algo sobre Nick Pruitt? – ele perguntou, enquanto eu vestia a jaqueta.

– Não – respondi. – Não, a não ser que o FBI venha falar comigo de novo. Se fizerem isso, acho que posso mencioná-lo, dizer que pedi a um ex-policial para investigar o assassinato de Norman Chaney, e que Pruitt parece um suspeito.

– Não mencione meu nome – disse Marty. – Por favor.

– Não, claro que não. Na verdade, não vou dizer nada disso. Acho que só estava curioso. Fiquei perplexo por terem me associado a esses crimes.

– Achei que iria me dizer que tivesse a ver com Nero – disse Marty, em seguida, terminando a cerveja.

– Como? – perguntei.

– Ah, achei que o FBI tivesse procurado você para perguntar sobre Norman Chaney por causa do seu gato Nero. Na livraria.

– Por quê? – perguntei, tentando permanecer calmo.

– Li os relatórios da polícia, e Norman Chaney tinha um gato, um gato ruivo como Nero, que sumiu após o homicídio. Eu li que... então, pensei que fosse essa a ligação.

– Isso é engraçado – eu disse.

– Ele é quase uma celebridade, aquele Nero, sabia?

– Eu sei que é. Metade das pessoas vem à livraria para vê-lo. Emily me disse que ele tem sua própria página no Instagram, embora nunca tenha visto. Não, eles não me perguntaram nada sobre meu gato. E, de qualquer modo, ele não é de Vermont.

Eu ri e, para mim, meu riso soou falso.

– Acho que vou ficar aqui e tomar mais uma – disse Marty.

Agradeci-lhe novamente, e saí noite adentro. A temperatura caíra durante as horas em que estive com Marty, e fui caminhando para casa com cuidado, evitando manchas de gelo preto nas calçadas estreitas.

Quando cheguei à minha rua, eu não a vi imediatamente, parada sob a sombra da tília morta em frente de casa, mas pude senti-la. Era a sensação que tinha ultimamente de estar sendo observado. Em frente à escada, ela deu um passo, saindo da sombra e disse:

– Oi, Mal!

Capítulo 20

— Oi, Gwen – respondi.

— Você não parece surpreso em me ver.

— Não estou. Falei com dois agentes do FBI hoje, e me disseram que você tinha sido suspensa.

— Com quem você falou? – ela perguntou, dando mais um passo à frente, postando-se sob a iluminação da rua.

O ar frio da noite esfumaçava o seu hálito. Eu não sabia se queria convidá-la a subir.

— Um agente de New Haven...

— Berry, certo?

— Olhe – eu disse –, não sei se deveria falar com você.

— Não, compreendo perfeitamente. Não quero que faça nada, mas gostaria, ao menos, de falar um pouco com você para explicar o que aconteceu. Eu poderia ter ligado, mas não pude fazer isso. Posso subir?

Ou podemos tomar um drinque em algum lugar? Qualquer outro lugar, em vez de ficarmos em pé aqui na rua.

Descemos em direção à rua Charles, e sentamo-nos na Seven's, e cada um pediu uma cerveja preta Newcastle. Gwen tirou o casaco, mas manteve o grosso cachecol de lã em torno do pescoço. Suas bochechas e a ponta do nariz ainda estavam avermelhadas por causa do frio lá de fora.

– O que quer saber? – ela perguntou.

– Você foi suspensa?

– Sim, está pendente de revisão.

– Por quê?

Ela deu um gole no gargalo da cerveja, e lambeu a espuma do lábio superior.

– Quando apresentei o que tinha apurado aos meus supervisores... Bem, não exatamente o que apurei, mas o que eu suspeitava, que havia uma ligação entre uma série de crimes não solucionados na Nova Inglaterra, disseram-me para abandonar o caso. Cometi o erro de dizer a eles o que inicialmente havia me levado até você. A questão é... eu já sabia quem você era. Sabia seu nome, porque, há algum tempo, conheci sua mulher. Eu conhecia Claire.

Ela me olhava de forma indireta, em direção ao meu queixo.

– Como conheceu Claire? – perguntei.

– Eu a conheci, porque meu pai foi um dos professores dela no ensino médio. Steve Clifton.

Eu precisava tomar uma decisão. Tinha que decidir se bancaria o idiota, ou se revelaria a verdade, ao menos, grande parte dela. Acho que a sua expressão me fez decidir lhe contar a verdade. Ela parecia apavorada, e entendi que, se ela havia decidido ser honesta comigo, eu deveria fazer o mesmo com ela.

– Sim, eu sei tudo sobre ele.

– O que você sabe?

— Sei que molestou Claire durante os dois anos durante o ensino médio. Ele ferrou com a vida dela.

— Ela lhe contou isso?

— Sim.

— O que ela lhe contou, se não se importa em me dizer? Entenderei se achar que...

Ela se calou de repente e percebi o quanto isso era difícil para ela. Eu disse:

— Para dizer a verdade, ela não me contou muitos detalhes. Falou do episódio no início do nosso relacionamento, que era importante que eu soubesse, mas sempre minimizou esse fato. Pelo menos, para mim.

Gwen concordou.

— Não precisa me dizer exatamente o que ela lhe contou. Eu entenderei.

— Por que não tem o mesmo sobrenome de seu pai? — perguntei. — Por que não se chama Gwen Clifton?

— Esse foi meu nome, é claro, por muitos anos, mas alterei, judicialmente, meu sobrenome. Mulvey é o sobrenome paterno de minha mãe.

— Faz sentido — eu disse.

Depois, acrescentei:

— Você conheceu Claire pessoalmente?

— Sim, lembro-me dela. Eu era uns cinco anos mais nova que ela, e Claire costumava vir à minha casa. Muitos alunos do meu pai costumavam visitá-lo, e lembro-me dela, porque ela jogou *Boggle** comigo várias vezes. E, depois, mais tarde, quando eu estava no ensino médio, meu pai me confessou o que fez, e mencionou Claire.

— Ele lhe contou o que fez?

---

* Um jogo de palavras, com letras soltas, fabricado pela Grow, que começou a ser produzido em 1972. (N. da T.)

Gwen comprimiu os lábios e suspirou.

– Nessa época, Claire já havia se formado, mas outra aluna, ou, talvez, duas outras alunas, o acusou de abuso. Todos sabiam. Morávamos na mesma cidade onde ele lecionava. Era uma daquelas situações estranhas em que ele dava aula na mesma escola onde eu estudava, embora nunca tenha sido meu professor. Ele foi obrigado a pedir demissão, e deve ter feito algum tipo de acordo extrajudicial, pois não foi condenado. Ou não havia provas suficientes. Uma noite, ele veio até o meu quarto...

Ela silenciou, e pressionou o olho esquerdo com o indicador por um instante.

– Você não precisa me contar tudo isso – eu disse.

– Ele veio até o meu quarto, e me disse os nomes das moças que ele havia molestado, incluindo Claire, e disse que fizera isso para me proteger. Que nunca quis fazer nada comigo, então buscava outras meninas.

Ela ergueu os ombros, e comprimiu os lábios num meio sorriso.

– Deus do céu! – exclamei.

– É – ela respondeu. – Então, nunca me esqueci de Claire e, mais tarde, soube como ela morreu e, ao ler o obituário, encontrei o seu nome. Foi assim que soube também sobre você.

– E como ficaram as coisas entre você e seu pai?

– Aquela foi a última vez que falei com ele. Ele saiu de casa depois disso, meus pais se divorciaram e nunca mais o vi. Como sabe, ele foi assassinado.

– Ele foi assassinado?

– Não, oficialmente. Mas, sim, acredito que tenha sido assassinado.

– Como?

– Você não sabe? – ela perguntou.

Eu continuava levando a garrafa de cerveja à boca embora já estivesse vazia.

– Acha que eu o matei? – perguntei.

Ela encolheu os ombros de novo, e abriu o mesmo sorriso estranho. Suas bochechas e nariz estavam pálidos outra vez e, como de praxe, achei difícil adivinhar o que ela estaria pensando, diante da palidez e dos olhos inexpressivos.

– Não sei, Mal, mas, a esta altura, não sei mais no que acreditar. Quer realmente saber o que penso sobre isso?

– Sim.

– Está bem. Eric Atwell foi morto, e sei que você não estava no estado quando isso aconteceu, mas não quer dizer que não tivesse arquitetado um plano para que ele fosse assassinado. Meu pai foi atropelado por um carro, enquanto andava de bicicleta. Foi um atropelamento seguido de fuga, mas presumi que alguém o tivesse matado por tudo o que ele fez. Fazia sentido. Ambos os homicídios fariam sentido, estariam justificados, na realidade, especialmente para o marido de Claire Mallory.

– Devo admitir que não me sinto mal por nenhum deles – respondi. Tentei sorrir de um modo tão estranho quanto ela.

– Mas isso é tudo o que vai admitir?

– O que Eric Atwell ou seu pai têm a ver com a minha lista e com os outros assassinatos?

– Não sei. Talvez, nada. Depois que meu pai foi morto, pensei em você novamente. Soube da morte de Eric Atwell, e achei que tivesse algo a ver com isso também. Eu não me importei com isso, embora, na época, ainda estivesse em treinamento para me tornar uma agente do FBI. Sabia que alguém havia assassinado meu pai, e torcia para que tivesse sido alguém com um motivo para fazê-lo, e não alguém que o tivesse atropelado sem querer e depois fugido. Queria que sua morte tivesse sido por vingança. E subentendi que foi. Sinceramente, é algo que me ajuda a dormir à noite. E pensei que poderia ter sido você. Houve outras garotas que meu pai molestou, mas sempre me lembro da

Claire, provavelmente porque ela foi carinhosa comigo, e eu nunca me esquecerei disso. E, enquanto investigava você, descobri a lista. Memorizei os títulos, eu acho, por muitos anos, e lembrei-me dela imediatamente. Lembrei-me de *Os Crimes A.B.C.* depois que as penas foram enviadas para as delegacias de polícia.

– Achou que eu tivesse cometido todos esses crimes?

Ela se aproximou de mim sobre a mesa:

– Não, não. Eu não achei isso. Não sei o que pensei, exceto que algo estava acontecendo, algo que pudesse ter a ver com meu pai e você. Fiquei obsessiva com o caso. Cheguei até a pensar que a morte do meu pai talvez tivesse a ver com *A História Secreta*.

– Como? – perguntei.

– Porque, de certo modo, o enredo descreve as circunstâncias da morte dele.

– Por ele andar muito de bicicleta?

– Isso. Ele andava de bicicleta o tempo todo, principalmente depois do divórcio, depois de ter se mudado para o norte do estado de Nova York. Eu não sabia disso, mas li o relatório policial sobre a morte dele. Ele sempre pedalava sozinho, a maioria das vezes, pelas colinas, por estradas desertas. O carro que o atropelou vinha em direção oposta. Então, sim, lembrei-me de *A História Secreta*. Se alguém quisesse atropelá-lo e matá-lo enquanto ele andava de bicicleta, teria sido muito fácil de fazer. Pareceria um acidente, bem, um acidente causado por alguém que fugiu, mas não indicaria a intenção de matar.

– Contou tudo isso a seu chefe?

– No início, não. Quando apresentei o caso a ele, falei sobre a sua lista, e como ela se ligava aos assassinatos com nomes de pássaros, e a Bill Manso, em Connecticut, e como eu gostaria de investigá-lo, mas ele não engoliu. Cometi o erro de dizer que também havia uma ligação com a morte do meu pai, e foi quando me disseram que eu estava proibida de continuar a investigação, e que iriam entregá-la a outros agentes. Eu estava de férias na semana passada quando interroguei você e fomos até Rockland. Alguém do departamento de medicina legal entrou em contato com minha agência em vez de falar direto comigo. Foi assim que me pegaram, e por isso fui suspensa. Se soubessem que estou aqui agora, com certeza, eles me demitiriam.

– Então, por que está aqui?

– Acho... – ela disse e, em seguida, fez uma pausa. – Achei que teria que lhe contar a verdade. E talvez também para preveni-lo. Eles sabem tudo o que eu sei. Você é um dos suspeitos.

– Você deve achar que eu seja um dos suspeitos também.

– Não sei mais o que pensar. Se acho que matou Elaine Johnson, no Maine, Bill Manso, Robin Callahan ou Ethan Byrd? Acho que não. Mas é apenas uma intuição. Sei que não está me contando toda a verdade. Se eu tivesse que montar uma teoria, sei que pareceria ridícula, mas acho que pediu para alguém para matar Eric Atwell, e talvez até o meu pai, e agora essa pessoa... não importa quem ela é.

– Charlie, lembre-se – atalhei.

– Certo, Charlie. Olhe, eu não durmo há dias. Queria conversar com você, e já conversamos. Se eu quiser manter meu emprego, não posso levar adiante essa investigação. Posso lhe pedir que mantenha segredo sobre nosso encontro?

– Claro.

Ela tomou um gole de cerveja da garrafa meio cheia.

– E se teve alguma coisa a ver com a morte do meu pai...

– Não tive.

– Mas, se teve... saiba que ninguém lamentou a morte dele.

Ela se levantou rápido, batendo as coxas na mesa.

– Você está bem? – perguntei.

– Estou ótima. Só estou muito cansada.

– O que vai fazer agora?

– Vou dirigir para casa e tentar esquecer tudo isso.

Acompanhei-a até o carro, pensando se deveria lhe oferecer um pernoite no meu sofá, mas concluí que seria uma péssima ideia, por diversas razões. Além disso, acho que ela não iria aceitar. Além do mais, não sabia se queria que ela fosse até meu apartamento. Ela não fora honesta comigo antes, e eu não estava convencido de que ela estivesse sendo totalmente honesta agora.

Ficamos ao lado do seu Equinox, estacionado perto do Hotel Flat of the Hill, enquanto o vento assoviava. Gwen começou a tremer:

– Ainda está relendo os livros? – ela perguntou.

– Estou relendo *A História Secreta* – respondi.

– De repente, esse título adquiriu um significado totalmente novo.

Eu ri.

– Acho que tem razão.

– Nenhum novo *insight*?

– A partir dos livros?

– De qualquer coisa.

– Posso lhe contar algo que só diria a alguém se fosse obrigada?

– Eu não deveria nem estar aqui falando com você, então, não, não se preocupe com isso.

– Certo – eu disse. – É apenas um nome que surgiu. Não vou lhe dizer como. Mas, se algo acontecer comigo, investigue um homem chamado Nicholas Pruitt.

Ela repetiu o nome, e eu o soletrei para ela.

– Quem é?

– É um professor de literatura inglesa. Provavelmente, não é ninguém, mas...

– Está bem – ela disse. – Espero que você fique bem, para que eu não precise investigar esse nome.

Nós nos despedimos, sem abraços, nem apertos de mão. Voltei a pé para meu apartamento, pensando em tudo o que havíamos conversado.

Eu já estava em casa fazia vinte minutos, totalmente acordado, quando pensei em sair de novo, dirigir até New Essex, e confrontar Nick Pruitt naquela noite. Consegui o endereço dele na versão *on-line* das páginas amarelas e, em seguida, encontrei a residência no *site* da Zillow, uma imobiliária.

Ele morava em uma casa nos arredores de New Essex, em um bairro próximo à universidade. Eu poderia apenas chegar lá e bater à porta. Se Nick fosse Charlie, e eu tinha quase certeza de que fosse, então ele me reconheceria de imediato. Talvez pudéssemos só conversar, descobrir o que ele queria e pedir que parasse. Mas, se eu fosse à casa dele naquela noite, quem sabe como ele iria reagir? Quem sabe, se estivesse sozinho?

Resolvi dirigir até New Essex na manhã seguinte, para vigiar a casa dele e observá-lo por algum tempo. Isso poderia me dar alguma vantagem.

Capítulo 21

Fui à Old Devils bem cedo na manhã seguinte, antes de ir para New Essex. Nero veio me cumprimentar, passando por sua portinhola do porão e andando orgulhoso, com a cabeça empinada. Peguei-o no colo, e abracei-o, coçando seu queixo. Eu já havia me perguntado antes se valera a pena tê-lo poupado, e acredito que sim. Não sei se há um modo de medir a alegria de um animal de estimação, mas acredito que ele ama a vida que tem na livraria. Coloquei-o no chão, tirando os pelos grudados no meu casaco de lã. Será que recolheram os pelos na casa de Norman Chaney em Tickhill quando investigaram o homicídio? Teriam sido considerados relevantes ou irrelevantes? Não sei. Deixei um recado para Emily e Brandon, com uma lista de coisas a fazer, e retornei ao frio que fazia do lado de fora.

Cheguei a New Essex em pouco mais de uma hora, demorando-me na calçada em frente à residência de Nick Pruitt, uma pequena casa quadrada, com um telhado com mansardas. Eram oito horas da manhã e senti-me suspeito. A rua Corning era basicamente uma via residencial, e todas as casas tinham acessos para carros. Meu carro era o único estacionado na rua. Havia uma loja na esquina, a menos de cem metros de distância. Dei meia-volta, parei na frente da loja e desliguei o motor. Ainda conseguia ver a casa de Pruitt e, se alguém me perguntasse por que eu estava dentro do carro, poderia dizer que estaria indo até a loja. O para-brisas começou a embaçar, e limpei um canto, no lado inferior direito, para poder olhar a casa, afundado no assento. Tomei um pouco de café do copo térmico. Havia um carro parado na entrada da garagem – parecia um Porsche –, mas isso não seria um indicativo de que ele estaria em casa. Pruitt trabalhava na universidade, que ficava a poucos quarteirões de distância. Se estivesse dando aula naquela manhã, poderia facilmente ir e voltar a pé.

Enquanto esperava, repassei mentalmente a minha lista de livros, relacionando-os aos assassinatos. A menos que Gwen não houvesse identificado algum deles, então Charlie cometeu os assassinatos descritos em quatro dos oito livros da minha lista, talvez cinco. O primeiro, claro, foi cometido por mim. Eric Atwell e Norman Chaney. Os homicídios trocados de *Pacto Sinistro*. Charlie, então, recriou *Os Crimes A.B.C.*, substituindo as pessoas com nomes de pássaros. Bill Manso foi assassinado a partir do enredo de *Pacto de Sangue*. Elaine Johnson foi morta do mesmo modo que a esposa do dramaturgo de *Armadilha Mortal*. E Steven Clifton? Será que ele foi assassinado usando o método de *A História Secreta*? Como Charlie sabia sobre Clifton? Mas, claro, ele pode ter descoberto. Ele sabia quem eu era e quem era a minha mulher. Não seria muito difícil descobrir que Claire Mallory frequentou um colégio de ensino médio, onde um professor foi acusado de abusar das alunas. Seria pouco provável, mas não impossível. Com isso, restavam três romances, três assassinatos a serem cometidos. *O Mistério da Casa Vermelha*,

Malícia Premeditada e *A Afogadora*. Pelo que eu sabia, um ou mais deles já haviam acontecido, mas, por alguma razão, eu duvidei disso.

Às sete, saí do carro, me estiquei, e entrei na loja de conveniência. Era um desses lugares que vendem laticínios e produtos alimentícios básicos, mas que só conseguem sobreviver graças à venda de bilhetes de loteria e de cigarros. Comprei uma barra de cereais e uma garrafa de água empoeirada, e paguei em dinheiro ao homem por trás da caixa registradora. Enquanto voltava para meu carro, vi uma jovem de *jeans* e botas de cano alto até os joelhos indo até a casa de Pruitt. Ela tocou a campainha assim que entrei no carro. Limpei o lado de dentro do para-brisas para ver a mulher enquanto ela esperava, balançando-se ligeiramente sobre os saltos. Ela tocou a campainha de novo, depois bateu, e, em seguida, olhou pela vidraça retangular ao lado da porta. Finalmente, desistiu, olhou o celular, deu meia-volta e desceu a rua.

Saí do carro e comecei a segui-la. Imaginei que, se ela estivesse procurando por Nick Pruitt e o encontrasse, então eu também o encontraria.

Ela caminhava rápido, quase correndo, então apertei o passo. No fim da rua de Pruitt, ela virou à esquerda na rua Gloucester, subindo a ladeira em direção à Universidade de New Essex, e entrou em um prédio de tijolinhos de dois andares na extremidade do *campus*. Uma placa acima da entrada dizia "Proctor Hall". Corri até as portas duplas de vidro, e entrei em um *lobby*, avistando-a enquanto ela se afastava, indo para a esquerda no longo salão. Um homem barbudo por trás de um balcão de informações olhou para mim. Sorri e acenei como se o tivesse visto mais de cem vezes, e segui a mulher pelo *hall* de entrada iluminado por lâmpadas fluorescentes. A mulher entrou na terceira porta à esquerda. Uma pequena placa indicava que ela entrara na Sala de Aula 1-C. Olhei pela janelinha de vidro reforçado com tela de arame no meio da porta, e só consegui ver a última fileira de cadeiras, com doze alunos sentados. Abri a porta e entrei, sentando-me na ponta da última fileira. Era um anfiteatro que descia até a mesa do professor. Cabiam cerca de cem alunos ali, e acho que sessenta por cento dos assentos estavam ocupados. A mulher que eu havia seguido tirou o casaco preto e o gorro de lã, e agora estava diante do auditório e parecia nervosa.

– Infelizmente – ela disse –, o professor Pruitt não poderá ministrar a aula de hoje. Ficarei aqui pelo restante do horário, caso alguém tenha perguntas, mas, a menos que haja algum aviso em contrário, a aula de sexta-feira de manhã está confirmada, e o dever de casa, referente à leitura, continua inalterado.

Enquanto ela dava o aviso, os alunos começaram a guardar os *laptops* nas mochilas e a vestir os casacos. Eu também me levantei e saí rapidamente da sala, seguindo pelo corredor, até sair do prédio, esperando que ninguém tivesse notado a minha presença. Vaguei em direção a um banco, defronte para o mar cinza-escuro sob um céu de chumbo. Sentei-me por um momento, virando-me para olhar a porta de entrada do Proctor Hall, enquanto os alunos saíam apressados, temendo que, de repente, o professor aparecesse e cancelasse a folga daquela manhã.

Estava claro o que tinha acontecido. Pruitt não viera dar aula, não respondera às mensagens ou ligações no celular. Sua assistente fora até lá para verificar se ele estaria em casa. Tive um mau pressentimento, mas o afastei da minha mente. Pruitt era alcoólatra, ao menos foi o que Jillian Nguyen havia me dito. Talvez estivesse de ressaca. Talvez isso acontecesse com frequência, e a assistente, algumas vezes, tenha sido capaz de acordá-lo batendo à porta.

Fiquei olhando para o Proctor Hall, curioso para saber o que a assistente iria fazer quando saísse do prédio, acreditando que ela retornaria à casa de Pruitt. Então, lembrei-me de ela dizer que ficaria na sala durante o horário da aula cancelada. Levantei-me e comecei a descer a ladeira em direção à rua de Pruitt. Minha intuição me dizia para eu pegar o carro e voltar para casa. Algo havia acontecido. Lembrei-me de um verso de um poema – *Alguém morreu, até as árvores sabem disso* – e levei alguns segundos para lembrar que era de um poema de Anne Sexton,* sobre a morte de um de seus pais. Ao me aproximar da casa de Pruitt, vi as árvores alinhadas ao longo da rua Corning. Estavam sem folhas, é claro e, contra o céu escuro, pareciam meros garranchos, rabiscos a lápis. Era difícil imaginá-las cheias de folhas num dia de sol de verão. Sim, *alguém morreu*. Mas não bastaria apenas saber disso.

Depois de chegar à casa de Pruitt, passei pela entrada da garagem, onde o carro dele estava estacionado. Eu estava de luvas, e destranquei a porta de madeira que dava para o quintal cercado. Montículos de neve congelada espalhavam-se pelo quintal quadrangular. Havia uma grelha debaixo de uma lona. Folhas espalhadas, escurecidas, amontoavam-se contra a divisória do outro lado.

Subi os três degraus que levavam a um pequeno deque e à porta dos fundos. Pela vidraça, vi a cozinha de piso de linóleo quadriculado. Além dela, ficava o que seria a sala de jantar com uma longa mesa. A porta estava trancada e bati no vidro. Estava prestes a socar a janela, mas havia alguns vasos antigos no deque. Agachei-me e levantei-os um a um. Havia uma chave prateada debaixo do vaso de alecrim. Segurei-a entre os dedos enluvados e abri a porta dos fundos. Entrei e gritei: "Olá!". A casa parecia vazia e esperei uma resposta. Passei pela cozinha bem-arrumada e fui até a sala de jantar, andando devagar, até que meus

---

* Anne Sexton (1928-1974) foi uma poeta americana conhecida por sua poesia confessional. Ganhou o Prêmio Pulitzer de poesia em 1967 pelo seu livro *Live or Die* (*Viver ou Morrer*). Sua obra detalha a longa batalha contra a depressão e a bipolaridade. Foi aluna de Robert Lowell (1917-1977), na Universidade de Boston, junto com Sylvia Plath (1932-1963), a quem dedicou um poema em 1966. (N. da T.)

olhos se habituassem à penumbra da casa. As cortinas estavam cerradas. Da sala de jantar, era possível ver a sala de visitas com um longo sofá. Pruitt estava sentado em uma das laterais do sofá, com os pés apoiados no chão, as mãos ao lado das coxas e a cabeça reclinada para trás, sobre uma almofada. Ele estava morto. Soube disso assim que o vi, pelo modo como estava imóvel, com o pescoço exposto naquele ângulo desconfortável.

Por mais chocado que me sentisse ao ver o corpo, fiquei igualmente surpreso, porque isso significava que Pruitt não era Charlie. Eu tinha tanta certeza de que tinha que ser ele, mas, óbvio, eu estava errado. Havia uma ínfima possibilidade de que Pruitt fosse Charlie, e de que a culpa por tudo o fez beber até morrer. Mas, no íntimo, sabia que não era isso. Pruitt fora morto por Charlie, por estar muitos passos à minha frente.

Senti um forte cheiro de uísque vindo da sala, e vi uma garrafa no chão em cima do fino tapete persa. A luz que entrava na sala fazia brilhar uma malha de arame em volta da garrafa triangular. Reconheci a marca – era um uísque escocês –, mas não consegui me lembrar do nome. Havia também outro odor, que me lembrou hospital. Aproximei-me da porta. E, de lá, pude ver que o suéter de Pruitt estava sujo de vômito seco.

Sabendo que não poderia entrar na sala com o corpo de Pruitt ali, olhei em volta. Não me surpreendi ao ver várias estantes cheias de livros. Em um canto, havia uma grande tela plana e um velho aparelho de som. Na parede, acima do sofá, havia um cartaz de divulgação da peça *Conto de Inverno*, de Shakespeare, emoldurado. Era um desenho de um urso com uma coroa na cabeça. Percebi que, exceto pela garrafa no chão na frente do sofá, não havia sinal de outras bebidas na casa.

Recuei bem devagar para a sala de jantar e retornei à cozinha. Procurei bebidas alcoólicas ali também, mas não havia nenhuma. Abri a geladeira. Estava vazia, porém havia uma embalagem com seis cervejas na primeira prateleira, mas vi que eram sem álcool. Fechei a geladeira, perguntando-me se valeria a pena olhar um pouco mais a casa, ou se seria tolice permanecer ali mais tempo. Claro que eu sabia o que havia acontecido, embora não tivesse ainda entendido tudo. Em *Malícia Premeditada*, uma viciada é assassinada com uma overdose de forma a parecer acidental. Pruitt, obviamente, era um alcoólatra em recuperação, mas Charlie, de alguma forma, fez com que ele ingerisse uma quantidade fatal de álcool. Ou, ao menos, fez parecer que isso havia acontecido.

De repente, a cozinha foi tomada por sons de grilos, e pulei, com o coração em disparada. Era o celular de Pruitt, carregando ao lado da torradeira, em cima do balcão da cozinha. Olhei para a tela. A ligação era de Tamara Strahovski. Imaginei que fosse sua assistente tentando falar com ele. Quanto tempo iria passar antes de ela chamar a polícia para checar se ele estaria bem? Eu não tinha como saber. Decidi dar uma olhada rápida pela casa – apenas mais cinco minutos.

A cozinha tinha duas entradas, e passei pela outra porta que levava a um corredor nos fundos, um lavabo e o escritório de Pruitt. Havia uma escrivaninha, um *laptop* aberto e mais estantes, a maioria repleta de inúmeros exemplares de seu livro, *Sob o Efeito da Água*. Eu sabia, depois de visitar a casa de Brian Murray, que os autores possuem vários exemplares de seus livros, mas não tantos como havia aqui. *Sob o Efeito da Água* preenchia duas prateleiras e havia pilhas do livro no chão. Parecia haver centenas deles. Fiquei me perguntando se ele teria comprado os próprios livros para aumentar as vendas. Do escritório, segui por um corredor lateral que dava nas escadas. No topo do patamar, espiei o quarto de Pruitt, mais bagunçado que as salas do térreo. E mais vazio também. Havia roupas empilhadas no chão, uma cama desarrumada e outro cartaz de peça teatral emoldurado, com um desenho, na parede. Dessa vez, era de *Noite de Reis*. Pude olhar melhor para esse cartaz. Era de uma produção do Teatro Comunitário de New Essex, dirigida por Nicholas Pruitt. Antes de sair do quarto, observei a cômoda repleta de porta-retratos, a maioria com antigas fotos de família, embora tenha reconhecido uma de Jillian Nguyen com Pruitt, na frente do Teatro Globe reconstruído, em Londres.

Saí pela porta dos fundos, e coloquei a chave de volta debaixo do vaso de alecrim. Entrei no carro e voltei para Boston.

Capítulo 22

Eu não acessava o Duckburg desde 2010, quando fiz o acerto para a troca de homicídios. Mas achei que precisava visitar o *site* de novo agora, para tentar fazer contato com Charlie. Pelo que eu me lembrava, ainda teria o *site* marcado na lista de favoritos no computador no trabalho. Era começo de tarde, e fui de casa a pé até a Old Devils. Toda vez que eu piscava, via Nick Pruitt morto, placidamente sentado em seu sofá, com a cabeça virada para trás e a boca entreaberta.

Ao entrar, Emily estava atrás da caixa registradora, finalizando uma venda, e ouvi Brandon antes de vê-lo:

— A gangue está reunida! — ele disse, com seu vozeirão.

Ele estava acocorado à minha esquerda, procurando um livro na prateleira perto do chão, provavelmente tentando achar um livro para atender a um pedido feito pela internet.

— Apenas de passagem — respondi. — Desculpem-me por tê-los deixado sozinhos por tanto tempo nos últimos dias.

– O que está rolando com você? – perguntou Brandon, agora de pé, segurando um exemplar de *O Espião que Saiu do Frio*, de John le Carré.

– Para falar a verdade – respondi –, não tenho me sentido bem.

Foi a primeira mentira que me ocorreu naquele momento. Continuei:

– Tenho andado muito cansado e um pouco dolorido. Não sei o que é.

– Bem, então, não venha até aqui nos contaminar – retorquiu Brandon. – E e eu estamos dando conta direitinho do recado, não é mesmo, E?

Emily não respondeu, mas eu a vi levantar os olhos de trás do balcão. O cliente que ela atendera, um comprador frequente de quem nunca me lembrava o nome, mas que sempre levava os lançamentos de Michael Connelly, estava agora de saída.

– Tenho um pouco de trabalho para fazer no escritório e, depois disso, vou voltar para casa, juro – eu disse, e encaminhei-me para lá, enquanto Brandon começava a contar a Emily sobre um resfriado que sua mãe tivera e que levou um ano para sarar.

Nero estava em cima da minha cadeira na escrivaninha, todo enrodilhado, mas levantou-se assim que entrei, espreguiçou-se e saltou no chão. Sentei-me e liguei o computador. De repente, fiquei preocupado com a possibilidade de ter deletado o *site* Duckburg dos favoritos – algo que deveria ter feito, para ser sincero –, mas quando abri o *browser*, lá estava ele. Entrei, fui direto à seção de Trocas, e dei uma olhada rápida nas últimas cinquenta mensagens. Era o de sempre – ofertas de trabalho com pagamento em favores sexuais ou drogas. Havia algumas mensagens com conteúdo diferente, claro, como um homem que queria trocar toda a coleção de sapatos da esposa ("pelo menos oito jimmy choos") por um ingresso para o concerto de Springsteen que já estava com os ingressos esgotados. Não vi nada se referindo a *Pacto Sinistro*. Não me surpreendi. Charlie não precisava entrar em contato comigo, porque, de certo modo, já havia feito isso. Ele sabia exatamente quem eu era. Mesmo assim, valia a pena tentar lhe enviar uma mensagem esperando que ele estivesse acompanhando as postagens no *site*.

Criei mais uma identidade falsa, chamada Farley Walker, e escrevi uma mensagem: "Caro fã de *Pacto Sinistro*, gostaria de propor outra troca. Você sabe quem é". Fiquei olhando para a mensagem por uns cinco minutos depois de enviá-la, pensando que poderia receber uma resposta em seguida, mas isso não aconteceu. Desconectei do Duckburg, e fiz uma rápida pesquisa sobre a Universidade de New Essex para ver se encontraria alguma notícia. Não me surpreendi que não houvesse nada. Mesmo se já tivessem encontrado o corpo de Nick Pruitt, e isso, provavelmente, não havia ocorrido, dificilmente seria noticiado. Pareceria uma overdose acidental, embora fatal, de um alcoólatra que bebeu demais.

A menos que Charlie tivesse cometido um erro, fora um assassinato perfeito. Ninguém poderia imaginar ali um homicídio.

Fiquei pensando como ele havia feito aquilo. Acredito que tenha batido à porta da casa com a garrafa de uísque na mão e um revólver na outra, e que tenha obrigado Pruitt a beber. Também poderia ter colocado uma droga na bebida.

O que eu queria saber era como Charlie teria encontrado Pruitt, para começo de conversa. As únicas pessoas que sabiam que eu estava interessado nele eram Marty Kingship e Jillian Nguyen. É claro que Pruitt estava ligado a Norman Chaney. E se Charlie planejou a morte de Chaney, então teria também uma conexão com Pruitt. De repente, lembrei-me do livro, *Sob o Efeito da Água*, que deixara na livraria. Emily voltou para sua mesa, atendendo aos pedidos da internet, e eu fui para o caixa. *Sob o Efeito da Água* estava lá, onde o deixei. Percebi o quanto eu me incriminava ao ter um exemplar de biblioteca desse livro e compreendi que o mínimo que eu deveria fazer seria tirá-lo dali.

– Você teve uma visita ontem à noite – disse Brandon.

Ergui a cabeça.

– Ah, é?

– A esposa de Brian, Tess. Ela esteve aqui à sua procura.

– Ah... – respondi. – E ela disse o que queria?

– Não... Disse que veio, porque fazia tempo que não aparecia, mas deu para perceber que ficou um pouco decepcionada por não ter encontrado você aqui. Ela não costuma ficar em Boston, não é? Não quando faz um frio desses, certo?

– Brian está com um braço quebrado – respondi. – Estive com eles há duas noites e, aparentemente, ela precisa ficar aqui para poder ajudá-lo.

– Puxa, isso é hilário! – disse Brandon, embora não concordasse com ele.

Não estranhei que Tess viesse à livraria. Afinal, ela trabalhou no mercado editorial como assessora de imprensa e, com certeza, estava cansada de ficar como babá do marido. Mesmo assim, não deixava de me lembrar do modo como ela me abraçou quando nos despedimos após alguns drinques no Hotel Beacon Hill.

– Ela comprou alguma coisa? – perguntei.

– Não... mas arrumou todos os livros de Brian Murray na prateleira para nós.

– Que novidade!... – comentei.

Antes de ir embora, anotei o complicado endereço do Duckburg em um pedaço de papel, para entrar depois no *site* com o meu *laptop*, em casa. Peguei o *Sob o Efeito da Água*, disse a Brandon e Emily que poderiam ficar ali mais algum tempo e fui para casa. Do lado de fora, minúsculos flocos de neve congelados começavam a voltear. Outra tempestade – não muito intensa – estava ameaçando chegar esta noite. Continuei pensando em Tess Murray – por que ela veio até a livraria? Será que viu meu exemplar do livro de Nick Pruitt? E se viu, e daí? Mesmo assim, isso me incomodou.

Destranquei a porta de entrada e subi as escadas até meu apartamento no sótão. Estava muito frio ali dentro e vi que deixara as janelas abertas, algo de que não me lembrava de ter feito. Fechei-as e fui imediatamente ao computador para dar uma olhada no Duckburg. Ainda não havia nenhuma resposta. Pesquisei sobre Tess Murray. Lembrei-me de que não sabia nada sobre ela, além do fato de ser a jovem esposa do meu sócio, e que trabalhava como assessora de imprensa quando nos conhecemos. Achei um perfil que parecia ser o dela no LinkedIn, porém sem foto. Indicava uma grande editora como local de trabalho anterior, além de uma empresa chamada Snyman Publicity, e me lembrei de que ela assinava como Tess Snyman antes de se casar. Seu atual local de trabalho era o Treasure Chest, em Longboat Key, Flórida, a pequena joalheria que administrava. Fiquei me perguntando se ela havia abandonado o mercado editorial por estar casada com Brian Murray. Houve um pequeno escândalo quando eles se casaram, principalmente por ela ter provocado o fim do casamento de Brian, mas também por ser muito mais jovem do que ele. E muito mais bonita que a esposa.

O fato de estarem casados há mais de dez anos não mudou a opinião geral de que ela fosse uma arrivista.

Lembrei-me de uma história que ouvi sobre ela, provavelmente de algum outro escritor de romances policiais da região. Isso aconteceu quando Tess ainda trabalhava como assessora de imprensa, mas estava começando a sair com Brian. Estava em uma festa no Thrillerfest, em Nova York, quando alguém fez algum comentário depreciativo sobre Brian – de que seus romances se tornaram cada vez mais toscos ao longo do tempo. Não era uma acusação falsa, na minha opinião, porém Tess esbofeteou quem disse isso e saiu esbaforida da festa. Lembro-me de que a pessoa que me contou essa história, quem quer que seja, queria provar que Tess era louca, mas considerei o incidente uma confirmação de seu amor por Brian. Para mim, eles eram bem casados.

Chequei o celular para confirmar se eu teria o número de Tess Murray. E tinha: tanto o *e-mail* quanto o número do celular. Enviei uma mensagem para ela:

> "Oi, Tess. É Malcolm, caso não reconheça meu número. Soube que esteve na livraria procurando por mim. Vamos jantar em breve – nós três. Adoraria colocar os assuntos em dia".

Apaguei a tela depois de mandar a mensagem, mas, assim que larguei o celular em cima da mesa, ele tocou, anunciando uma mensagem de Tess: "Sim!!! Venha jantar amanhã à noite!!!".
Respondi que achava uma ótima ideia, e perguntei a que horas e o que deveria levar.
"Às sete, e traga você mesmo!!!" foi a resposta, tão imediata, que fiquei me perguntando como ela conseguia teclar tão rápido. Depois dos pontos de exclamação, ela acrescentou um coraçãozinho vermelho.
Fui até a geladeira pegar uma cerveja. Havia alguns ovos e um pouco de queijo e decidi fazer um omelete como jantar, embora não estivesse com fome desde que vira o corpo de Pruitt de manhã. Coloquei um monte de CDs de Michael Nyman em meu velho CD player e ouvi primeiro a trilha sonora de *The End of the Affair*.* Fiz o omelete e comi a metade, depois abri outra cerveja. Fui até a estante e vi os livros de Brian Murray. Eu tinha quase todos. Com certeza, todos os mais recentes, porque Brian promovia os lançamentos de seus livros na Old Devils e sempre autografava um exemplar para mim. Mas também tinha a maioria dos antigos, os primeiros romances de Ellis Fitzgerald, que comecei a ler aos 10 anos. Não precisei pegar esses livros na Troca de Livros da Annie, pois minha mãe era fã de Ellis Fitzgerald, e comprou

---

* Em tradução livre: *Fim de Caso*. (N. da T.)

todos eles. Os primeiros eram realmente bons, como os romances mais engraçados de Ross MacDonald.* E era muito importante, naquela época, que a mulher fosse uma detetive de personalidade forte e intransigente. Brian me disse, várias vezes, que, no primeiro rascunho do primeiro romance de Ellis Fitzgerald, *A Árvore Envenenada*,** Ellis era um homem. Seu agente disse que o livro era bom, mas um pouco comum demais. Ele transformou o personagem de Ellis em uma mulher sem mudar mais nada, e o livro se tornou um sucesso.

Peguei a edição de *O Ponto Máximo*.*** Esse quinto livro de Ellis Fitzgerald recebeu o Prêmio Edgar. As opiniões dos fãs sobre a obra eram contraditórias: eles consideravam o livro o melhor, ou o pior da série. Era meu favorito, pelo menos, quando o li a primeira vez, na

---

* Ross MacDonald, pseudônimo de Kenneth Millar (1915-1983), autor americano de romances de ficção criminal. Cresceu no Canadá, onde se casou com Margaret Sturm (que se tornaria a escritora Margaret Millar) e retornou aos EUA em 1938. Como muitos autores norte-americanos da época, iniciou a carreira literária publicando contos em revistas. Quando estudava na Universidade de Michigan, concluiu o primeiro romance, *The Dark Tunnel* (1944), sob o pseudônimo de John MacDonald, para evitar associação como o sobrenome da esposa, que também estava começando a ser conhecida como escritora. (N. da T.)

** No original, *The Poison Tree*, é o título do romance de suspense de estreia da jornalista britânica Erin Kelly (1976-), lançado em 2010, e traduzido, no Brasil, por Carlos Duarte e Anna Duarte, publicado pela Editora Record, em 2013. (N. da T.)

*** No original, *The Sticking Place*, é o primeiro livro da série 'Luke Jones', de T. B. Smith (ex-policial de San Diego), lançado em 2011, que narra a carreira de um policial desde o início em 1978, até ele se aposentar, depois de se formar em Letras, com especialização em Shakespeare. O título foi tirado de uma fala de Lady Macbeth (Ato I, Cena 7), quando diz: "Screw your courage to the sticking place", que significa "estique sua coragem até o ponto máximo", que se refere ao parafuso da corda de um arco, antes de matar o rei Duncan, que está dormindo. (N. da T.)

adolescência. No fim do livro anterior da série, *Sangue Sabotado*,* o namorado de Ellis, Peter Appleman, é assassinado por um membro da Máfia de Boston. Em *O Ponto Máximo*, Ellis consegue se vingar matando, de forma meticulosa e brutal, todos os que estiveram envolvidos com a morte de Appleman, mesmo remotamente. Esse livro tem muito pouco em comum com os demais da série.

Não há clientes bufões ou piadas de Ellis. Tem mais elementos em comum com um dos romances de Richard Stark, cujo protagonista chama-se Parker.

Peguei *O Ponto Máximo* e uma garrafa de cerveja e sentei-me no sofá. Já lera o livro tantas vezes que algumas páginas estavam se soltando. A capa preta enrugada trazia a imagem de um revólver, com o tambor aberto mostrando as seis câmaras vazias. Abri a folha de rosto e não me surpreendi ao ver o nome de minha mãe, com sua caligrafia, no canto superior direito, "Margaret Kershaw", e a data de compra do livro, julho de 1988. Eu tinha 13 anos na época, e li o livro assim que pude colocar minhas mãos encardidas nele, assim que minha mãe acabou de ler. Acho que me lembro de ela dizer que o romance era muito violento. Com certeza, isso me deixou ainda mais ansioso para ler o suspense.

O livro era dedicado a Mary, a primeira esposa de Brian. Eu não a conheci, mas, certa vez, ele me contou que dedicara quase todos os seus livros a ela, porque, se não o fizesse, ela ficaria de mau humor por dias seguidos. Assegurou-me de que foi bom ter se divorciado dela por diversos motivos, mas, principalmente, porque agora poderia dedicar seus livros a outras pessoas.

Comecei a ler e fui imediatamente fisgado. O livro começa com uma reunião entre Ellis e o chefe da Máfia de Boston, no bar do Ritz, quando ela lhe entrega uma lista de nomes: "Ou você os pune, ou eu

---

* Tradução livre de *Temperate Blood*, título inventado pelo autor. (N. da T.)

mesma farei isso. Quem decide é você". Ele zomba dela e diz que ela precisa se esquecer disso e seguir em frente. O resto do livro trata de sua busca obstinada pelos responsáveis pela morte do namorado. É violento e cheio de suspense, e Ellis age de um modo um tanto psicótico. Depois de cada morte, ela passa batom e beija o rosto do morto, deixando uma marca. O livro termina com ela de novo no Ritz, bebendo um Chardonnay com o chefe da Máfia, que se desculpa por tê-la subestimado, e juntos concordam que o equilíbrio fora restabelecido. Ela conseguira a vingança que queria. Ele lhe pergunta o porquê do batom. "Achei que isso incentivaria a polícia", ela disse. "Eles adoram um assassino que tenha uma assinatura. Faz com que se sintam em um filme de Clint Eastwood."

Terminei o livro um pouco depois da meia-noite e continuei pensando em assinaturas. Em última análise, era disso de que se tratavam os assassinatos de Charlie, de deixar sua assinatura, uma indicação para dizer a todos que o assassino era mais importante que a vítima. Charlie pode ter se inspirado em um sentimento de vingança, ou de justiça, quando me pediu para matar Norman Chaney. Mas, agora, tratava-se dele. E da minha lista. E creio que de mim também. Que tipo de pessoa se coloca acima de suas vítimas? Que tipo de pessoa se torna obcecada por uma lista de livros?

Uma das dicas de Brian sobre a arte de escrever é que, quando algo está nebuloso no enredo do seu livro, deve-se dormir e deixar que o subconsciente trabalhe sozinho. Decidi fazer isso: tentar, finalmente, dormir um pouco e, quem sabe, encontrar algumas respostas.

Capítulo 23

Passei a manhã seguinte folheando todos os livros que tinha de Brian Murray. Até li rapidamente seu último romance, *Morrer um Pouco*,* em que Ellis Fitzgerald soluciona um assassinato cometido por uma gangue em um colégio de ensino médio. O romance é tão datado que chega a ser constrangedor. Brian detestava fazer pesquisas e tive a sensação de que o máximo que ele fez para se preparar para escrever este último livro foi assistir a uma sessão dupla de *Os Donos da Rua*,**

---

* No original, *Die a little*, é o título de uma das músicas do álbum "13 Reasons Why (Season 3)", de 2019, de Yungblud, nome artístico de Dominic Richard Harrison (1997-), ator, cantor, compositor britânico de *rock* alternativo, *hip hop* e *pop punk* (N. da T.)

** No original, *Boyz in the Hood*, filme americano de 1991, drama dirigido por John Singleton, com Cuba Gooding Jr., Ice Cube, Laurence Fishburne, Angela Bassett e Regina King. Indicado ao Oscar de melhor diretor e melhor roteiro original em 1992, fez de Singleton o diretor mais jovem a ser indicado à categoria. (N. da T.)

filme em que Michelle Pfeiffer atua como professora de alunos de uma região degradada da cidade.

Depois do meio-dia, recebi uma ligação da agente Perez para me lembrar que eu ainda não havia lhe enviado as informações sobre minha localização e o relatório do que fiz nos dias e horários dos homicídios.

– Desculpe-me – respondi. – Estive muito ocupado. Podemos falar sobre isso agora? Dê-me as datas e verei se me lembro de onde eu estava quando aconteceram.

– Está bem – ela disse.

Abri minha agenda no *laptop* e começamos a checar as datas. Primeiro, ela me perguntou sobre Elaine Johnson.

– Enviei essa informação à agente Mulvey – respondi. – Eu estava em Londres quando ela faleceu. No dia 13 de setembro, não foi?

– Está certo – respondeu a agente Perez.

Ela, então, me perguntou sobre Robin Callahan, morta no dia 16 de agosto de 2014. Minha agenda não tinha nada escrito nessa semana, exceto que trabalhei nesse dia. Disse isso à agente Perez e ela me perguntou se alguém poderia confirmar essa informação. O dia 16 de agosto foi uma sexta-feira, então, eu disse que meus dois funcionários provavelmente trabalharam nesse dia, e que ela poderia entrar em contato com eles e perguntar. Em seguida, perguntou-me sobre Jay Bradshaw, o homem espancado até a morte em sua garagem, em Dennis, no Cabo. Isso aconteceu no dia 31 de agosto.

– Nesse domingo, eu embarquei para Londres – respondi.

– A que horas?

– O voo era às 18h20, então, é possível que eu tenha ido para o aeroporto às 15 horas.

– Isso é bem cedo – ela comentou.

– Eu sei – respondi. – Gosto de chegar cedo, se possível. Prefiro esperar lá a me atrasar.

Eu não tinha um álibi muito consistente para os outros dois casos que ela citou –Bill Manso e Ethan Byrd –, embora tenham sido em dias que eu estive na livraria.

– Desculpe-me não conseguir lhe dar mais informações – eu disse.

– Já ajudou bastante, sr. Kershaw. Gostaria que me enviasse os números dos voos de sua viagem a Londres, se ainda os tiver.

– Claro – disse, preferindo não mencionar que já passara essa informação para a agente Mulvey.

– E, para complementar, mesmo sabendo que já faz algum tempo, saberia me dizer onde estava no dia 27 de agosto de 2011?

– Vou checar. O que aconteceu nesse dia? – perguntei.

– Foi quando Steven Clifton morreu atropelado por uma bicicleta, perto de Saratoga Springs.

– Você mencionou o nome dele antes. Não sei quem é. A agente Mulvey nunca me falou dele.

– A morte dele estava entre as anotações dela – disse Perez.

Voltei à minha agenda *on-line*. Pensei em inventar alguma coisa, mas, em vez disso, eu disse:

– É possível que estivesse trabalhando nesse dia, mas, sinceramente, isso foi há muito tempo. Não tenho nada marcado em minha agenda.

– Tudo bem, sr. Kershaw. Sem problema, no entanto, achei melhor perguntar.

– Está bem. Obrigado – respondi.

Pensei que a ligação fosse terminar ali, mas a agente Perez tossiu e disse:

– Sei que já lhe perguntei sobre isso, mas, quando a agente Mulvey o procurou, você acreditou, de cara, que existisse alguma ligação entre a sua lista e os homicídios não solucionados? Gostaria que me explicasse isso novamente.

— Eu não estava convencido disso, não de cara, mas é provável que esse sentimento tenha a ver com o fato de eu não querer admitir essa correlação. Causou-me um mal-estar ter escrito uma lista estúpida e descobrir que alguém a usou para matar.

— Compreendo.

— Primeiro, ela me contou sobre as mortes relacionadas a pássaros e como as associou a *Os Crimes A.B.C.*

— De Agatha Christie?

— Sim. Para dizer a verdade, parecia um exagero. O caso do homem encontrado em cima dos trilhos, Bill Manso, porém, assemelha-se a *Pacto de Sangue*, mas, como eu disse, não acreditava até encontrarmos todos os livros da lista na casa de Elaine Johnson. Então, ficou óbvio. E era evidente que o assassino queria que soubéssemos disso. Ou queria me envolver. Realmente, eu não sei. Conversamos muito sobre esse assunto.

— Quem? Você e a agente Mulvey?

— Sim. Imaginamos por que Charlie, esse foi o nome que demos a ele, estaria tentando me atingir com esses assassinatos. E pensamos que, de fato, ele estaria tentando aproximar o aspecto original dos homicídios a partir desses livros.

— Posso lhe perguntar sobre uma das anotações dela? Ela anotou os três nomes daqueles que descreveu como "assassinatos de pássaros" e, depois, acrescentou: "Quem é o verdadeiro alvo?". Você sabe o que isso quer dizer?

— Em *Os Crimes A.B.C.*, há uma série de assassinatos cometidos para que deduzissem que o assassino seria louco. Mas ele realmente queria matar apenas uma das vítimas. As outras mortes serviam como disfarces.

— Então, acha que esse seria o caso das mortes dos pássaros?

— Não tenho certeza, mas existe essa possibilidade.

— Talvez todos esses crimes, todos ligados à sua lista, sejam apenas disfarces para um dos assassinatos.

— Certamente — respondi. — É uma possibilidade, mas, se isso for verdade, são mortes demais para ocultar uma só.

— Sim.

Houve uma pausa prolongada, e fiquei sem saber se a ligação teria caído, ou se ela estaria apenas pensando.

— Então, se você tivesse que adivinhar — ela disse, finalmente —, qual dos três assassinatos de pássaros seria a vítima principal?

— Creio que seria Robin Callahan, por ser a mais famosa, e ela aborreceu muita gente.

— É isso que penso — ela concordou e fez outra pausa. — Importa-se se eu o chamar outra vez para fazer mais perguntas?

— Claro que não — respondi, e nos despedimos.

Liguei para a Old Devils. Emily atendeu.

— Ainda está se sentindo mal?

— Não muito, mas ainda não estou bem.

— Fique em casa. Está tudo certo por aqui.

Eu ia desligar, mas aproveitei que estava falando com Emily para perguntar:

— Posso lhe dizer alguns nomes e você me diz se os conhece? — perguntei.

— Claro — ela disse.

— Ethan Byrd.

Ela ficou em silêncio por um instante, e depois respondeu:

— Nunca ouvi falar dele.

— Jay Bradshaw.

— Não.

— Robin Callahan.

— Sim, claro. Era a jornalista de televisão maluca que foi assassinada. Tenho certeza de que um dia essa história se tornará tema de um *best-seller* criminal.

— Por que diz que ela era maluca?

— Sei lá. Acho que ouvi dizerem isso. Ela escreveu um livro sobre adultério, não?

— Sim – respondi.

Depois de desligar, pensei um pouco mais sobre Robin Callahan ser a vítima principal dos três assassinatos de pássaros. E mesmo que não houvesse uma vítima principal óbvia, deveria ser alguém que Charlie pensou em matar primeiro. Ele sabia que teria que imitar as mortes de *Os Crimes A.B.C.*, e não usar o alfabeto. Decidiu matar Robin Callahan, e a forma de encobrir o assassinato seria encontrar outras duas vítimas, cujos nomes se referissem a pássaros. E Robin Callahan foi uma vítima natural, por ter incomodado muita gente. Ela defendia o adultério e arruinou, pelo menos, dois casamentos.

Dormi no sofá, à tarde. Sonhei de novo que estava sendo perseguido, como sempre acontecia. Mesmo quando eu era jovem, tinha esses sonhos em que descobria, de repente, que meus pais, amigos e professores eram todos monstros, e que eu precisava fugir deles. Nos piores pesadelos, eu não conseguia me mexer, pois minhas pernas ficavam pesadas e os pés colados no chão. Naquela tarde, no meu sonho, eu só não fugia de Gwen Mulvey. Ela estava ao meu lado e, juntos, tentávamos fugir de uma horda assassina.

Ao acordar, corri até o banheiro pensando que fosse vomitar, mas isso não aconteceu.

Vesti-me para o jantar. Coloquei uma camisa xadrez azul com uma calça escura e meu suéter preto de caxemira de gola alta preferido, o último presente de Claire no Natal antes de ela morrer. Fiquei diante do espelho, vi-me de corpo inteiro e, mentalmente, perguntei a Claire se eu estava bem. "Você está ótimo", ela respondeu. "Você está sempre ótimo." Imaginei-a correndo os dedos pelos meus cabelos curtos e grisalhos.

"*O que devo fazer?*", perguntei. "*Sobre esses assassinatos?*"

"Esse é um problema seu", ela disse. "Você precisa dar um jeito."

Isso era algo que ela costumava dizer, mas sempre se referindo a si mesma. Foi o que ela me disse depois que confessou que tinha voltado a usar drogas. Eu lhe disse que poderia ajudá-la e ela respondeu: "*Ah, não. É um problema meu e preciso dar um jeito nele sozinha*".

Eu achava que essa característica dela – o modo como administrava os próprios erros – era algo bom, mas agora não estou mais certo disso. A vida dela era complicada, mas o mais importante, para Claire, era evitar confrontos, não aborrecer ninguém e assumir a culpa sozinha. Ferir-se era normal, mas fazia de tudo para não ferir mais ninguém.

Era sua orientação primordial sua necessidade de evitar colisões. Evitar que outras pessoas cuidassem dela.

O problema é meu.

Mas ela estava enganada.

Capítulo 24

Saí de casa sem ver a previsão do tempo, e notei que havia voltado a nevar. Agora eram flocos pesados, que se acumulavam nas árvores e arbustos, mas que derretiam ao tocar a calçada e o asfalto.
Antes de seguir para a casa de Brian, no South End, fui a uma loja de vinhos na rua Charles, e comprei uma garrafa de Petite Sirah. Eu estava quase saindo da loja quando dei meia-volta e comprei uma garrafa de Zwack, um licor de ervas húngaro de que eu gostava muito. Fui, então, para a Old Devils, onde Brandon e Emily estavam se preparando para fechar. Antes de entrar na livraria, fiquei um instante do lado de fora, com a neve caindo, olhando, pela vitrine, o brilho cálido no interior da loja. Brandon falava com um cliente e, mesmo sem saber o que ele estava dizendo, conseguia ouvir o tom grave de sua voz da rua. Emily estava nos fundos, indo de um lado para o outro, atrás do balcão do caixa. Sexta-feira à noite e sábado à tarde eram os dias quando nós três – os funcionários da Livraria Old Devils – sempre trabalhávamos, e me dava

uma sensação estranha de ficar espiando do lado de fora. O mundo continua girando, eu creio. Entrei na livraria, cumprimentei Brandon e mostrei-lhe a garrafa de Zwack.

– O quê?! – ele exclamou, arrastando as palavras.

– Um presente de paz! – bradei. – Para compensar por eu ter ficado tão ausente nos últimos dias. Vocês se esforçaram muito ficando sozinhos.

– Sim, nós nos esforçamos – Brandon respondeu, indo, em seguida, para os fundos para mostrar a garrafa a Emily.

Cumprimentei a cliente, uma jovem de Boston, autora de livros de mistério, que fez uma leitura na livraria um ano antes. Seu nome me escapava naquele momento.

– Como estão as coisas? – ela perguntou.

Seus olhos eram grandes, escuros e apertados em um rosto estreito. O cabelo preto repartido ao meio fazia ela se parecer com uma ilustração de Edward Gorey.*

– Está tudo ótimo – respondi. – Alguma novidade?

Antes que eu pudesse responder, Brandon puxou Emily da sala dos fundos e me chamou.

– Você também, Jane – ele exclamou.

Seu nome completo me veio à mente: Jane Prendergast. Ela escreveu um romance de mistério chamado *A Coruja Saltará da Torre*.**

---

* Edward St. John Gorey (1925-2000) foi um escritor e artista americano, reconhecido por seus livros ilustrados de tom macabro, mas com certo senso de humor. Seus desenhos a bico de pena retratam cenas narrativas vagamente perturbadoras em cenários vitorianos e eduardianos. Também ilustrou obras tão diversas como *Drácula*, de Bram Stoker, *A Guerra dos Mundos*, de H. G. Wells, e *Os Gatos*, de T. S. Eliot. (N. da T.)

** Tradução livre de *The Owl Shall Stoop*, foi tirado de um verso de Sylvia Plath, "The owl shall stoop from his turret", do poema "Aquarela de Grantchester Meadows", que usei para traduzir o título fictício. (N. da T.)

Fomos até onde Brandon estava nos servindo a bebida em pequenos copos de água que ficavam guardados lá trás.

– Você vem olhar alguns livros e acaba ganhando uma bebida – eu disse a Jane.

– Ela já faz parte da família – disse Brandon.

Emily, segurando seu copo, enrubesceu.

Brandon, que olhava para ela, virou-se para mim e disse:

– Oh-oh!

Emily respondeu:

– Jane e eu estamos namorando.

Comentei:

– Isso explica por que sempre coloca os livros de Jane na mesa de entrada.

Foi a vez de Jane se encabular, e me desculpei, dizendo que fora só uma brincadeira. Fizemos um brinde:

– À Old Devils! – eu disse.

Emily estremeceu e me perguntou o que era Zwack. Eu disse que não sabia, mas parecia adequado para o frio que estava fazendo, como algo que um São Bernardo traria se alguém fosse pego por uma avalanche. Demorei-me mais um pouco, mas recusei uma segunda dose. Eram quase sete da noite, hora de fechar, e também quando eu deveria estar chegando ao South End. De repente, perdi a vontade de ir até lá. Sentia-me seguro na loja, e não sabia o que iria acontecer na casa de Tess e Brian. Mandei uma mensagem para Tess dizendo que chegaria por volta das 19h30, e ajudei Brandon e Emily a fechar a livraria. Jane ficou por ali, esperando Emily terminar.

Quando estava atravessando o Boston Common em direção ao South End, a temperatura caíra mais um pouco, e a neve começou a grudar nas calçadas. Passei pelo lago de sapos, iluminado e cheio de patinadores, desci a rua Tremont, passei pelo Pike e entrei no South End. Apesar do mau tempo, era sexta-feira, e as pessoas enchiam as ruas, lotando os bares e os restaurantes. O casal Murray morava em uma casa de tijolos com fachada em arco em uma rua residencial. A porta da frente era pintada de azul-escuro. Toquei a campainha, ouvindo soar lá dentro.

– Obrigada, Mal – disse Tess, quando lhe entreguei a garrafa de vinho, pensando que deveria ter comprado algo mais interessante para eles. – Entre e se aqueça. Brian está lá em cima, preparando os drinques.

Subi a escada estreita, as paredes ornadas com as capas emolduradas da série de romances de Ellis Fitzgerald. No alto, virei-me e entrei na grande sala de visitas do segundo andar. Brian estava de pé, observando a lareira que acabara de acender.

– Oi, Brian! – exclamei.

Ele se virou para mim, segurando um copo de uísque.

– O que quer beber? – perguntou.

Disse que queria o mesmo que ele estivesse bebendo. Em um balcão, despejou o uísque de uma garrafa de vidro lapidado em um copo baixo, pegou uma pedra de gelo do balde, colocou-a no copo e trouxe a bebida para mim. Havia uma tábua com queijos e torradas na mesinha de centro entre os dois sofás. Sentamo-nos e ele pousou o copo para pegar a torrada.

– Como está seu braço? – perguntei.

– Se viver tanto tempo quanto eu, descobrirá que nos habituamos a ter dois braços. Não é muito fácil ficar sem um deles. Mesmo que seja por algum tempo.

– Tess está ajudando você.

– Sim, está me ajudando, mas ela não me deixa esquecer disso. Estou brincando... É ótimo tê-la aqui. Conte-me como está a livraria. O que está vendendo?

Conversamos sobre a loja por algum tempo, então Tess subiu e se inclinou na beirada do sofá onde Brian estava sentado. O avental e o rosto afogueado e brilhante indicavam que ela tinha vindo da cozinha. O cachorro da casa, um cão malhado chamado Humphrey, veio atrás de Tess até a sala e, depois de cheirar a minha mão estendida, começou a farejar a tábua de queijos.

– Humphrey! – Brian e Tess gritaram ao mesmo tempo.

Ele se sentou e começou a balançar o rabo no chão.

– O que teremos para o jantar? – perguntei, e fiquei olhando para os dois enquanto ela respondia.

Os olhos de Tess estavam claros, como se estivesse emocionada. Brian olhava para ela como se fosse o *barman*, com ligeiro desinteresse, até, claro, querer outro drinque.

– Tomem outra dose, vocês dois, depois desçam para jantar – disse Tess antes de sair.

Ela apertou meu ombro ao passar por mim em direção à escada, bateu na coxa chamando o cachorro e Humphrey seguiu-a pela porta.

– Eu pego – eu disse, levando os copos vazios até o balcão de bebidas.

Coloquei dois dedos de uísque no copo de Brian e um pouco menos para mim. Pus gelo nos dois drinques e entreguei-lhe o copo.

– Vou servir a melhor bebida depois – disse Brian. – Tenho um Talisker de 25 anos aqui em algum lugar.

– Não o desperdice comigo – repliquei. – Este está ótimo.

– Bem, estamos bebendo um uísque comum de dia de semana e, se não me engano, hoje é sexta. Pelo menos, foi o que Tess me disse. Mais tarde, servirei uma bebida melhor.

– Já pensou em escrever um livro sobre bebidas? – perguntei.

– Meu agente já mencionou isso algumas vezes. Não porque ache que alguém vá comprar, mas porque ele imagina que talvez eu possa aproveitar um pouco melhor o tempo que desperdiço bebendo essas coisas.

– Antes que eu me esqueça – eu disse –, acabei de reler *O Ponto Máximo*.

– Por que fez isso? – ele perguntou.

Vi, no entanto, por sua expressão, que ele ficou contente.

– Estava vendo quais dos seus livros que eu tenho e decidi abri-lo e começar a ler. Só parei ao chegar ao fim.

– Sim, creio que Ellis deveria ter matado mais gente. Adorei escrever esse livro. Sabe, ainda tenho leitores que me escrevem dizendo que fazem de conta que esse livro não existe. E recebo outras cartas que me dizem que esse é meu melhor livro.

– Bom, não se consegue agradar a todos ao mesmo tempo.

– Verdade. Lembro-me de que, quando escrevi *O Ponto Máximo*, mostrei-o primeiro para meu agente. Ao meu agente na época. Lembra-se de Bob Drachman? Ele me disse que não conseguiu largá-lo, mas que nunca iriam publicá-lo. Ellis não era uma assassina a sangue-frio, ele disse. Você perderá a metade dos seus leitores. Disse-lhe que poderia perder a metade, mas que iria conquistar o dobro de leitores. Ele me pediu uma segunda versão, menos brutal, então, evidente, acrescentei mais um assassinato.

– Qual? – perguntei.

– Não me lembro. Quer dizer... eu me lembro, sim. Acho que é o cara que ela deixa trancado no frigorífico. Sim, foi esse, porque Bob admitiu que gostou dessa parte quando leu a versão final. De qualquer forma, disse-lhe para submeter o original à apreciação, senão iria procurar outro agente, então ele o enviou. O livro foi publicado e, adivinhe só, o mundo continuou girando...

– E, provavelmente, dobrou o seu número de leitores.

– Não sei nada sobre isso, mas não perdi tantos assim. E recebi o Prêmio Edgar pelo livro.

– É um bom livro.

– Obrigado por me dizer isso, Mal – ele respondeu.

– Nunca quis escrever mais um na mesma linha? Outro livro de vingança de Ellis?

– Não, na verdade, não. Foi necessário fazer isso somente uma vez, e assim o leitor soube que Ellis tem essa faceta. Mas, se ela saísse matando todo mundo toda vez que perdesse alguém que ela ama, então seria outra pessoa. Não, isso só aconteceu uma vez. Ela se sentiu magoada. Ela conseguiu se vingar, e sabe que nunca mais poderá deixar esse lado aflorar de novo. Por outro lado, escrevi um livro sem ela, já lhe contei isso?

Sim, ele já havia me contado isso, mas eu disse que não.

– Sim, escrevi um livro único. Isso aconteceu alguns anos depois de *O Ponto Máximo*, eu acho. Era outro livro sobre vingança, mas, dessa vez, com um rapaz. Um policial do sul de Boston, cuja mulher fora estuprada e assassinada por um grupo de criminosos irlandeses. Ele os localiza e os mata um a um. Escrevi-o em duas semanas, reli e dei-me conta de que apenas havia reescrito *O Ponto Máximo*. Então, engavetei-o e esqueci dele.

– Você ainda o tem?

– Nossa! – ele exclamou, coçando o lado do nariz. – Isso foi quando eu morava com Mary, em Newton, não sei se sobreviveu à mudança. Mas, sim, eu não me lembro de tê-lo jogado fora, então, deve estar por aí, em algum lugar.

– Está falando de Mary? – disse Tess, ao entrar na sala.

Agora ela estava sem o avental e seu rosto parecia maquiado.

– Sim, os bons tempos! – disse Brian. – O jantar já está pronto?

– Sim, o jantar está pronto.

Descemos até o térreo e comemos à luz de velas na sala de jantar em frente à janela em arco de frente para a rua. Humphrey, o cão, recebeu seu petisco e estava ocupado mastigando-o em sua almofada, no canto da sala. Tess fez costeletas assadas, e juntos bebemos três garrafas de vinho antes de ela trazer a sobremesa, uma torta recheada de creme.

– Você fez isso? – perguntei.

– Deus do céu, não! Eu cozinho, mas não sei fazer doces. Quem quer vinho do porto?

– Nós, não – disse Brian, olhando para mim. – Vamos tomar um pouco daquele uísque de que falei mais cedo, o Talisker.

– Vocês podem beber isso – respondeu Tess. – Vou tomar um vinho do porto.

– Posso buscar para você? – perguntei.

Levantei-me, batendo a coxa na beirada da mesa.

– Obrigada, Mal, seria maravilhoso. Tem vinho do porto no porão. Bri, diga-lhe qual garrafa ele deve pegar. E acho que o uísque está no andar de cima.

Eles me deram as instruções e desci ao porão, primeiro, para procurar o vinho do porto. Nunca havia descido ali antes. Estava praticamente terminado, as paredes pintadas, mas o chão ainda estava sem acabamento. Ao longo de uma parede, havia uma estante enorme. Aproximei-me para vê-la de perto, e descobri que estava lotada com livros de Brian Murray, todas as diversas edições, incluindo as traduções, de sua série de livros de Ellis Fitzgerald. Fiquei olhando por algum tempo, sabendo que bebera demais durante o jantar. A luz baça do porão me deu a sensação de estar sonhando. A conversa foi boa durante o jantar, Tess e Brian usando-me como plateia para sua troca de insultos, ora hostis, ora insinuantes. Mas, enquanto eu oscilava na frente da estante, com um exemplar da edição russa de *Bancando o Vilão** na mão, lembrei-me do que Brian e eu conversamos enquanto tomávamos nossos drinques, de como ele gostava de escrever romances sobre vinganças violentas.

---

* Tradução livre de *To Play the Villain*, um título inventado pelo autor. (N. da T.)

Que escrevera um segundo romance assim e nunca o publicou. Eu queria retomar essa conversa.

O outro lado do porão estava cheio de prateleiras com garrafas de vinho, que iam do chão ao teto. Brian me disse para procurar uma garrafa de Taylor Fladgate Tawny Port, que deveria estar no canto superior direito. Peguei várias garrafas antes de encontrar a certa, e levei-a até a cozinha, onde Tess empilhava a louça em uma pia enorme.

– Para você – eu disse.

Não fiquei totalmente surpreso, quando, depois de pegar a garrafa, ela me agradeceu, colocou-a no balcão e me puxou para me abraçar.

– É tão bom tê-lo aqui, Mal – disse ela. – Espero que também esteja se divertindo.

– Claro – respondi.

Ela colocou a mão no meu queixo e me disse que eu era muito gentil.

– Pegue o uísque para Brian antes que ele fique sóbrio. Vou abrir o vinho do porto.

Subi as escadas e fui até a sala de visitas. Tudo o que restava na lareira eram algumas brasas fumegantes em cima de uma pilha de cinzas. A sala ainda estava aquecida. Fui até o armário de bebidas, abaixei-me e abri a portinhola. Dentro, havia cerca de uma dúzia de garrafas, todas de uísque, pelo que parecia. Encontrei o Talisker e peguei-o. Por trás dela, havia uma garrafa de uísque triangular chamada Dimple Pinch. Era igual à que estava junto aos pés de Nick Pruitt. Disso eu tinha certeza. O formato da garrafa era muito peculiar – de três lados e cada lado ligeiramente amassado. Havia uma malha de arame em volta da garrafa. Olhei no fundo do armário e vi que havia duas outras da mesma marca, ambas fechadas. Este seria provavelmente o uísque de semana de Brian, que ele colocava na garrafa de cristal em cima do armário.

Fiquei parado, segurando o Talisker, desejando estar menos bêbado para saber exatamente o que eu deveria fazer em seguida. Ouvi alguém entrar na sala, mas era apenas Humphrey, com sua respiração pesada, correndo em direção ao queijo e as torradas que continuava sobre a mesa de centro.

Capítulo 25

Com uma garrafa de uísque entre nós, ouvi Brian contar a história sobre o fim de semana em que passou enchendo a cara com Charles Willeford, em Miami. Brian sabia que eu era fã de *A Heresia da Laranja Queimada** e, por isso, já me contara a história de Willeford várias vezes. Cada vez, ele a alterava um pouco.

Não sou grande conhecedor de uísque, mas até eu percebia que o Talisker era uma bebida de boa qualidade. Mesmo assim, encostava o copo nos lábios e apenas bebericava. Eu precisava entender o significado daquelas garrafas de Dimple Pinch no armário no andar de cima.

---

* Em tradução livre do título em inglês, *The Burnt Orange Heresy* (1971), de Charles Willeford (1919-1988), um romance *noir*, lançado como filme em 7 de setembro de 2019, no 76º Festival de Veneza e relançado em 7 de agosto de 2020, devido à pandemia de Covid-19. Fazem parte do elenco Donald Sutherland, como um artista plástico, e Mick Jagger, como um *marchand*. (N. da T.)

Brian Murray seria Charlie? Minha resposta imediata foi um definitivo não. Ele era um daqueles homens que se expressava bem, mas não sabia fazer diversas coisas. Ele não sabia dirigir, nem cozinhar. Tenho certeza de que não sabe nem fazer uma reserva de viagem, nem declarar o imposto de renda, nem controlar seus gastos. Ele sabe escrever, beber e falar. Não havia como ele planejar e, em seguida, executar homicídios reais.

Mas, e se tivesse contado com a ajuda de alguém?

Enquanto bebíamos, fiquei observando a cozinha, onde Tess lavava a louça e cantarolava baixinho. Ela parecia feliz, quase relaxada. Brian fez uma pausa em sua história, e eu disse:

– Já leu as postagens que fiz no blog do site?

– Que site? – ele perguntou.

– O nosso site. O site da Old Devils. O blog que pertence ao site.

– Ah, sim! – ele disse, finalmente se lembrando.

Várias vezes eu o importunei para escrever algo para o site, como uma indicação de livro ou uma lista de livros favoritos, mas nunca fez isso.

– O que é que tem?

– Lembra-se de uma lista que fiz, há algum tempo, antes de nos tornarmos donos da livraria, chamada "Oito Assassinatos Perfeitos"?

Ele coçou o canto interno do olho, enquanto eu o encarava.

– Lembro-me dessa lista – ele respondeu, afinal. – Acho que a primeira vez que li seu nome foi quando vi essa lista. E sabe o que pensei?

– Não.

– Pensei: "Não acredito que esse cara não incluiu nenhum dos meus livros".

Eu ri.

– Foi isso mesmo que pensou?

– Com certeza. Chega-se a um ponto na carreira em que cada lista dos dez mais ou melhores no final do ano se torna uma afronta pessoal, se não estivermos nela. Mas a questão é... a questão era, se bem me lembro, não é você não ter incluído nenhum dos meus livros, mas não ter incluído *A Estação da Colheita*,* ora veja, puxa vida, Mal!

Agora ele estava sorrindo.

– Me ajude aqui – eu disse. – Aquele com Carl...

– Com Carl Boyd, esse mesmo.

Lembrei-me desse livro. Era um livro antigo. O vilão, Carl Boyd, era um psicopata que queria se vingar de todos que o menosprezaram. E isso incluía muita gente. Se eu não estava enganado, Carl era farmacêutico. Ele sequestrava as vítimas antes de matá-las. Dava-lhes uma injeção de pentotal sódico, ou algo parecido, que os obrigava a dizer a verdade. Então, lhes perguntava qual seu maior medo e pedia para descreverem a morte que mais os amedrontava. Por exemplo, se alguém dissesse que era claustrofóbico, Carl Boyd o enterraria vivo em um caixão.

– Como pude me esquecer desse livro? – perguntei.

– Tudo mostra que você se esqueceu.

– Mas ele não se encaixaria nessa lista, de qualquer modo. Eram, especificamente, de crimes perfeitos. Crimes insolúveis.

– Do que estão falando? – perguntou Tess, vindo da cozinha, secando as mãos na roupa em volta das coxas.

– Sobre assassinatos – respondi.

– Sobre desrespeito – respondeu Brian, junto comigo.

– Bons tempos – disse Tess. – Estava pensando em fazer um café e queria saber se vão querer. Brian, sei que você não quer.

– Vou querer um pouco – eu disse.

– Normal? Descafeinado?

---

* Tradução livre de *The Reaping Season*, é o título de um livro de Sarah Stirling (https://www.goodreads.com/book/show/44147431-the-reaping-season). (N. da T.)

— Quero normal — acrescentei e fiquei imaginando se minha língua arrastara um pouco ao dizer a última palavra.

Ela voltou para a cozinha e Brian comentou:

— Para dizer a verdade, isso não existe.

— Não existe o quê? — perguntei.

— Estou falando da sua lista — ele respondeu. — Não existe um assassinato perfeito.

— Na ficção ou na vida real?

— Em ambas. Sempre há inúmeras variantes. Deixe-me lembrar dos que você colocou nessa lista. *Pacto Sinistro*, certo?

— Certo — eu disse.

Brian estava um pouco mais aprumado agora, parecendo mais sóbrio.

— Claro que sim. Na realidade, estou lembrando dessa lista agora, e não apenas porque eu não estava nela. *Pacto Sinistro*, sem desrespeito a Pat Highsmith, é uma ideia estúpida para um assassinato perfeito. O que o torna inteligente? Que se tenha um estranho para matar por você? E assim poderá ter um álibi convincente? Sem chance. Quando arrumar um estranho para matar por você, é melhor se entregar à polícia. É imprevisível demais. Se for matar alguém, mate-o você mesmo. Não pode confiar que outra pessoa o faça.

— E se soubesse que essa pessoa jamais o entregaria?

Brian fez uma careta, franzindo a testa e a boca.

— Olha — ele disse —, não sou especialista em psicologia, mas, de uma coisa eu sei, e é a única de que me lembro toda vez que escrevo um livro. Ninguém sabe o que se passa no coração e na mente de outra pessoa.

Ele tocou na cabeça e no peito.

— Simplesmente, não sabe. Nem mesmo quem está casado há cinquenta anos. Você acha que um sabe o que o outro pensa? Não sabe. Nenhum de nós sabe de merda nenhuma.

— Então, não sabe o que Tess está pensando agora?

– Bem – ele disse, levantando as sobrancelhas e encolhendo os ombros. – Sei de algumas coisas que ela está pensando sobre hoje à noite, mas só porque ela me contou.

– Isso não vale.

– Não, não vale. Tudo bem, então, o que ela está pensando, além de tentar se lembrar de quantas colheres de café são necessárias para fazer algumas xícaras de café? Eu também não sei. Bem, isso não é totalmente verdade. Eu sei muito do que ela está pensando. Por exemplo, provavelmente, está calculando quanto uísque eu bebi e se perguntando em que momento decidirá me dizer que eu já bebi o bastante. Com certeza, já está pensando na calça *jeans* de 300 dólares que ela quer comprar. E está pensando em você, amigo.

– O que quer dizer?

– Desde que nos encontramos na outra noite, no bar, ela não parou de falar em convidar você para vir jantar.

– Ela deve ter algum motivo – eu disse, lembrando-me de que ela queria que eu convencesse Brian a ter alguém para ajudar na casa.

– Tess sempre tem algum motivo.

Eu podia sentir agora o aroma do café vindo da cozinha, um odor escuro e amargo que me fez sentir mais sóbrio só de senti-lo. A mudança de rumo na conversa, para se falar de Tess, me aborreceu. Eu conhecia Brian há muito tempo e o vi bêbado muitas e muitas vezes, mas o modo como ele estava se comportando agora, como se estivesse guardando um segredo, era algo novo para mim. Ele sempre me disse tudo o que pensava.

– E qual o motivo que ela teria esta noite? – perguntei.

– Não tenho a menor ideia, mas, como eu disse antes, de fato, nunca sabemos o que se passa na cabeça de outra pessoa.

Ouvi um barulho de louça, virei-me e vi Tess vindo em direção à mesa, trazendo duas xícaras de café, o açúcar e o leite em uma bandeja.

Ela colocou uma xícara de café com pires na minha frente, depois se sentou e suspirou.

– Obrigado, obrigado – eu disse, colocando um pouco de leite no café e dando um gole.

– Quer um pouco de uísque irlandês no café? – perguntou Brian.
– Devo ter um pouco por aqui em algum lugar. Só não coloque uísque barato nele.

– Está perfeito assim – respondi.

– Sério? – exclamou Tess. – Do que estão falando agora?

Ela acrescentou o leite e mexeu o café. Seus lábios estavam ligeiramente manchados do vinho do porto que havia bebido, e seu cabelo, que normalmente ficava solto, estava preso por trás das orelhas.

– Diga a ela – disse Brian. – Tenho que ir mijar.

Ele apoiou a mão boa em cima da mesa e se levantou. Tess e eu olhamos para ele, vendo se seria capaz de se equilibrar sozinho, mas pareceu bem ao sair da sala.

– Falou alguma coisa sobre arranjar alguém para me ajudar aqui? – Tess perguntou, depois que ouvimos Brian fechar a porta do banheiro.

– Não, não falei – respondi. – Me esqueci de tocar no assunto.

– Tudo bem – ela disse. – Qualquer coisa que disser a ele esta noite, ele não se lembrará amanhã cedo, de qualquer modo. Estou curiosa, porém, sobre o que vocês estavam tagarelando agora. Brian estava falando de modo quase passional.

– Ele estava dizendo que, no fundo, ninguém conhece ninguém, como nunca sabemos o que a outra pessoa está pensando.

– Acredita nisso? – ela perguntou, soprando o café na xícara.

Tess tinha pequenas rugas em torno dos lábios, como se já tivesse fumado. Tive uma vaga lembrança de vê-la fumando um cigarro, mas há anos eu não a via fumar.

– De fato, eu acredito. Sempre penso nisso, como nunca sabemos a verdade de ninguém. Mas não sei se isso acontece só comigo, ou com todo mundo.

– Se for só com você? – ela perguntou.

– Acho que tenho dificuldade de conhecer as pessoas. Consigo conhecê-las de modo superficial, mas, quando me aproximo de alguém, sinto-a desaparecer. Quando olho para ela, de repente, não tenho ideia de quem ela realmente seja, ou no que está pensando.

– Sentia-se assim em relação à sua mulher? – ela perguntou.

– Claire? – respondi, automaticamente.

Tess riu.

– A menos que tenha se casado com outra pessoa que eu não conheça.

Pensei por um instante, tentando me lembrar se alguma vez eu falei de Claire para Tess. Ou se alguma vez conversei sobre Claire com Brian.

– Qual foi a sua pergunta? – retorqui.

– Ah, eu deixei você sem graça. Me desculpe.

– Não, não. Estou apenas um pouco bêbado.

– Beba seu café. Isso ajuda.

Tomei outro gole. Em um ato reflexo, não engoli o café, e deixei o líquido escorrer de volta para a xícara. Eu sabia que estava sendo paranoico, mas se Tess ou Brian, ou os dois, tivessem intenção de me fazer algum mal, a ideia de colocar alguma droga na minha comida ou bebida faria muito sentido.

– Eu me sentia bem com Claire como nunca me senti com ninguém antes – respondi. – Mas, algumas vezes, eu não a conhecia.

Tess concordou.

– Sinto o mesmo com Brian, ou quase isso, quero dizer, de vez em quando, ele diz alguma coisa, ou eu leio algo que ele escreveu e me pergunto se realmente o conheço. É um sentimento universal. O que fez vocês falarem sobre isso?

Pensei de novo, preocupado de meu raciocínio estar muito lento.

— Estávamos falando sobre uma lista que escrevi certa vez sobre assassinatos perfeitos. E Brian disse que nunca se pode confiar em alguém para matar por você, pois nunca se sabe, de fato, o que a outra pessoa está pensando.

Tess ficou calada, pensando, por um momento.

— Acho que se uma pessoa vai pedir a alguém para matar por ela, a melhor pessoa seria seu cônjuge.

— Sim — respondi. — Você faria isso por Brian?

— Acho que dependeria de quem ele quisesse matar. Mas eu consideraria essa possibilidade. Eu sou esse tipo de esposa. As pessoas pensam que Brian terminou com Mary e se casou comigo porque eu era mais jovem, mas não foi essa a razão. Mesmo que passemos muito tempo separados, Brian e eu somos muito próximos, você sabe disso. Mais próximos do que já fomos com qualquer outra pessoa. Somos leais. Eu faria qualquer coisa por ele, e ele faria qualquer coisa por mim.

Ela se inclinou na minha direção enquanto falava e senti o cheiro de café em seu hálito misturado ao vinho.

— Falando de Brian... — eu disse, e ela recuou, inclinando a cabeça para me ouvir.

— Ele está bem, eu acho — ela disse. — Provavelmente, está apenas nos dando algum tempo para ficarmos a sós.

— Tem certeza? Talvez devêssemos ver se ele está bem.

De repente, fiquei nervoso. Talvez fosse o quanto eu bebi, mas me sentia em uma peça de teatro, como se a noite estivesse armada para me deixar sozinho tomando café com Tess.

Ela tocou meu joelho e depois se levantou.

— Você tem razão. Vou buscá-lo e dizer que já está na hora de ir para a cama. Mas você pode ficar, Mal. Quero dizer, a noite é uma criança. Vamos para lá tomar outro drinque.

Ela indicou duas poltronas, uma em frente à outra, ao lado de uma estante bem alta, que formava um canto aconchegante entre a sala de jantar e a cozinha.

– Está bem – eu disse.

Ela se levantou e saiu da sala. Continuei sentado por mais um momento, tentando descobrir o que eu deveria fazer. Eu ouvia uma música vindo da cozinha. Ella Fitzgerald cantava "Moonlight in Vermont".* Cheirei o café que não bebi e tomei outro pequeno gole. Em seguida, peguei o café de Tess e experimentei. Como o meu, ela só havia posto leite, sem açúcar, mas o dela tinha um gosto bastante diferente. Fiquei testando os dois, me perguntando se eu estava ficando louco. Se ela quisesse me envenenar, poderia ter colocado algo no meu vinho, ou mesmo na comida. Ainda assim, talvez quisesse esperar até o fim da refeição. Levantei-me, passando pelos sofás e fui até a cozinha. Eu podia ouvir a voz de Tess falando com Brian no corredor, mas não entendia o que ela dizia. A cozinha estava imaculada. Não sabia exatamente o que eu estava procurando, apenas algo que confirmasse minha suspeita. Ele me chamou até aqui por algum motivo.

Olhei a pia de aço inoxidável. Estava vazia. No secador, havia algumas panelas e frigideiras e podia ouvir o barulho de uma máquina de lavar louça, embora não soubesse onde estava. Do lado da cafeteira com a luz vermelha acesa, havia uma tábua de cortar e, em cima, uma peça cilíndrica de madeira, muito pesada. Peguei-a e parecia uma arma na

---

* "Moonlight in Vermont" é uma canção popular, com letra de John Blackburn e música de Karl Suessdorf. Foi cantada por Margaret Whiting em um filme de mesmo título, de 1944. A letra a diferenciava de outras músicas contemplativas da época, pois cada verso é um haicai, com uma estrutura de 5/7/5 sílabas, que não rimam. Também foi cantada por Frank Sinatra, Ella Fitzgerald com Louis Armstrong, Betty Carter e Ray Charles. (N. da T.)

minha mão. Provavelmente, era um rolo de massa, embora diferente de qualquer um que já tivesse visto.

– O que está procurando, Mal?

Tess estava na porta da cozinha.

– Oh, nada... – respondi. – Só estou admirando sua cozinha. Como está Brian?

– Dormindo no quarto de hóspedes do andar de baixo. Ou, como gosto de dizer, no quarto de Brian. Ele passa mais noites ali do que em cima.

Coloquei o rolo de massa sobre a tábua de cortar.

– Eu vou indo – eu disse.

– Tem certeza?

– Sim. Estou um pouco bêbado, acho, e não tenho dormido bem ultimamente. Vou para casa.

– Compreendo – disse Tess. – Não gosto da ideia, mas compreendo. Deixe-me pegar seu casaco.

Fiquei no saguão esperando por algum tempo, até que Tess se aproximou trazendo meu casaco debaixo do braço. Ela se aproximou de mim e disse:

– E se eu lhe disser que você não tem permissão para sair?

Sua voz estava diferente. Mais baixa, mais sussurrante.

Peguei o casaco com a mão esquerda e empurrei-a com a direita, esperando desequilibrá-la o suficiente para poder sair pela porta. Ela tropeçou ao dar um passo para trás e caiu sentada no assoalho de madeira.

– Ei, que porra é essa, Mal? – ela exclamou.

– Fique aí mesmo.

Sacudi o casaco, para ver se ela não havia escondido uma arma ali. O rolo de massa, talvez.

Tess se sentou de lado e recolheu as pernas.

– O que há com você? – ela perguntou.

Eu não tinha certeza, mas disse:

– Sei o que fez com Nick Pruitt – esperando que, ao dizer esse nome em voz alta, ajudasse a confirmar.

Ela olhou para mim, com o cabelo solto e escorrido, e disse:

– Não tenho a menor ideia de quem você está falando. Quem é Nick Pruitt?

– Você o matou há duas noites. Viu o livro de Pruitt na livraria e entendeu que eu o investiguei por causa de Norman Chaney. Então, você o pegou primeiro. Fez com que ele bebesse o uísque Dimple Pinch. Talvez o tenha forçado a beber além da conta.

Tess me olhava com uma expressão confusa e a boca aberta em um meio sorriso, como se a qualquer momento eu fosse dizer que tudo aquilo não passava de uma piada.

– Você queria que eu soubesse disso, não é? Queria que soubesse de você, certo? Não é por isso que estou aqui?

Tess fez um ar de preocupação e disse:

– Mal, eu vou me levantar. Não faço a menor ideia do que você está falando. Isso é algo entre você e Brian? Isso é alguma piada?

– Você conhece a lista que mencionei – eu disse.

– A lista de assassinatos?

– Alguém está usando essa lista para matar pessoas de verdade. Sei que estou parecendo um doido. Mas não sou. O FBI falou comigo. Achei que pudesse ter algo a ver com você. Ou com Brian.

– Por quê? – ela perguntou.

– Por que nossos cafés estavam diferentes? Por que acabou de me dizer que eu não podia sair?

Ela baixou a cabeça e começou a rir.

– Por favor, me ajude a levantar. Prometo que não vou matar você.

Eu me inclinei, ela segurou minha mão e puxei-a para ficar de pé.

– Nossos cafés tinham gostos diferentes, porque o meu é descafeinado e o seu é normal. E o motivo por que eu disse que você não podia sair é que eu estava tentando seduzir você.

– Ah!... – exclamei.

– Brian sabia ou sabe, quero dizer, que eu tentaria fazer isso. Para ele, tudo bem. Essa parte da nossa vida acabou, e agora que estou aqui em Boston por algum tempo... Ele gosta de você.

Ela levantou os ombros.

– E eu também.

– Desculpe-me – eu disse.

– Não se desculpe. É simplesmente ridículo. Tentei fazer com que passasse a noite comigo, e você acha que eu quero matá-lo.

– Não tenho dormido direito – respondi, totalmente sem graça.

– Verdade? Por causa da lista?

– Sim, é – respondi. – Alguém está usando a lista para matar pessoas. E tenho certeza de que é alguém que me conhece.

– Nossa! Quer me falar sobre isso? Ainda não é tão tarde assim.

– Agora não, está bem? – respondi. – Eu realmente preciso ir embora. Desculpe-me por tê-la empurrado. Desculpe-me por...

– Está tudo bem – ela disse, dando-me um abraço apertado.

Achei que ela fosse tentar me beijar também, mas acho que esse momento já tinha passado. Ela se afastou e disse:

– Vá para casa com cuidado. Quer que eu chame um táxi?

– Não, obrigado – respondi. – Da próxima vez que nos virmos, contarei mais sobre o que está acontecendo.

– Vou esperar.

Depois que a porta se fechou atrás de mim, fiquei na varanda por um instante. A rua estava silenciosa, a neve cobrindo tudo. Ouvi uma música ao longe e vi pessoas saindo de um bar na esquina. Desci os três degraus da escada até a calçada e virei para a esquerda, pisando na neve fresca, deixando pegadas novas. Mal andei meio quarteirão, quando ouvi alguém se aproximar correndo atrás de mim e, ao me virar, vi Tess se aproximando rápido, sem casaco, segurando alguma coisa na mão. Devo ter me retraído, pois ela parou a um metro de distância e me estendeu um livro.

– Eu me esqueci – ela disse, quase sem fôlego. – Brian queria lhe dar isto. É a prova do novo livro dele. Não diga que lhe contei, mas será dedicado a você.

Capítulo 26

Uma hora depois, cheguei em casa, úmido, com frio e sem fôlego, por ter subido a ladeira entre os montículos de neve.

Tirei o casaco, os sapatos e as meias e deitei-me no sofá, no escuro. Eu precisava pensar. No mínimo, a longa caminhada até em casa me deixara sóbrio, e as imagens da noite farsesca que eu acabara de passar na casa de Brian e Tess se repetiam na minha cabeça. Agora me parecia ridículo ter acusado Tess de ter matado Nick Pruitt e os demais da lista, mas, quando eu disse isso, quando estava lá, convencido de que meu café tinha sido envenenado, fazia todo o sentido.

Eu me perguntei o que Tess estaria fazendo agora. Teria acordado Brian, contado a ele que eu a atirei no chão e acusei-a de homicídio? Ela achava que eu estaria louco? Decidi que iria ligar para ela logo pela manhã, talvez para contar um pouco mais sobre o que tem acontecido comigo nos últimos tempos. Também pensei sobre a oferta que ela me fez, o motivo de ter me chamado à casa deles. Se fossem outras as circunstâncias, eu estaria na cama com Tess Murray naquele instante.

Aprumei-me no sofá e o livro de Brian Murray escorregou do meu colo e caiu no chão. Acendi a lâmpada e peguei o volume, olhando-o pela primeira vez. Chamava-se *O Ar Selvagem*,* e a arte da capa, como de muitas de suas capas, mostrava Ellis Fitzgerald de costas, olhando uma paisagem ou uma cena de crime. Nesta, ela olhava um horizonte onde havia uma árvore solitária com pássaros voando em volta e um deles caído em um campo coberto de neve, praticamente morto.

Olhei a página da dedicatória e ali só havia uma indicação: "Dedicatória TK", termo editorial para um texto ainda não disponível. Fiquei me perguntando se Brian ainda iria me dedicar o livro depois de saber que pensei que sua esposa fosse uma assassina.

O livro começava com um diálogo: *"O que vai beber?", perguntou Mitch. Ellis hesitou. Sua resposta seria uma taça de vinho – sempre uma taça de vinho – mas, dessa vez, ela respondeu: "Água com gás e oxicoco,** por favor".*

Pensei em ler o resto, mas senti que precisava descansar um pouco. Coloquei o livro na mesa de centro, desliguei o abajur, deitei-me de lado no sofá e fechei os olhos. Fiquei ali por uns cinco minutos. Minha mente continuou girando, passando e repassando os acontecimentos dos últimos dias. Então me lembrei da mensagem que deixara no *site* Duckburg, tentando fazer um novo contato com Charlie e me perguntei se ele teria respondido. Peguei o *laptop* e levei-o até o sofá. Conectei-me

---

* No original, *The Wild Air* (2017) é o título do livro de Rebecca Mascull. Na Inglaterra eduardiana, os aviões são a mais recente invenção, enquanto havia poucas aviadoras. A tia-avó Betty de Della Dobbs volta de Kitty Hawk, na Carolina do Norte, onde os irmãos Wright planaram com suas máquinas voadoras. Della também quer voar e Tia Betty irá ajudá-la. É o quarto livro da autora. (N. da T.)

** No original, *cranberry*. (N. da T.)

como Farley Walker, meu novo apelido. Um ponto azul indicava que eu recebera uma resposta para minha última mensagem. Cliquei e li: "Olá, velho amigo". Era tudo o que dizia.

Respondi: "Você é quem penso que é?".

Não havia indicação do horário da mensagem, então não tinha como saber quando foi postada. Mesmo assim, esperei, olhando fixamente para a tela. Quando eu estava quase desistindo, surgiu uma nova mensagem: "Você sabe meu nome, Malcolm?".

Respondi: "Não sei. Por que não me diz?".

"Talvez eu lhe conte, mas deveríamos ir para um *chat* privado antes."

Marquei o *box* que transformava a conversa em privada. Meu coração acelerou, meus dentes se tensionaram e começaram a latejar.

"Por quê?", escrevi.

"Por que, o quê? Por que continuei algo que você começou? Acho que uma pergunta melhor seria: por que você parou?"

"Parei, porque só havia uma pessoa que eu queria morta. E, uma vez que ele morreu, não havia motivo para continuar matando."

Houve uma longa pausa e, de repente, fiquei nervoso, imaginando que Charlie tivesse desconectado. Queria continuar falando com ele. Além disso, esse era um sentimento ridículo, mas eu me sentia mais seguro vendo as palavras serem digitadas na tela. Isso significaria ele não estar fazendo mais nada.

"Desculpe-me a demora", ele escreveu em seguida. "Preciso fazer silêncio onde estou."

"Onde você está?"

"Vou lhe dizer, mas não agora. Estragaria toda a conversa e estou muito feliz em falar com você."

Algo em relação ao tom da conversa começou a me incomodar e escrevi: "Você é muito louco e sabe disso".

Houve uma breve pausa. Então, ele digitou: "Também pensei que estivesse. Depois que matei Eric Atwell para você, senti-me tão bem que me convenci de que eu era um monstro. Era tudo o que conseguia pensar. Atirei nele cinco vezes, e foi o quinto tiro que o matou. O primeiro atingiu o estômago. Ele estava com muita dor, mas depois que eu lhe disse por que ele iria morrer, vi toda aquela dor se transformar em medo. Vi o reconhecimento tomar seu rosto, o reconhecimento de que ele estava prestes a morrer. Você viu isso em Chaney?".

"Não", digitei em resposta.

"Ele sabia por que iria morrer?"

"Não sei. Eu não disse a ele".

"Talvez seja por isso que não desfrutou tanto quanto eu. Talvez tivesse entendido se visse isso em seus olhos, de ele saber o que iria acontecer com ele e por quê."

"Não tive nenhum prazer de fazer isso", escrevi. "Mas você, sim. Essa é a grande diferença entre nós."

"É por isso que acho que o louco é você", ele digitou. "Você escreve uma lista que homenageia a arte do assassinato, eu decido fazer o que essa lista propõe, de criar arte na vida real, e isso não faz sentido para você?"

"Há uma diferença entre ficção e realidade."

"Não tanto quanto você pensa", escreveu Charlie. "Há beleza nas duas, e sei que você sabe disso".

Eu escrevi: "Não houve beleza alguma quando matei Norman Chaney", mas deletei as palavras antes de enviar a mensagem. Eu precisava pensar. Precisava fazer Charlie confiar em mim, para me dizer quem ele era, ou onde ele estava.

Digitei: "Podemos nos encontrar pessoalmente?".

Ele digitou em seguida: "Ah, nós já nos encontramos".

"Quando?"

"Sei aonde você quer chegar. Só para economizar tempo, não vou lhe dizer quem eu sou. Não agora, desse jeito. Há mais trabalho a ser feito. É incrível como você continua me levando a novas vítimas perfeitas. Você me entregou Nick Pruitt em uma bandeja de prata."

"Ele não tinha culpa de nada."

"Ele era culpado de alguma coisa, acredite em mim. Achei que seria mais difícil fazê-lo beber até morrer, mas acho que ele quase gostou. O primeiro gole foi o mais difícil, mas ele continuou bebendo tudo o que lhe dei. Ele parecia quase feliz."

"Acho que não vou conseguir convencê-lo a se entregar antes de matar de novo."

"Só se você se entregar comigo", ele escreveu, como se fosse realmente fazer isso.

"Claro", respondi. "Eu e você, juntos. Vamos contar toda a verdade."

Houve uma longa pausa, e achei que o tivesse perdido. Ou, talvez, imaginei, ele estivesse, de fato, pensando sobre o assunto. Finalmente, ele escreveu:

"É tentador, mas ainda não acabei. E a questão é que você me deu duas novas vítimas, uma que irá morrer e outra que irá desaparecer, exatamente como em *O Mistério da Casa Vermelha*. Você poderá me ajudar, se quiser."

Eu gelei.

"Deixe-me pensar sobre isso", digitei, já me levantando.

Vesti-me rapidamente, calçando de novo as meias úmidas e os sapatos. Eu tremia. Ele estava indo para a casa de Brian e Tess. Ou já estaria lá. Peguei o celular e liguei para o número de Tess, para avisá-la para ninguém entrar na casa. Caiu direto na secretária eletrônica e não deixei recado. Pensei em ligar para a emergência, mas, de alguma forma, eu sabia que, se fizesse essa ligação, a polícia não iria encontrar nada, e eu seria preso para explicar por que liguei. Disse a mim mesmo que essa seria a decisão certa a ser tomada.

Começou a nevar mais do que antes. Subi a colina, até onde meu carro estava estacionado. As ruas deviam estar em péssimas condições, mas julguei que chegaria ao South End mais rápido de carro do que a pé.

Dei meia-volta e desci o morro acelerado, o carro deslizando ao pisar no freio, quase derrapando. Tirei o pé do freio, mas o carro continuou deslizando, passando por um sinal vermelho e entrando na rua Charles. Achei que fosse bater, mas não havia veículos na rua. Apenas alguns pedestres, incluindo um casal que parou na calçada para assistir a meu quase acidente.

Quando meu carro finalmente parou, ele estava na diagonal, porém mais ou menos virado na direção certa. Acertei o carro e continuei dirigindo, mais devagar dessa vez, dizendo-me que perder o controle da direção seria a pior coisa que poderia me acontecer. Se não quisesse apenas me assustar, Charlie identificara as próximas vítimas. Se eu conseguisse chegar lá primeiro, poderia, ao menos, avisá-los. Mas eu também estava me perguntando se Charlie já não estaria lá. Ele poderia estar na casa enquanto conversava comigo no Duckburg, digitando no celular. Isso explicaria os erros de digitação. Tentei me concentrar no caminho e não pensar nisso. A neve caía no para-brisas. Meus limpadores estavam funcionando, mas formava gelo nas bordas e o para-brisas começou a embaçar. Aumentei a temperatura do degelo, abri a janela e coloquei a cabeça para fora, ao passar pela esquina da Boston Common com a Arlington. Entrei na rua Tremont e o para-brisas desembaçou um pouco. Sabia que não podia virar na rua de mão única dos Murray, e por isso pensei em deixar o carro na esquina e seguir o resto a pé. Mas passei pela rua deles e decidi seguir em frente, virar na próxima à direita e ver se conseguiria voltar.

Meu corpo doía e afrouxei as mãos no volante. A rua lateral onde eu estava não fora limpa recentemente e as rodas giravam em falso enquanto eu avançava. Assim que pude, virei à direita e novamente à direita, esperando que isso me levasse à rua lateral dos Murray. Parecia certo, embora todas as ruas residenciais no South End parecessem iguais para mim. Diminuí a velocidade, olhando pela janela para distinguir a casa dos Murray, com a porta azul. Eu já havia passado três quartos da rua quando a avistei. Ao contrário da maioria das casas de tijolos, a luz ainda estava acesa nas janelas da frente. Tentei não pensar no que isso queria dizer, no que encontraria ao entrar na casa.

Estacionei ao lado de um hidrante, desliguei o motor e saí do carro pisando em sete centímetros de lama gelada. Ao atravessar a rua em direção à casa dos Murray, ouvi alguém gritar:

– Não pode estacionar aí.

Virei-me e vi uma mulher sob um poste de luz, com um cachorro, quatro casas mais abaixo. Acenei para ela e segui em frente.

Cheguei à porta e, de repente, desejei ter algum tipo de arma, qualquer coisa, e quase pensei em voltar para o carro para pegar o macaco hidráulico no porta-malas. Mas não queria perder mais tempo. Tentei abrir a porta e estava trancada, então toquei a campainha e bati ao mesmo tempo, perguntando-me o que fazer se ninguém atendesse.

Estava começando a limpar a janelinha octogonal no centro da porta, quando ouvi passos de alguém se aproximando. A porta se abriu.

Capítulo 27

— Mal! – disse Tess, sussurrando. Aproximou-se de mim, segurou-me pelo casaco e me puxou para dentro.

– Está tudo bem por aqui? – perguntei, enquanto ela fechava a porta.

Tess se encostou em mim e nós nos beijamos. Correspondi ao beijo, em parte pelo alívio por ela ainda estar aqui, viva e, em parte, porque seu beijo era bom. Eu também não queria lhe dizer de cara que tinha voltado por pensar que ela estivesse correndo perigo. Isso poderia soar ridículo.

Paramos de nos beijar e nos abraçamos.

Ela pesou em meus braços e perguntei de novo:

– Está tudo bem por aqui?

Tess se soltou de mim, deu um passo para trás, e disse:

– Por que fica perguntando isso?

Sua voz estava grave e ela piscou várias vezes.

– Você parece... Você está bêbada? – perguntei.

– Talvez, sim – ela disse. – E daí? Você está bêbado.

Ela se afastou e seu corpo oscilou, como se ela fosse cair. Movi-me rapidamente e segurei-a pelo braço, levando-a até um dos sofás do lado da cozinha. Sentamos.

– Estou me sentindo estranha – ela disse, colocando a mão em meu ombro e encostando-se em mim.

Seu hálito estava com um amargo cheiro de café.

– Diga-me o que fez desde que eu saí – pedi.

– Quando você foi embora?

– Há duas horas. Talvez menos. Não tenho certeza.

– Ah, está certo. Fiquei por aqui pensando na vida, porque, você sabe... e tomei mais um pouco de café, e depois me senti cansada, bem cansada, e eu ia subir e me preparar para dormir, mas pensei em tirar uma soneca nesse sofá, e então ouvi alguém bater na porta e era você.

– Veio mais alguém?

– Se veio mais alguém? Aqui? Não. Apenas você. Quer me beijar de novo?

Inclinei-me e beijei-a outra vez, esperando que fosse um beijo rápido, mas ela abriu a boca e pressionou-a com força contra meus lábios. Eu estava com os olhos abertos, mas seu cabelo cobriu meu rosto e, por um momento, não consegui ver nada. Parei de beijá-la e coloquei sua cabeça no meu peito.

– Isso é bom – ela disse, depois sussurrou algo mais que não consegui entender.

Ficamos assim por um instante. Achei que ela estivesse dormindo em cima de mim, e deixei-a ali enquanto olhava em volta. Tudo estava exatamente como estava quando saí, nossas xícaras de café ainda na mesa da sala de jantar diante da janela, um único abajur ainda aceso ao lado da mesa. E o que eu via na cozinha estava iluminado pelas luzes do armário. A casa estava silenciosa, embora desse para ouvir Brian roncando no quarto de hóspedes no andar térreo. Eu não tinha certeza, mas, se fosse ele, aquele era um bom sinal. Ele ainda estava vivo.

Eu sabia que Charlie estava na casa.

Ele já montara o cenário. Ele me seguira mais cedo até ali, provavelmente esperando do lado de fora, enquanto eu jantava com Brian e Tess. Quando saí, talvez tenha pensado em me seguir, ou em invadir a casa. Mas, então, surgiu uma oportunidade. Tess correu para me dar o livro de Brian e deixara a porta aberta. Charlie entrou sem ser visto. E depois? Ele se escondeu na casa e, de alguma forma, conseguiu pôr algo no café de Tess, possivelmente o mesmo que colocou no uísque de Pruitt. Não acreditei que ela estivesse bêbada, ou mais bêbada do que quando saí dali havia duas horas. Não, ela fora drogada. Então, cheguei antes que Charlie pudesse fazer qualquer coisa com ela. E agora estávamos todos na casa. Onde estaria Charlie? Onde eu estaria, se fosse ele?

Tirei Tess suavemente de cima de mim, deitei-a no sofá e me levantei.

– Aonde você vai? – perguntou Tess, a voz baixa e sonolenta.

Ela pôs uma das mãos sob o rosto e suspirou fundo, de olhos cerrados. Fui o mais silenciosamente possível até a cozinha. Uma porta lateral conduzia ao corredor no primeiro andar. De lá, chega-se a um lavabo e ao quarto de hóspedes onde Brian estava dormindo. Também havia um armário, se eu bem me lembrava. Fui até o balcão e encontrei o rolo de massa que vira antes e peguei-o com a mão direita. Pensei em pegar uma faca, mas gostei da sensação de segurar o rolo de massa. Era um pedaço de madeira pesado, obviamente inútil se Charlie tivesse uma arma. Mas já era alguma coisa, e me senti melhor em segurá-lo.

Pensei em ficar na cozinha, apenas com a visão da porta vaivém lateral e do grande arco que conduzia à sala de jantar e à sala de visitas. Poderia ficar aqui a noite toda, esperando Charlie se mover primeiro. Mas também estava preocupado com Tess. O que quer que ela tivesse ingerido no café poderia ser suficiente para matá-la. Em um tom normal, falei em voz alta na cozinha vazia:

– Sei que você está aqui.

Nada.

Esperei, pelo menos, mais cinco minutos e comecei a questionar se seria paranoia minha. Talvez Tess tenha continuado a beber depois que saí e estivesse apenas bêbada. E talvez Charlie estaria brincando comigo naquele momento, tentando me manipular para voltar aqui correndo por nada. Retornei andando devagar até a sala de visitas. Tess não se mexia. Ainda estava encolhida no sofá, com a mão sob o rosto. Abaixei-me e a ouvi respirando normalmente. Virei à esquerda em direção ao corredor, sabendo que o piso antigo rangeria a cada pisada. Depois de passar pela escada, empurrei a porta do banheiro. A luz do corredor era suficiente para ver que estava vazio.

Ouvi passos atrás de mim e gelei.

Os passos se interromperam, mas pude ouvir uma respiração arfante. Virei-me, apertando o rolo de massa na mão. Humphrey, o cão, olhava-me, intrigado. Estendi minha mão livre, e ele avançou para cheirá-la, depois se desinteressou e voltou para a sala de visitas.

Virei-me novamente, decidido a conferir se Brian estava dormindo no quarto de hóspedes e confirmar se ele estava sozinho. Se estivesse tudo bem, talvez eu pudesse ir embora para casa? Talvez não fosse necessário ficar aqui.

– Qual o nome do cachorro?

Ouvi a voz atrás de mim. É claro que eu a reconheci e me virei para encará-lo, ao pé da escada, com a luz da entrada por trás dele, de modo que o rosto ficara na penumbra.

Ele segurava uma arma ao lado do corpo, despreocupado, mas, quando dei um passo em direção a ele, Marty Kingship ergueu o revólver e o apontou para mim.

Capítulo 28

— Humphrey – respondi.
– Ah! – ele disse. – Que nem o ator?
– Acho que sim. Não sei dizer.
– Que belo cão de guarda ele é.
– Sim – respondi.
Marty tinha algo na outra mão e levei um segundo para perceber que era o celular. Isso não combinava com Marty. Eu bebi muitas vezes com ele, esteve em várias leituras na livraria, mas não me lembrava de tê-lo visto com um celular na mão. Também nunca o vi com uma arma, mas o celular parecia mais estranho que a arma.

– Há quanto tempo está aqui? – perguntei. – Estava digitando nessa coisa? No *site* do Duckburg?

Apontei para o celular com um movimento de cabeça.

– Sim – ele respondeu. – Nada mal, não é? Com meus dedos roliços. Ei, vamos nos sentar um pouco.

Ele apontou para a mesa com a arma.

– Talvez nessa mesa. Pode colocar de lado isso que está na sua mão e não terei de apontar isto para você. Então, poderemos conversar.

– Está bem – respondi.

Ele se virou e se aproximou da mesa. Imaginei-me correndo e investindo contra ele, acertando-o assim que ele se virasse com a arma, derrubando-o no chão. Mas tudo o que fiz foi segui-lo e sentamo-nos juntos à mesa, nas mesmas cadeiras onde Tess e eu estávamos poucas horas antes. Marty recostou-se na cadeira e apoiou a arma na coxa.

– O que é isso que está segurando?

– É um rolo de massa – respondi, colocando-o sobre a mesa.

– Pegou isso aqui ou trouxe com você?

– Peguei aqui.

Havia um lustre ainda aceso acima da mesa e pude ver melhor o rosto de Marty. Ele continuava com a mesma cara de sempre, a pele amarelada, cabelos desgrenhados, como se não tivesse dormido nos últimos dias, mas havia algo diferente em seu olhar. Tinha uma expressão mais intensa, mais viva, mas não era bem isso. Havia algo mais: seus olhos estavam uma expressão feliz. Ele podia não estar sorrindo, mas seus olhos, sim.

– Pensei que viesse mais armado – ele comentou. – Embora acredite que essa não seja a sua praia. Chamou a polícia?

– Sim – respondi em seguida. – Devem estar a caminho.

Ele franziu.

– Não vamos mentir um para o outro. Sejamos verdadeiros e, juntos, descobriremos para que lado devemos prosseguir. Sei que pensa que sua única chance aqui seja saltar em cima de mim, mas não é. Serei razoável. E, honestamente, não sou mais jovem, mas que palavra eles usam de forma condescendente para os mais velhos quando estes conseguem se mexer sozinhos?

– Ágil – respondi.

– Certo, ágil. É isso que sou. E se resolver, de repente, me atacar, meto uma bala no meio da sua cara.

Ele abriu um sorriso.

– Está bem – eu disse.

– Estou apenas avisando com antecedência. Não quero que tenha qualquer ideia estúpida.

Entrelacei os dedos.

– Vou ficar bem aqui – respondi.

– Bom. Confio em você. Agora podemos conversar. Fiquei pensando sobre o que me escreveu sobre ficção e realidade. Que a sua lista de assassinatos era ficcional, e que existe uma diferença. Acho que está certo sobre isso, Mal, mas creio que esteja vendo da forma errada. A ficção é muito melhor que a realidade. Eu sei. Estou vivo há muito tempo. E sabe onde aprendi isso sobre ficção? Aprendi com você. Você me fez ler, e me tornou um assassino. Isso mudou minha vida para melhor. Ei, acha que eles teriam cerveja por aqui? Não me importaria em tomar uma cerveja gelada enquanto conversamos.

– Tenho certeza de que sim – eu disse.

Ele olhou em direção à cozinha, onde se via a geladeira grande sob uma luz tênue.

– Você pode buscar duas para nós? Posso confiar que não tentará fazer nada estúpido?

– Com certeza – respondi.

Levantei-me e fui até a cozinha, enquanto Marty apontava a arma na minha direção. Passei pelos dois sofás. Humphrey, o cão, estava agora esparramado diante de Tess, ambos dormindo e totalmente alheios. Abri a geladeira, achei duas garrafas de Heineken no fundo. Peguei um abridor em uma das gavetas e tirei as tampinhas.

– Ah, Heineken! – disse Marty, quando a coloquei diante dele. – Esta é uma surpresa muito agradável.

Ele tomou um gole e eu também. Minha boca estava seca e pegajosa, e a cerveja tinha um gosto bom, apesar das circunstâncias.

– Sim, você me mudou em dois níveis, Mal, sabia disso? – disse Marty, como se a conversa tivesse continuado em sua mente enquanto fui buscar as cervejas. – Você me apresentou ao homicídio e me apresentou à literatura. E minha vida melhorou.

– Duvido que eu tenha lhe apresentado ao homicídio – retorqui.

Ele riu.

– Ah, sim, você me apresentou. Eu era um policial. Isso não me tornou um assassino.

ACHO QUE conversamos nessa noite por umas três horas. Marty falava mais que eu. Sua voz foi ficando mais rouca à medida que falava, mas, apesar disso, a idade parecia abandoná-lo enquanto ele contava a sua história. Era evidente que matar lhe trouxe uma vida nova. Mas não fora o suficiente. Ele também precisava contar isso a alguém.

Ele me contou que, cinco anos antes, em 2010, no ano em que Claire morreu, ele ainda era um oficial do Departamento de Polícia de Smithfield que pensava em se aposentar, e vivia com uma esposa infiel. Ele pôs uma arma carregada na boca no meio da madrugada pelo menos em duas ocasiões. Até pensou em matar a esposa primeiro, apenas para ela não se divertir mais depois que ele estivesse morto. A única coisa que o impediu foram os dois filhos e o fato de que eles teriam que conviver com isso pelo resto da vida. Ainda assim, ele pensava em se matar quase todos os dias.

Na mesma época, fazia parte de uma pequena força-tarefa que estourou uma rede de prostituição amadora que operava em uma lavanderia *self-service* em Smithfield. Eles anunciavam seus serviços no

Craigslist, mas também em um *site* mais obscuro chamado Duckburg. Marty começou a olhar os dois *sites* tarde da noite, imaginando se talvez ele deveria ter seu próprio caso, imaginando que poderia arranjar algo assim *on-line* e talvez isso fizesse diferença. Foi quando ele me encontrou, no Duckburg, procurando um parceiro, fã de *Pacto Sinistro*. Ele ainda não tinha lido o livro – Marty não era um leitor assíduo – mas tinha assistido ao filme quando criança e nunca se esqueceu dele. Robert Walker. Farley Granger. *Cometo seu assassinato e você, o meu*. Ele respondeu à minha pergunta. Até pensou em me pedir para matar a esposa dele, mas percebeu que nunca se safaria, nem mesmo se tivesse um álibi. Mas havia alguém que ele queria ver morto mais do que a esposa traidora. Norman Chaney era um pequeno empresário em Holyoke, dono de três postos de gasolina, não reconhecidos pela excelência de seu atendimento automotivo, mas todos ligados ao comércio local de drogas. Nunca encontraram nada de concreto em relação a Chaney, mas era evidente que ele estava, no mínimo, lavando dinheiro e, possivelmente, até negociando com as delegacias. Mas o que chamou a atenção de Marty foi quando Margaret Chaney, a esposa pouco afeita de Norman, morreu em casa, vítima de um incêndio. Todos os policiais locais sabiam que Chaney fizera isso pelo prêmio do seguro, pela propriedade da casa e para pôr fim à vida da esposa e que, depois, fugiu para New Hampshire. Ele escapou impune.

Depois de receber o nome e o endereço de Eric Atwell que lhe passei na mensagem, ele me deu, em troca, o nome e endereço de Norman Chaney.

Antes de atirar em Eric Atwell, em Southwell, Marty fez algumas pesquisas, apenas para se certificar de que não estaria matando nenhum santo. Descobriu, é claro, que Atwell era um reconhecido canalha. Sofreu algumas prisões por contravenções, como dirigir embriagado e posse de substâncias controladas. Mas também havia três mandados de segurança contra Atwell, de três mulheres diferentes, todas alegando abuso.

Matar Atwell não foi difícil. Marty o vigiou por alguns dias, descobrindo que, no final da tarde, ele costumava sair de casa para fazer longas e exaustivas caminhadas, levando os fones de ouvido, percorrendo os diversos caminhos afastados próximos de sua casa de fazenda. Com uma arma que Marty pegara durante uma busca em uma casa abandonada dois anos antes, ele o seguiu até uma área arborizada em Southwell e atirou nele cinco vezes.

– Lembra-se daquela cena em *O Mágico de Oz?* – perguntou Marty. – Quando o filme deixa de ser em preto e branco e passa a ser colorido?

– Sim – respondi.

– Foi o que aconteceu comigo. O mundo mudou. E acredito que eu presumi que tivesse mudado para você também, depois de receber a notícia sobre Norman Chaney.

– Para mim, não – eu disse. – Bem, mudou, mas em sentido contrário. O mundo perdeu a cor.

Ele franziu e estremeceu.

– Acho que eu me enganei. Pensei que tivesse sentido o mesmo que eu, e que eu poderia descobrir quem você era. E até mesmo encontrá-lo.

Na verdade, foi fácil me encontrar. Depois de pesquisar sobre Atwell, Marty descobriu o envolvimento dele com a morte de Claire Mallory, casada com um gerente de uma livraria em Boston. Assim que Marty descobriu meu nome, encontrou meu *blog* e, principalmente, leu a postagem "Oito Assassinatos Perfeitos" que eu havia escrito. E lá estava *Pacto Sinistro*, bem no meio da lista.

Marty leu o livro, depois as outras indicações, e o mundo se abriu um pouco mais para ele. Antes de tudo isso, ele vivia um casamento desequilibrado e sem amor. Seu filho lutava contra as drogas e a filha ainda passaria algum tempo com ele, mas, no fundo, sabia que seria uma tarefa dura para ela. Mas agora ele descobrira o homicídio e, melhor ainda, a literatura. Marty se divorciou, aposentou-se cedo e mudou-se para Boston.

Para ficar perto de mim.

Marty começou a frequentar nossas leituras em 2012 e acabamos nos conhecendo. Creio que ele acreditou que seria suficiente me conhecer para nos tornarmos amigos. Talvez até tenha achado que um dia conversaríamos sobre o que aconteceu, os homicídios que cometemos um pelo outro. Mas não foi o que se sucedeu. Sim, tornamo-nos amigos, mas isso não foi o bastante para ele. E, como já disse, começamos a nos ver com menos frequência. E assim teve a ideia de continuar os assassinatos da lista que escrevi. Foi uma forma de criar um laço de amizade comigo, porque nossa relação, após algumas cervejas, não ia muito além. Em outras palavras, se eu tivesse sido uma companhia melhor para ele, muita gente não teria morrido. Ou talvez isso não corresponda à verdade. Quando, no início, Marty matou Eric Atwell, foi como ter estourado uma garrafa de champanhe. A rolha nunca mais voltaria para a garrafa. E agora ele conhecia várias formas de assassinato para aplicar em seu novo *hobby*. Ele só precisava encontrar as vítimas.

Antes de sua esposa ter um caso, quando Marty Kingship ainda morava em Smithfield, ela leu o livro infame da apresentadora Robin Callahan sobre os benefícios do adultério. Chamava-se *A Vida é Muito Longa** e foi publicado um ano depois de ela ter tido um caso com o homem que apresentava o programa ao lado dela, que era casado. Foi um assunto de tabloides por vários meses, impulsionado pelo fato de Callahan ser uma loira atraente e aparentemente impenitente. Ela ga-

---

* No original, "Life's Too Long" é o título da música de Simone Salvatori e Stefano Puri, cantada pelo grupo italiano Spirit Front, do álbum *Black Heats in Black Suits* (2013). (N. da T.)

nhou mais fama publicando um livro que defendia a ideia de que o adultério seria mais natural que a monogamia, pois a expectativa de vida aumentara tanto que não fazia mais sentido permanecer casado para sempre com a mesma pessoa. Ela deu uma entrevista na televisão sobre o assunto e as vendas do livro dispararam. Marty Kingship culpou o livro pelo caso seguinte de sua esposa com o dentista da família. Tenho certeza de que ele não foi o único homem ou mulher a sentir raiva de Robin Callahan. Mas Marty já matara antes, escapara impune e estava louco para matar novamente.

Ele examinou minha lista de assassinatos perfeitos, para conferir se havia uma boa ideia para escapar impune do assassinato de Robin Callahan. Ele gostava especialmente de *Os Crimes A.B.C.*, de Agatha Christie, em que determinada morte passa despercebida em meio a uma série de assassinatos que aparentemente teriam sido cometidos por um louco. E se ele pudesse fazer o mesmo com Robin Callahan? Talvez pudesse matar algumas pessoas com nomes parecidos – com nomes de pássaros, por exemplo. Por isso, pensou em deixar uma pena na cena de cada crime. Ou, melhor ainda, enviar uma pena para a delegacia de polícia local.

E foi o que ele fez. Marty matou Robin Callahan na casa onde ela morava. Conseguiu entrar mostrando a antiga identidade policial. Também matou Ethan Byrd, um estudante da região, que Marty descobriu ao pesquisar relatórios policiais enquanto buscava outros nomes relativos a pássaros. Ethan fora preso em um bar de esportes em Lowell por ameaçar o *barman* e perturbar a paz. Encontrou Jay Bradshaw do mesmo modo: ele foi preso por estupro, mas não havia sido condenado. Descobriu-se que Bradshaw passava a maior parte do tempo no Cabo, em sua garagem, vendendo ferramentas usadas. Marty estacionou o carro, em plena luz do dia, e bateu em Bradshaw até matá-lo com um taco de beisebol que havia trazido consigo e uma marreta que pegou emprestada.

Assim que começou a armar *Os Crimes A.B.C.*, Marty sabia que não conseguiria parar até terminar a lista. Bill Manso foi outro nome que encontrou ao consultar os registros policiais, uma vez que ele fora investigado por um incidente doméstico, mas também acusado por uma vizinha por ter invadido sua casa durante o dia e roubado suas roupas íntimas. Tudo isso aconteceu cinco anos antes, mas Marty lera sobre o caso, descobriu que Manso fora inocentado por ser um passageiro frequente de um trem para Nova York e por ter apresentado provas de que estava viajando no horário da invasão. O trem o fez lembrar de *Pacto de Sangue*, outro livro da lista. Marty lera o romance, é claro, mas também pegara o filme na biblioteca. Ele gostou mais do filme ("Ele mudou minha opinião sobre Fred MacMurray"). Decidiu matar Bill Manso, espancá-lo até a morte e deixá-lo sobre os trilhos. Então, pegaria o trem na manhã seguinte, quebraria uma janela no momento certo para fazer parecer que Manso teria saltado. Ele sabia que isso não iria colar. Os investigadores perceberiam que Manso fora morto em outro lugar e seu corpo havia sido colocado ali. Mas o que empolgou Marty foi que alguém poderia investigar o caso, fazer associação entre os dois livros, e isso levaria a mim. Talvez até me prendessem. De qualquer forma, eu estaria envolvido, e era isso o que ele queria.

Marty não sabia como chegar a Bill Manso, mas, quando foi a Connecticut, o fato de Manso gostar de beber no bar mais próximo à estação de trem facilitou as coisas. Manso costumava ir diretamente do trem para o Bar & Grill Corridor às cinco e meia todos os dias, e saía de lá cambaleando por volta das dez da noite, para dirigir dois quilômetros e meio até seu edifício. Marty o matou no estacionamento com um cilindro de aço ("Muito melhor que um taco de beisebol, vou lhe contar") e deixou o corpo sobre os trilhos. No dia seguinte, embarcou no trem e quebrou a janela entre os carros usando o mesmo bastão de aço.

Depois de quatro homicídios, Marty estava impaciente. Ele não expressou isso de forma explícita, mas decidiu que seria a hora de se tornar mais evidente. Estaria na hora de me envolver.

Como os demais frequentadores da Old Devils, ou qualquer um que comparecesse às nossas leituras, Marty conhecia Elaine Johnson. Ela o encurralou várias vezes para lhe dizer quais livros ele deveria ler e quais seriam uma perda de tempo. Ela lhe contou sobre uma lésbica nojenta, dona do apartamento onde ela morava, e como Boston era podre e suja e como, sem ela, a Livraria Old Devils teria falido há muito tempo. E contou-lhe sobre seu problema cardíaco, como os médicos lhe disseram que ela deveria se mudar para um lugar mais calmo, para não se estressar.

Sabendo que ela havia se mudado para a casa de sua falecida irmã, em Rockland, no Maine, Marty foi visitá-la. Invadiu a casa num momento em que ela estava fora – provavelmente aterrorizando um funcionário de alguma livraria local – e escondeu-se no *closet* do seu quarto. Usou uma máscara de palhaço com uma boca grande e horrível, com dentes afiados e, quando Elaine Johnson voltou, ficou esperando por ela pacientemente. Podia ouvi-la ir de um lado para outro no andar de baixo, alheia à presença dele na casa. Por fim, subiu para o quarto, foi direto ao *closet* e o abriu. Tudo o que ele precisou fazer foi saltar em cima dela. Ela empalideceu, pôs a mão no peito, teve um infarto e morreu, exatamente como ele esperava que acontecesse.

– Por que você deixou os livros? – perguntei.

– Queria que, em algum momento, chegassem até você. Eu sabia que o assassinato de Elaine Johnson seria infalível. Não havia como qualquer legista considerar aquela morte suspeita. Então, deixei os livros para levantar a lebre. Eu esperava que um policial de algum lugar fosse esperto o suficiente para ligar os pontinhos.

– Alguém suspeitou – eu disse.

– E você entrou em pânico e correu para me pedir ajuda. Não esperava por isso, mas gostei que tivesse me pedido ajuda. Foi bom ouvir sua voz, pedindo-me para lhe fazer um favor.

– Poderia ter colocado um ponto final ali. Já tinha conseguido o que queria.

– Não. O que eu queria era concluir o plano, mas queria que você estivesse junto. E é isso que estamos fazendo agora. Quer ouvir o resto da história?

Capítulo 29

—Depois que me contou que o FBI veio falar com você, eu sabia que alguém, finalmente, tinha reparado. Sabia que, quanto mais perto chegassem de você, mais rápido você tentaria descobrir quem eu era. Então, apenas para adiar o inevitável, passei-lhe Nick Pruitt.

Marty me disse que era verdade que Pruitt denunciara Norman Chaney depois que o incêndio destruiu a casa e matou sua irmã, a esposa de Chaney. E, por esse motivo, Marty já havia examinado Pruitt antes mesmo de eu lhe pedir informações sobre a morte dele. Pruitt era um alcoólatra em recuperação, com alguns registros de prisão, alguém que Marty considerava um candidato perfeito para o assassinato de *Malícia Premeditada*. Se Pruitt morresse por consumo de álcool, quem suspeitaria de homicídio? Sabia-se que ele costumava beber muito.

Depois que Marty e eu tomamos cerveja na Jack Crow Tavern, naquela quarta-feira à noite, ele foi a uma loja de bebidas e comprou uma garrafa de uísque para levar para Pruitt, em New Essex.

– Ele me deixou entrar depois que lhe mostrei minha arma, é claro. Disse-lhe que precisava que ele tomasse alguns goles. Depois que ele começou, não conseguiu mais parar. Não foi tão difícil convencê-lo a beber quase toda a garrafa. Misturei benzodiazepina líquida, só para garantir.

Ele sorriu.

– Depois que Pruitt foi eliminado, imaginei que poderia fazer você imaginar que Brian Murray, ou mesmo Tess, estivessem envolvidos. Funcionou? Você notou a marca do uísque?

– Sim – respondi.

– Isso me deixa feliz – disse Marty, como se eu tivesse elogiado seu suéter.

– Quanto conhece Brian e Tess Murray? – perguntei.

– Conheci Tess hoje à noite. Brinquei de esconde-esconde com ela pela casa antes de você chegar aqui. Conheço Brian muito bem, por causa da livraria, mas, nos últimos anos, adquiri o hábito de parar naquele bar de hotel que ele gosta de frequentar e onde tomava algumas com ele. Na verdade, vi você com os dois na terça à noite. Eu sabia que Tess havia voltado, porque Brian quebrou o braço. E agora já está tudo acertado. A polícia encontrará o corpo de Brian em casa, estou pensando em colocar um travesseiro no rosto dele antes de atirar, e Tess desaparecerá. Podemos até colocá-la em uma mala. Será como em *O Mistério da Casa Vermelha*. Um corpo, um assassino foragido. Tudo o que precisamos é de um bom lugar para esconder o corpo.

– O que aconteceu com Tess? – perguntei, olhando para ela dormindo no sofá, sem se mover.

– Coloquei um pouco daquela benzodiazepina no café que ela tomou. Pus um pouco no vinho do porto, e acho que ela bebeu o vinho também. Há uma boa chance de ela ter bebido o suficiente para matá-la, senão, não será problema acabar com ela. Algo gentil como um saco plástico em volta da cabeça deve funcionar.

Acredito que nos habituamos a ouvir Brian ressonando no quarto no andar de baixo, mas, de repente, ouviu-se um ronco mais alto tão violento que nos entreolhamos. Marty pegou a arma que estava sobre a perna e virou-se na direção do quarto de hóspedes.

– Apneia do sono – disse ele. – Duvido que acorde, mas vamos dar uma olhada.

Ele se levantou e ouvi seus joelhos estalarem.

– Você também – ele disse, apontando a arma para mim.

Também me pus de pé.

Fomos juntos até o quarto de hóspedes no final do corredor, eu primeiro, com Marty logo atrás de mim. A porta estava entreaberta e eu a empurrei. Estava escuro, mas o pouco de luz que entrava pela janela deixava ver Brian deitado de costas sobre os lençóis. Tess não tirara a roupa dele, mas a calça estava desabotoada e o cinto dependurado. Observei quando o peito dele estremeceu, elevando-se e baixando rapidamente, seguido de outro ronco explosivo. Incrível como isso não o acordava.

– Nossa! – disse Marty, atrás de mim. – Vamos acabar com o sofrimento desse filho da puta.

Virei-me assim que Marty apertou o botão na parede e o abajur de chão se acendeu, iluminando o quarto. Acima da cama onde Brian dormia, havia um grande quadro abstrato, com pinceladas grossas em vermelho e preto.

– Você pode desistir agora, Marty – eu disse.

– E daí faço o quê?

– Entregue-se. Faremos isso juntos.

Eu sabia que seria um tiro no escuro, mas Marty parecia cansado e me ocorreu que havia chegado ao fim do jogo. Talvez, no fundo, ele quisesse ser pego.

Ele sacudiu a cabeça.

– Seria exaustivo ter que falar com todos aqueles policiais, e depois com os advogados e psiquiatras. É mais fácil seguir em frente. Estamos quase no fim aqui. Oito assassinatos perfeitos. Os seus assassinatos favoritos, Mal.

– Eram meus favoritos em livro, não na vida real.

Marty ficou calado por um instante, e achei que talvez ele estivesse respirando um pouco pesado demais. Por um momento, fantasiei que ele de repente poderia ter um ataque cardíaco e cair duro. No entanto, olhou para cima, e disse:

– Admito que a ideia de tudo ter terminado não seja tão desagradável. Vou lhe dizer o que farei por você. Vou deixá-lo ficar com Brian, porque, francamente, fiz todo o trabalho pesado desde que cuidou de Norman Chaney. Vou lhe entregar essa arma, e tudo o que precisa fazer é colocar um travesseiro no rosto dele e disparar. Não acho que os vizinhos possam ouvir, mas, se ouvirem, pensarão que foi outra coisa. O cano de descarga de um carro, ou algo assim.

– Certo – respondi e estendi a mão.

– Sei o que está pensando, Mal. Se eu lhe der a arma, pode me manter sob sua mira e chamar a polícia, mas não deixarei isso acontecer. Partirei para cima de você e terá que atirar em mim. Então, de qualquer forma, terá que atirar em alguém. Será Brian, ou eu. Estou lhe dando a escolha. E, se for eu, tudo bem. Tenho uma próstata do tamanho de uma bola. Já vivi bastante. Acredito que, nos últimos anos, conhecendo você e jogando esse joguinho, tudo mudou.

– Não para todo mundo.

– Ah! Creio que não. Mas, como eu, bem lá no fundo, sabe que nada disso tem importância. Se eu lhe entregar a arma e atirar na cabeça de Brian, com certeza estará lhe fazendo um favor. Talvez goste de fazer isso, também. Acredite em mim.

– Está bem – respondi, estendendo um pouco mais minha mão em direção a ele.

Ele sorriu. Aquilo que vi em seus olhos antes, aquela felicidade, agora havia desaparecido. Vi o que sempre vislumbrei neles. Sempre me passaram uma ideia de bondade. Ele colocou a arma na minha mão. Era um revólver e eu puxei o cão.

– É um revólver de dupla ação – disse Marty. – Não precisa engatilhá-lo de novo.

Olhei para Brian Murray, prostrado sobre a cama, virei para Marty e atirei em seu peito.

Capítulo 30

O penúltimo capítulo de *O Assassinato de Roger Ackroyd* chama-se "Toda a Verdade". É quando o narrador, o médico do interior, o assassino, revela aos leitores exatamente o que ele fez.

Não dei título a nenhum dos capítulos deste livro. Considero uma convenção antiquada e um pouco ultrapassada. Como eu teria chamado o capítulo anterior? Talvez algo como "Charlie Mostra a Cara". Entende o que quero dizer? É antigo. Mas, se tivesse feito isso, se tivesse dado um título a cada capítulo, este definitivamente iria se chamar "Toda a Verdade".

Na noite em que Claire morreu, eu a segui de carro até Southwell, até a casa de Eric Atwell. Não foi a primeira vez que estive lá. Depois de descobrir que Claire voltara a usar drogas e que provavelmente estaria envolvida com alguém da Black Barn Enterprises, passei pela casa da fazenda algumas vezes. Até vi Atwell certa vez, pelo menos achei que fosse ele. Ele estava correndo na calçada não muito longe da casa, com um traje de corrida marrom. Enquanto corria, fazia movimentos curtos de boxe, dando socos no ar, como Rocky Balboa.

Na véspera de Ano Novo naquele ano, Claire e eu decidimos ficar em casa. Ela me disse que teria uma festinha na Black Barn, mas que agora ela havia parado de usar drogas (pelo menos foi o que ela me disse), e não via motivo para ir até lá. Assamos um frango para comer juntos naquela noite. Fiz purê de batatas e ela cozinhou algumas couves-de-bruxelas no vapor. Bebemos uma garrafa de Vermentino durante nossa ceia e, em seguida, abrimos uma segunda garrafa depois de arrumar tudo. Estávamos nos preparando para assistir a um filme, *Brilho Eterno de uma Mente Sem Lembranças*, um dos favoritos de Claire. Eu também gostava. Pelo menos, gostava naquele dia. Hoje, sinto enjoo só de pensar nele.

Devo ter caído no sono, porque, quando despertei, o filme já havia terminado, e a tela mostrava as opções do menu do DVD. Na mesinha de centro, Claire deixara um bilhete:

"Volto logo. Prometo. Me perdoe. Amor, C."

Eu sabia aonde ela fora, é claro. Seu Subaru não estava mais estacionado na rua. Entrei no meu Chevy Impala e dirigi até Southwell.

Havia uma festinha rolando na casa de Atwell quando cheguei lá. Tinha cinco carros na garagem e mais uns dois estacionados na estrada, incluindo o de Claire. Estacionei a duzentos metros de distância, no acostamento. Essa parte de Southwell era praticamente desabitada. A maioria era de antigas fazendas em terrenos irregulares, separados por muros de pedra, com casas aqui e ali, que custavam milhões de dólares.

Desci do carro. Era uma noite clara e fria. Saí de casa tão rápido que nem me vestira direito. Estava apenas com uma velha jaqueta *jeans* por cima de um suéter e calça *jeans*. Abotoei a jaqueta até em cima, pus as mãos nos bolsos e andei pela estrada até a casa de Atwell. Havia uma pequena e discreta placa onde se lia "BLACK BARN ENTERPRISES" ao lado da caixa dos correios. Fiquei ali por um instante, olhando a casa de longe. Lá estava a casa da fazenda, pintada de branco e, ao lado, havia um enorme celeiro. Eu o tinha visto de dia, é claro, e nem era pintado de preto. Era mais cinza-escuro, mas fora modernizado para abrigar um espaço de trabalho estilizado, com portas Blindex e o interior transformado em uma oficina aberta, com escrivaninhas modulares e mesas de pingue-pongue.

Contornando a propriedade, aproximei-me do celeiro o suficiente para ver que, embora estivesse com as luzes acesas, não havia ninguém lá dentro. A festa estava acontecendo na casa. Dei a volta por trás do celeiro para chegar pelos fundos e, por um instante, me impressionei com a vista. A lua estava quase cheia e o céu estava limpo. A propriedade de Atwell ficava em uma pequena crista e, de onde eu estava, podia ver através dos campos e vales, até uma linha de árvores escuras, sob o luar. Fiquei observando por um momento, sentindo frio com aquela jaqueta fina, até que, de repente, ouvi risos e senti cheiro de cigarro. Atrás do celeiro, vi o deque que fora acrescentado à casa. Um casal que não reconheci fumava e ria alto, sem que eu conseguisse ouvir o que diziam por causa do vento contrário. Vi-os terminar os cigarros e retornarem à casa. Aproximei-me da janela e olhei dentro.

Existem muitas coisas que nunca me esquecerei dessa noite, e o que vi pela janela é certamente uma delas. Cerca de vinte pessoas estavam em uma grande sala de estar bem mobiliada. Ao centro, havia um sofá de couro estofado, e foi onde vi Claire, com uma saia curta de veludo cotelê verde e uma blusa de seda creme que pensei nunca ter visto antes. Ela estava sentada ao lado de Atwell, seus ombros unidos, e ela segurava uma taça de champanhe. Havia pouca luz na sala, mas pude ver uma fieira de pó branco na mesa de centro de tampo de vidro e um dos convidados, ajoelhado no carpete, preparava-se para cheirar uma carreira. Tocava uma música *techno*, do tipo que se ouve em casas noturnas e, atrás do sofá, três convidados estavam dançando. Mas nunca me esquecerei de Claire – não de suas roupas, nem mesmo de como ela estava sentada ao lado de Atwell, enquanto ele segurava sua coxa nua, mas do brilho em seu rosto. Eram as drogas, mas também era alguma outra coisa, um jorro de pura alegria animal. Ela ria, com a boca escancarada, de uma forma que não me parecia natural, os lábios úmidos.

Retornei ao carro, dei partida no motor e liguei o aquecedor no máximo. Eu tremia, mas também chorava. Senti raiva e soquei o teto do carro. Eu estava com raiva de Claire, é claro, e de Atwell, mas acho que estava com raiva principalmente de mim mesmo. Ao menos, naquele momento, porque pensei em retornar para Somerville e esperá-la voltar sã e salva, para mim.

O carro se aqueceu e eu me acalmei. De onde eu estava, pude ver o Subaru de Claire estacionado na rua e decidi esperar. Sabia, devido ao histórico de Claire, que ela não passaria a noite ali e voltaria antes do amanhecer. E sabia que eu iria perdoá-la, que faria o mesmo que minha mãe sempre fez com meu pai. Esperaria ela voltar para mim. Mas, quanto mais eu esperava dentro do carro, com o motor e o aquecedor ligados, mais eu me enfurecia com Claire. Sabia que ela era uma viciada em drogas e que não conseguia evitá-las, mas, ao mesmo tempo, parecia tão feliz e tão viva na sala de estar de Atwell.

Eram duas e meia da manhã quando vi duas pessoas ao lado do carro de Claire. Sob o luar, vi os dois se aproximarem e se beijarem, e Claire abriu a porta do carro – podia ver seu casaco de inverno com capuz sobre as pernas nuas – e entrar, enquanto Atwell corria de volta para casa. As luzes do freio se acenderam e o carro deu meia-volta. Os faróis devem ter captado meu carro na sombra entre os pinheiros, mas ela não o viu e disparou em direção à Rodovia 2.

Eu a segui. Ela dirigia rápido pelas estradas secundárias, mas, ao chegar à rodovia que levava a Boston, reduziu a velocidade até o limite permitido. Era véspera de Ano Novo e a polícia estava de olho nos motoristas embriagados. Alguma coisa nessa atitude me irritou, pois, apesar de tudo o que ela havia ingerido naquela noite, e tudo o que fez, foi cuidadosa o bastante para evitar ser parada pela polícia. Da mesma forma, eu sabia que, quando chegasse ao apartamento, entraria sorrateiramente para não me acordar. E quando conversássemos sobre o que aconteceu, na manhã seguinte, ela choraria e diria que era uma pessoa terrível e imploraria meu perdão. Queria ter uma vida dupla, mas não queria o confronto. Ela era assim. Lembro-me de pensar que teria mais respeito por ela se simplesmente me deixasse, se aceitasse o fato de que preferia estar com Eric Atwell, de que preferia ser uma viciada. Então, ao menos, poderíamos pôr um ponto final nisso.

Havia outros carros na rodovia de pista dupla, mas não muitos. Segui atrás dela, sem me preocupar se poderia me ver ou não. Ela não me viu parado na rua lateral, do lado de fora da casa de Atwell e, provavelmente, não iria me ver agora. Eu tinha feito aquele caminho várias vezes, e estávamos nos aproximando de um viaduto. Havia apenas um gradil de proteção baixo ao longo da beirada. De repente, imaginei Claire perdendo o controle do carro, saindo da pista e caindo na estrada embaixo. Sem pensar muito nisso, acelerei, ultrapassando Claire pela pista da esquerda. Por um momento, emparelhamos, e olhei para ela, mas somente vi seu perfil no escuro. Ela pode ter virado o rosto e me visto, mas não percebi. O que ela viu? Meu rosto no escuro também. Teria me reconhecido?

Eu a alcancei, mas me mantive na minha pista. O viaduto se aproximava rapidamente e comecei a imaginar as cenas. E se eu a forçasse a sair da pista, passando meu carro para a pista onde ela estava? Nós bateríamos, giraríamos juntos e cairíamos do viaduto? No fundo, eu sabia que ela não faria isso. Claire evitava colisões. Isso não a impediu de destruir a própria vida, mas eu sabia que, se avançasse para a pista onde ela estava, ela desviaria para evitar a colisão.

E fiz isso. Cortei em diagonal na frente dela no viaduto e ela fez exatamente o que imaginei que faria. Desviou e passou por cima do gradil de proteção do viaduto.

EM CASA, esperei a polícia chegar. Eles vieram às oito da manhã para me dizer que Claire havia morrido. Foi um alívio, é claro. Eu estava preocupado com a possibilidade de ela ter se ferido de forma terrível. Também me preocupei se ela tivesse atingido alguém quando seu carro caiu na estrada embaixo. Mas isso não aconteceu e, também por isso, senti-me grato.

É CURIOSO LAMENTAR a morte de alguém que matamos. No começo, minha tristeza vinha com uma enorme culpa. Fiquei me perguntando o que teria acontecido se tivesse deixado Claire chegar em casa naquela noite. Talvez me pedisse para interná-la em um centro de reabilitação, dizendo ter chegado ao fundo do poço, e que queria melhorar sua vida. Ou talvez continuasse voltando para Atwell por causa das drogas, e eu teria deixado ela fazer isso. Eu apenas iria esperar que ela mudasse.

Ler o diário de Claire me ajudou. Era evidente que o vilão da minha história com Claire foi Eric Atwell. Encontrar uma forma de matá-lo me ajudou a superar o pior da minha dor e o tempo deu seu próprio jeito. Não consegui superar isso, mas ficou mais fácil para mim. Comprei a livraria e mergulhei no trabalho. Mesmo que tenha parado de ler romances policiais – as mortes violentas são muito frequentes nos livros –, eu sabia o suficiente para ajudar meus clientes. Eu era um bom livreiro. Isso bastava.

Capítulo 31

O celular tocou e foi para a caixa postal. Apertei o botão de desligar e estava a ponto de destruir o aparelho quando eu o ouvi tocar. Era Gwen Mulvey me ligando novamente.

– Oi!

– O que está acontecendo? – ela perguntou.

– Soube de alguma coisa?

– Sobre o quê?

– Morreu um homem em Boston. Ele se chama Marty Kingship, e ele é Charlie. Ele é o nosso Charlie. Ele matou Robin Callahan, Ethan Byrd e Jay Bradshaw. Ele matou Bill Manso e Elaine Johnson e, há dois dias, matou Nicholas Pruitt, em New Essex, Massachusetts.

– Ei, mais devagar! – ela disse. – Onde ele está agora? Você disse que ele morreu?

– Acabei de ligar para 911 e passei-lhes o endereço. Devem estar a caminho.

– Quem o matou?

– Eu matei. Eu o matei ontem à noite. Melhor dizendo, hoje de madrugada. Ele ia matar Brian e Tess Murray para imitar o assassinato de O Mistério da Casa Vermelha.

– Quem era ele?

– Ele foi policial em Smithfield, Massachusetts. Estava aposentado e morava em Boston. Também matou Eric Atwell. Ele fez isso por mim. Eu pedi a ele. Foi como tudo começou. A culpa é minha, na verdade. Marty era louco, mas eu comecei tudo isso.

– Você precisa desacelerar, Mal. Onde está agora? Posso encontrar você?

Refleti por um instante. Pensei em rever Gwen somente mais uma vez. Mas também sabia que não havia jeito de fazer isso sem acabar em uma cela, e eu havia decidido há muito tempo jamais permitir que isso acontecesse comigo.

– Me perdoe, mas não. E não posso conversar por muito tempo. Assim que terminarmos de falar, vou me livrar desse celular. Tenho cinco minutos. O que quer saber? – perguntei.

Eu a ouvi soltar um suspiro fundo.

– Você está ferido? – ela perguntou.

– Não, eu estou bem.

– Sabia que era ele o tempo todo?

– Marty? Não, eu não sabia. Planejamos tudo pela internet e não nos identificamos. Ele descobriu quem eu era, encontrou minha lista e começou a segui-la. Só ontem à noite eu descobri que era ele. Se soubesse antes, eu teria lhe dito.

– Você disse que Nicholas Pruitt está morto. Foi o nome que você me passou, certo? Da última vez que conversamos?

— Pensei que Pruitt fosse Charlie, mas não era. Ele morreu ingerindo uma overdose de álcool misturado com um tipo de droga. Procure as digitais de Kingship dentro da casa. Devem estar lá.

— Meu Deus!

— Olhe, quando falar com os investigadores sobre esse caso, apenas diga que eu liguei para lhe passar essa informação. Não precisa dizer que esteve em Boston para me encontrar. Quero que recupere seu emprego.

— Não sei se isso irá acontecer.

— Eu acho que sim. Você terá algum crédito por ter feito a correlação entre a lista e os assassinatos. Passe-lhes as informações que eles não têm. Ele matou Eric Atwell com um revólver que tirou de uma antiga cena de crime. Diga-lhes que nós nos conhecemos em um *site* chamado Duckburg. Você vai ficar bem.

— Tenho um monte de perguntas para lhe fazer.

— Preciso ir. Mil perdões, Gwen.

— Posso lhe fazer mais uma pergunta?

— Claro – respondi.

Eu sabia o que era.

— O que aconteceu com meu pai? Marty matou Steve Clifton?

Devo ter hesitado por alguns segundos, porque ela acrescentou:

— Ou foi você? Preciso saber.

— Depois que Claire... depois que minha mulher morreu, tenho muita dificuldade de me lembrar do que aconteceu no ano seguinte. Tinha pesadelos e me sentia muito culpado, e talvez estivesse bebendo demais.

— Entendi – ela respondeu.

— E, nesse período, eu tinha um sonho recorrente e, às vezes, imaginava se ele realmente havia acontecido.

Fazia frio onde eu estava de pé, mas podia sentir o suor inundando minha nuca enquanto falava.

– Nesse sonho, eu atropelava seu pai. Saía do carro para ver se ele estava bem, mas não estava, claro, porém ainda estava vivo. Ele ficou todo torto. Disse a ele quem eu era e por que estava ali, e fiquei esperando ele morrer.

– Está bem, obrigada – disse Gwen em um tom que não consegui identificar.

– Ainda parece um sonho para mim – eu disse. – Tudo parece um sonho.

– Tem certeza de que não quer se encontrar comigo? Eu posso ir até você. Vou sozinha.

– Não – respondi em seguida. – Desculpe, Gwen, não dá. Acho que não suportaria ser preso...

– Eu disse que vou sozinha.

– ... e não quero responder a mais perguntas. Não quero mais reviver o passado como fiz nos últimos dias. Foi muita sorte eu ter vivido todos esses anos, embora, no fundo, eu soubesse que isso não duraria muito tempo. Perdão, não posso vê-la novamente. É impossível.

– Você tem uma escolha nessa questão – disse Gwen.

– Não tenho. Realmente, não tenho. Pode parecer para você que sim, mas, nos últimos cinco anos... tive sonhos terríveis todas as noites. Dei um jeito de seguir em frente, porque era tudo o que eu sabia fazer, mas não tive nenhum prazer nisso. Não estou mais com medo, mas estou cansado.

Creio ter ouvido Gwen suspirar do outro lado.

– Tem algo mais que você queira me contar? – perguntou Gwen.

– Não.

– Está certo. Mas o que você me disse é verdade?

– Sim – respondi. – Tudo o que eu lhe disse é verdade.

Capítulo 32

Claire Mallory

Eric Atwell

Norman Chaney

Steven Clifton

Robin Callahan

Ethan Byrd

Jay Bradshaw

Bill Manso

Elaine Johnson

Nicholas Pruitt

Marty Kingship

Estes são os nomes dos mortos. Os verdadeiros nomes. Todos, exceto Marty Kingship.

Não sei por que mudei o nome dele neste livro. Talvez porque ele tenha filhos, e esses, como todos os filhos, são inocentes dos crimes de seus pais. E talvez porque ele seja o único que merece a culpa pelo que aconteceu. Além de mim, é claro.

É curioso, acabei de perceber que Marty Kingship tem as minhas iniciais. Um deslize freudiano, eu suponho. Também acredito que os leitores mais espertos acharão que não há nenhum Marty Kingship, que apenas existe um Malcolm Kershaw, e que cometi todos os assassinatos. Não é verdade. De certa forma, gostaria que fosse. Seria um final inteligente.

A verdade é que sou responsável por tudo o que aconteceu. Marty executou a maior parte dos crimes, mas eu os arquitetei. Tudo começou comigo.

Essa é a verdade. Cometi o pecado de omissão, mas, quando digo que algo é verdade, de fato, é. Acreditem.

Estou em Rockland, Maine.

Depois de atirar em Marty Kingship (ele pareceu quase feliz ao tocar o sangue que encharcou seu suéter, depois estremeceu e morreu), fui, primeiro, até Brian Murray. Ele acordou quando atirei em Marty, evidentemente, levantando a cabeça e murmurando alguma coisa. Sentei-me ao lado dele e disse-lhe que fora o estouro de uma garrafa de champanhe. Ele se virou de lado e voltou a roncar.

Então, fui ver Tess. Humphrey não estava mais na frente dela no sofá. Ele desapareceu ao ouvir o barulho. Como Marty disse: "Que belo cão de guarda!".

Tess respirava bem, deitada de lado, então pensei que não teria problema se ela vomitasse. Isso significava que eu não precisaria ligar para

911 imediatamente. Ligaria para a polícia dali a pouco, mas só precisava de um pouco mais de tempo.

Voltei para o apartamento e fiz as malas. Roupas de frio, alguns produtos de higiene, minha foto favorita de Claire, em nossa lua de mel: duas semanas chuvosas em Londres, as melhores semanas da minha vida. A foto foi tirada em um *pub*. Claire sentada à minha frente, esboçando um leve sorriso – não sei se ela realmente queria tirar essa foto, mas estava feliz.

Pensei em ir até a Old Devils uma última vez, me despedir de Nero, mas isso tomaria um tempo que não tinha certeza se eu dispunha. Precisava ligar para a polícia e avisar que havia um corpo na casa de Brian e Tess Murray. Queria fazer isso logo, é claro, por causa de Tess e das drogas em seu organismo. Mas também não queria que Brian acordasse de manhã cedo e encontrasse um morto em seu quarto.

O dia começava a clarear quando me pus a caminho de New Hampshire. Parei em uma loja de conveniência vinte e quatro horas à beira da rodovia e, com dinheiro vivo, comprei um estoque de comida enlatada e cerveja suficiente para uma semana. Depois de colocar tudo no porta-malas do carro no estacionamento, liguei para 911 do meu celular, identifiquei-me e disse que havia um morto na rua Deering, 59, em Boston. Liguei, então, para Gwen e, quando ela me chamou de volta, tivemos a conversa que já relatei. Depois, destruí o celular com um tijolo que encontrei no estacionamento e joguei os pedaços na lixeira do lado de fora da loja. Se decidissem me rastrear, acho que descobririam que eu estava indo para o norte. Mas não me preocupei muito com isso.

Nevou muito menos ao norte da cidade. Havia uma névoa branca sobre tudo, mais geada do que neve e, ao amanhecer, o céu estava coalhado de nuvens finas. O mundo perdera a cor.

Cheguei a Rockland no meio da manhã. Pensei em esperar em algum lugar até que escurecesse de novo, mas decidi arriscar. Havia apenas outra casa com vista para a antiga propriedade de Elaine Johnson, e eu teria que torcer para quem morasse ali não passar a manhã olhando pela janela. Da minha visita anterior à casa de Elaine, notei que apenas cabia um carro na garagem. A porta estava aberta e me lembrava de que estava vazia. O carro de Elaine, um Lincoln enferrujado, possivelmente grande demais para entrar na garagem, estava coberto de gelo, estacionado na porta.

Achei a casa imediatamente, não muito longe da Estrada 1, e virei no acesso repleto de neve com velocidade suficiente para não atolar. Contornei o Lincoln e entrei na garagem. Desliguei o motor, saí e baixei a porta, puxando pela maçaneta enferrujada. Antes de fazer isso, olhei rapidamente para o outro lado da rua, na direção de uma casa quadrada com fumaça saindo pela chaminé. Fiquei feliz, pois a garagem não ficava de frente para a rua. Com sorte, ninguém veria que agora a porta estava fechada.

Quebrei o vidro da porta de trás e destranquei. Assim que entrei com a mochila e a comida, achei um pouco de papelão e fita adesiva e tapei o buraco que abri na porta.

O aquecimento central ainda estava ligado, embora o termostato estivesse regulado para uma temperatura de 15ºC. Estava frio, porém era suportável. Tirei a comida das sacolas e coloquei a cerveja na geladeira ao lado do que restava das provisões de Elaine. Estava claro que ela só comia queijo *cottage* e frutas enlatadas. Havia um bom sofá na sala de visitas, no estilo de meados do século XX, com pés de madeira e encosto baixo. Decidi que iria dormir ali. Subi para procurar lençóis limpos e um cobertor e encontrei-os no *closet* do quarto principal. Só conseguia lembrar de Marty com máscara de palhaço saltando de dentro desse mesmo *closet* sobre Elaine Johnson para matá-la de susto. Eu não morria de amores por ela, mas Elaine não merecia isso. Quando retornei à sala, sabia que nunca mais subiria até o segundo andar.

JÁ SE PASSARAM QUATRO DIAS e ainda estou aqui. Tenho trabalhado neste manuscrito e comido carne ensopada e sopa de tomate enlatada. A cerveja acabou, mas encontrei vários galões de vinho de Borgonha Gallo na adega e estou acabando com o estoque.

O que mais faço é ler. Durante o dia, sento-me numa poltrona confortável ao lado da janela. À noite, leio no sofá, usando uma lanterna sob um cobertor. Estou lendo mistérios de novo, não apenas porque são os únicos livros que têm por aqui, mas porque não tenho muito tempo e quero reler alguns dos meus suspenses favoritos. Acho que me sinto mais atraído por aqueles que li pela primeira vez quando era adolescente. Romances de Agatha Christie. Robert Parkers. Romances de Gregory McDonald. Li de uma sentada *Quando Nosso Boteco Fecha as Portas*,* de Lawrence Block, e chorei depois de ler a última frase.

Gostaria que houvesse mais livros de poesia nesta casa – encontrei uma antologia de poesia americana publicada em 1962. Mas também consegui me lembrar de alguns dos meus poemas favoritos que sei de cor. "Anoitecer de Inverno",** é claro, de Sir John Squire, "Alba",*** de Philip

---

* No original, *When the Sacred Ginmill Closes* (1986), romance de Lawrence Block, com o personagem o Matthew Scudder. Esse romance devolveu seu interesse pelo personagem e levou-o a escrever mais dez títulos da série. Recebeu o Prêmio Falcon de 1987 de Melhor Romance. Block foi nomeado Grande Mestre pelos Escritores de Mistério da América, em 1994. (N. da T.)

** No original, "Winter Nightfall" (1925), de Sir John Collings Squire (1884--1958), escritor britânico, mais notável como editor da revista literária *London Mercury*, no período entre guerras. (N. da T.)

*** No original, "Aubade" (1977), de Philip Larkin (1922-1985). Aubade (Alba) também significa poema ou música apropriada para o amanhecer ou nascer do sol. Recebeu várias honrarias como a Medalha de Ouro da Rainha para a Poesia.

Larkin, "Cruzando a Água",* de Sylvia Plath, e pelo menos a metade das estrofes de "Elegia Escrita numa Igreja no Campo",** de Thomas Gray.

Não tem internet aqui, e não tenho mais meu celular.

Tenho certeza de que estão à minha procura – o homem que matou Marty Kingship, o homem que tem as respostas para uma série de assassinatos correlacionados. Não sei o quanto Gwen os ajudou. Presumo que tenha lhes contado tudo sobre nosso telefonema. Talvez não tenha citado nosso encontro em Boston depois de sua suspensão. Fico me perguntando se ela seria capaz de adivinhar onde estou. Até agora ninguém bateu à porta.

Eles ainda terão muitas perguntas a fazer. Gwen, tenho certeza, ainda tem dúvidas. Esse é um dos motivos de eu estar escrevendo este livro de memórias. Quero esclarecer as coisas. Quero contar toda a verdade.

Escrevi que queimei o diário de Claire depois que o li. Isso não é totalmente verdade. Guardei uma página, porque queria uma prova de que ela me amava, algo escrito com sua caligrafia.

Em 1984, foi-lhe oferecido o título de Poeta Laureado, mas ele recusou a honraria. Ted Hughes, marido de Sylvia Plath, aceitou no lugar dele, que manteve até a sua morte em 1998. (N. da T.)

* No original, "Crossing the Water" (1971), de Sylvia Plath (1932-1963), é o terceiro poema que dá título ao livro preparado por Ted Hughes (1930-1998), escrito ao mesmo tempo que seu primeiro livro póstumo, *Ariel* (1965). (N. da T.)

** No original, "Elegy Written in a Country Churchyard" (1751), de Thomas Gray (1716-1771), que publicou apenas 13 poemas em vida, apesar de ser muito popular. Começou a escrever poesia seriamente após a morte de seu amigo Richard West (1716-1742), com quem ele havia estudado em Eton, que primeiro inspirou o "Soneto sobre a morte de Richard West" (1742) e, oito anos depois, os versos de sua Elegia. Ao lhe oferecerem o título de Poeta Laureado, em 1757, ele o recusou. (N. da T.)

O texto está datado como primavera de 2009, e ela escreveu o seguinte:

"Não escrevo o suficiente sobre Mal nestas páginas a respeito de como ele me faz feliz. Chego em casa tarde e ele sempre está à minha espera no sofá. Na maioria das vezes, está dormindo, com um livro aberto sobre o peito. Ontem à noite, quando o acordei, ficou muito feliz em me ver. Disse que leu um poema que achava que eu iria gostar. Eu gostei, acho até que eu o amei. É de Bill Knott* e vou copiá-lo aqui para nunca me esquecer dele. Chama-se "Adeus".

"Se ainda estiver vivo quando ler isto, feche os olhos.

Estou sob suas pálpebras, no escuro."

Sobre o que mais eu menti?

Não sei se isso foi uma mentira mais do que uma omissão, porém quando matei Norman Chaney, em Tickhill, New Hampshire, dei a entender que, depois de tê-lo estrangulado, teria deixado seu corpo no chão. Mas, depois de checar seu pulso, devo ter entrado em pânico, porque peguei o pé de cabra e acertei-o várias vezes no rosto e na cabeça. Não vou descrever como ele ficou quando terminei, mas me sentei no chão e pensei que nunca mais conseguiria me levantar, que nunca mais seria uma pessoa sã novamente. Foi Nero, vindo pelo assoalho, que me salvou. Ele me deu um motivo para eu me levantar e sair da casa. Acho que escrevi de uma forma que pareceu que eu salvei Nero, mas, na

---

* Pseudônimo literário de William Kilborn Knott (1940-2014), poeta americano que publicou 16 livros entre 1968 e 2007. (N. da T.)

verdade, foi Nero quem me salvou. Parece banal, eu sei. Mas a verdade, muitas vezes, é banal.

Quando contei a Gwen meu sonho de ter matado Steven Clifton, eu também estava dizendo a verdade. A verdade como eu a conheço. Realmente, não me lembro muito do que aconteceu naquele ano após a morte de Claire (depois que a joguei para fora da pista, devo dizer), mas lembro-me daquele sonho, daquele sonho vívido de ter atropelado Clifton com meu carro. E há momentos, certos momentos de lucidez, em que me lembro de tudo, em que tudo se encaixa. Mas esses momentos nunca duram muito tempo.

Steven Clifton ficou apavorado. Lembro-me do rosto dele. Estava pálido como leite, quase um borrão. Seu rosto parecia com o de Gwen. Acredito, que, afinal, não tenha sido um sonho.

Há outra omissão que devo registrar. Quando Marty e eu estávamos conversando na casa dos Murray, na noite em que ele me contou tudo, perguntei-lhe sobre o comentário que deixou no *site* da Old Devils, que postou com o nome de dr. Sheppard.

Ele me pareceu confuso quando lhe perguntei isso.

– Dr. Sheppard – eu disse. – Era o assassino em *O Assassinato de Roger Ackroyd*.

Agora que estou pensando nisso, é possível que eu tenha deixado esse comentário. Lembra-me alguma coisa. Como eu disse antes, houve muitas noites nos últimos anos em que não sei o que foi real e o que foi sonho. Claire, seu rosto na penumbra, virando-se e olhando para mim de seu carro antes de jogá-la para fora do viaduto. Norman Chaney, o que restou dele no chão de sua casa em Tickhill. O solavanco do carro quando Steven Clifton foi arremessado no ar em pleno verão. Cerveja, às vezes, ajuda, e talvez eu tenha bebido tanto que deixei uma mensagem na seção de comentários da minha postagem sobre os "Oito Assassinatos Perfeitos".

E, se fui eu, era uma espécie de premonição. Estou lendo *O Assassinato de Roger Ackroyd* agora, novamente. Encontrei um exemplar no fim de uma pilha no canto da sala de jantar na casa de Elaine Johnson. É uma edição de bolso, com Ackroyd caído sobre uma cadeira na ilustração da capa, com uma faca enfiada em suas costas. É um livro enfadonho até os dois últimos capítulos. Já mencionei o penúltimo, chamado "Toda a Verdade".

Bem, o último capítulo chama-se "Apologia", e é quando descobrimos que estamos, desde o início do livro, lendo a mensagem de um suicida.

Está nevando lá fora e o vento sacode as janelas da casa. Mesmo correndo um grande risco, acendi a lareira. Ainda assim, acho que ninguém perceberá um pouco de fumaça saindo pela chaminé durante uma tempestade como essa.

É tão bom ficar perto da lareira com uma taça de vinho. O último livro que estou lendo é *E Não Sobrou Nenhum*. Se não for meu romance favorito de todos os tempos, chegou perto de ser. Bem adequado para essas circunstâncias.

Gostaria de dizer algo aqui sobre quando eu estiver novamente com Claire, em breve, mas não acredito em nenhuma dessas bobagens. Quando morremos, nos tornamos nada, o mesmo nada que éramos antes de nascer, mas, evidente, dessa vez esse nada é para sempre. Mas, se for onde Claire está, no escuro, no nada, então, é onde eu deveria estar também.

Meu plano é encher os bolsos do casaco com os pesos de papel de vidro da prateleira da sala de visitas quando passar a tempestade e a neve for retirada. Ao anoitecer, vou caminhar até o centro de Rockland e, de lá, até o cais, que avança por mais de um quilômetro mar adentro, criando um quebra-mar para o porto de Rockland. Vou caminhar até o fim apenas seguindo em frente. Não estou ansioso para cair na água fria, mas acho que não vou sentir frio por muito tempo.

Terei alguma satisfação em morrer afogado, pois, assim, cumprirei um dos assassinatos da minha lista. *A Afogadora*, de MacDonald.

Talvez fiquem em dúvida se foi ou não um suicídio. Ou talvez meu corpo nunca seja encontrado. É bom pensar que deixarei algum mistério no meu rastro.

AGRADECIMENTOS

Troca de Livros da Annie, Danielle Bartlett, James M. Cain, Angus Cargill, Agatha Christie, Anthony Berkeley Cox, Caspian Dennis, Bianca Flores, Joel Gotler, Kaitlin Harri, Sara Henry, David Highfill, Patricia Highsmith, Tessa James, Bill Knott, Ira Levin, John D. MacDonald, A. A. Milne, Kristen Pini, Sophie Portas, Nat Sobel, Virginia Stanley, Donna Tartt, Sandy Violette, Judith Weber, Adia Wright e Charlene Sawyer.